Der Taliban
– Sara Konrad Thriller
(Band 3)

Marley Alexis Owen

AF177860

ÜBER DIE AUTORIN

 Moin, mein Name ist Marley und ich bin
a) eine Hamburger Deern und
b) das offene Pseudonym von Melanie Amélie Opalka. Sie schreibt seit 2013 Frauenromane für mehr Selbstvertrauen und zum Wohlfühlen und seit 2023 kommt eine Serie Thriller mit einer starken Protagonistin hinzu.

Und bitte vergiss nicht: Als Autorin lebe ich von Sternen und Rezensionen, also freue ich mich auch von dir über eine Bewertung. Ich danke dir sehr.
Bis zum nächsten Buch!

Deine Marley

Der Taliban
– Sara Konrad Thriller

(Band 3)

Marley Alexis Owen

TRIGGERWARNUNG

Liebe Leser_innen,
dieses Buch enthält potenziell triggernde Elemente.
Diese sind psychische, physische und sexuelle Gewalt gegen
Frauen, Folter und Mord – bitte entschuldigt den Spoiler.
Ich wünsche mir für euch das bestmögliche Leseerlebnis.
Eure Marley

IMPRESSUM

Dieses Buch ist auch als eBook erschienen.

© 2024 – Marley Alexis Owen

Cover: Laura Newman Design
Lektorat: Kanut Kirches

Herausgeberin im Selfpublishing
Marley Alexis Owen
c/o Fakriro GbR
Bodenfeldstr. 9, 91438 Bad Windsheim

thriller@marleyalexisowen.com

Herstellung: booksfactory.de ein Service der Print Group Sp. z o.o.
(Polen)
Bestellung und Vertrieb: Nova MD GmbH, Vachendorf

Bibliografische Information der Deutschen Nationalbibliothek:
Die Deutsche Nationalbibliothek verzeichnet diese Publikation in
der Deutschen Nationalbibliografie; detaillierte bibliografische
Daten sind im Internet über http://dnb.dnb.de abrufbar.

ISBN: 978-3-98942-320-6

„Das Talent gleicht dem Schützen, der ein Ziel trifft,
welches die übrigen nicht erreichen können;
Das Genie dem, der eins trifft,
bis zu welchem sie nicht einmal zu sehen vermögen.

(Arthur Schopenhauer)

PROLOG

Er würde sterben.

Hier, auf dem Land seiner Väter. Mitten auf dem Marktplatz, auf den er als Junge seine Mutter begleitet hatte. An dem Ort, an dem er seine Kinder heranwachsen sehen und selbst alt werden wollte.

Nun würde er sterben.

Es bestand kein Zweifel daran und doch fühlte er bei dem Gedanken gar nichts.

Wie gern hätte er noch einmal in ihre Augen gesehen. Sie war so mutig, so viel mutiger als er. Sie hätte ihm Kraft gegeben, hätte ihn stark sein lassen im Angesicht des ... er schluckte hart. Wie egoistisch, sich das zu wünschen. Sie wäre in Todesgefahr, wenn sie sich heute hier auf dem Markt befände. Es wäre fahrlässig nach allem, was er für sie auf sich genommen und erlitten hatte. Er hatte sie verteidigt. Er hatte sich seines Versprechens würdig erwiesen, sie zu schützen und zu ehren. Mehr konnte er nicht mehr tun.

Statt Angst flutete eine heiße Welle Stolz seinen Körper und drängte den Schmerz zurück, der in jeder Faser brannte. Es gelang ihm, sich auf den Knien liegend aufzurichten. Um nichts in der Welt würde er sie in Gefahr bringen. Ihr Geheimnis war bei ihm sicher. Er würde für sie sterben.

Casim hob das Kinn. Wider alle Hoffnung blickte er sich um. Dabei war er kaum im Stande, etwas zu sehen.

Sein linkes Auge war zugeschwollen und das rechte vom Blut aus einer Wunde an der Augenbraue verkrustet. Er blinzelte in die Sonne und versuchte zu fokussieren. Aus der schwarz-braun-beigen Masse der Umstehenden, die sich um den Platz versammelt hatten, kristallisierten sich langsam verschiedenfarbige Kopftücher und einige Gesichter heraus. Er erkannte Nachbarn. Menschen, die er als Patienten behandelt hatte. Leute, von denen er gedacht hatte, sie seien seine Freunde. Doch nun trugen nicht nur die meisten von ihnen die traditionellen Vollbärte, sondern viele von ihnen auch automatische Waffen. Wieder versuchte er, trotz seines trockenen Halses zu schlucken.

Sein Blick blieb an einem, wie er glaubte, vertrauten, hellblauen Kopftuch hängen und ein Stechen im Herzen ließ ihn hörbar aufstöhnen als im nächsten Augenblick ein Schatten auf ihn fiel.

Ein hochgewachsener Mann in einer Mischung aus üblicher und westlich-militärischer Kleidung war zwischen ihn und die Sonne getreten. Er trug den Shalwar Kamiz, einen Zweiteiler, der sich aus einem weit geschnittenen Hemd und einer hellen Hose zusammensetzte, zu einer aus ehemaligen Militärbeständen stammenden Multifunktionsweste. Amerikanisch, folgerte Casim anhand der Formen und Positionen der abgerissenen Insignien und dem blassen Rechteck, wo die Flagge aufgenäht gewesen war. Auf seinem Kopf thronte ein Turban. Auch wenn das Gesicht des Mannes im Schatten verborgen blieb, ahnte Casim den grausamen Zug um Sadeqs Mund.

»Du hast es nicht anders verdient. Du bist eine Schande. Allahs Wille geschehe.«

Eben hatten Casim tausend Erwiderungen auf den Lippen gelegen, doch in diesem Moment bemächtigte sich eine Klarheit seines geschundenen Geistes, die er nur als göttliche Eingebung verstehen konnte.

Er nahm Haltung an und erwiderte den Blick des Talibananführers. Dann schloss er die Augen und versank in der Erinnerung an ihre tiefblauen Iriden. Die äußere Welt trat in den Hintergrund. Die verächtlichen Beleidigungen, die ihm der Turbanträger zuzischte, nahm er gar nicht mehr wahr. Er ließ die Hände vor sich in den Staub sinken und begann mit dem Tayammum, der rituellen Reinigung vor dem Gebet. Wie gern hätte er sich richtig gewaschen, denn er fühlte sich unendlich schmutzig und unwürdig, doch eine Wudu, die Säuberung mit Wasser, wäre ihm wohl nicht einmal als letzter Wunsch gewährt worden.

So behalf er sich und rieb den feinen Sand, der an den beiden Handinnenflächen anhaftete, auf die ganze Stirn bis zu den Augenbrauen und dem Nasenansatz. Er ignorierte das Brennen in den offenen Wunden seines Gesichtes, ebenso wie die Schmerzen der nur halb verheilten Peitschenstriemen auf seinem Rücken, die bei jeder Bewegung wieder aufplatzten.

Ein Befehl wurde gebellt.

Langsam senkte er die Arme wieder ab.

Dann strich er zunächst mit der linken Handfläche über den rechten Handrücken. Danach langsam mit der rechten Handfläche über den linken Handrücken. Anschließend erhob er sie zum Bittgebet.

Sonne fiel wieder auf sein Gesicht und blendete ihn trotz seiner geschlossenen Augen. Der Anführer der Besatzer hatte sich aus der Schusslinie bewegt.

Seine Lippen zitterten, spröde und aufgeplatzt wie sie waren. Er murmelte als Eröffnung der Dua, seines Bittgebetes, die ersten Worte seiner Lieblingssure:

»Bismillāhi r-raḥmāni r-raḥīm, Al-ḥamdu lillāhi rabbi l-ʿālamīn … Im Namen Allahs, des Allerbarmers, des Barmherzigen. Alles Lob gebührt Allah, dem Herrn der Welten, dem Allerbarmer, dem Barmherzigen …«

Mechanisches Schnalzen erklang, als ein älteres Modell eines Gewehres durchgeladen wurde.

Casim betete weiter. Er betete nicht für sich – nicht mehr. Er betete für seine Familie. Denn er hatte sie bis hierhin beschützt. Nun musste er sie Allah anvertrauen.

»Allah, schütze meine Familie …«

Der Schuss knallte und Casims Körper fiel nach hinten zu Boden, ehe die letzten Worte seine Lippen verlassen hatten.

Der Talibananführer hob zufrieden das Kinn. Während die Umstehenden den Atem anhielten, befahl er: »Und jetzt findet mir Jaleela!«

I.

Saras Brustkorb hob und senkte sich und ihre gesamte Haut war von einem feinen Schweißfilm überzogen. Sie hatte bereits mehrere Runden Nahkampftraining hinter sich und insgesamt lief das nicht so, wie sie es gewohnt war. Sie hatte einen fiesen Ellbogenstoß voll in die Körpermitte kassiert und kämpfte noch gegen die daraus resultierende Kurzatmigkeit. Ihr linker Oberschenkel pulsierte, und sie freute sich schon auf den blauen Fleck, der sicher mehr als beeindruckend werden würde. Eigentlich hätte sie sich daran gewöhnt haben müssen, denn das war die letzten Wochen eine unangenehme und doch unumstößliche Realität geworden. Sie kriegte den Arsch voll. Und zwar reichlich. Schwer atmend richtete sie sich wieder auf und rollte die Schultern aus. Dann ließ sie den Kopf von links nach rechts klappen, bis der verspannte Muskel in ihrem Nacken knackte. Verdammt, so war sie nicht vermöbelt worden, seit sie das erste Mal mit Hannes gerungen hatte.

Es war absurd und geradezu lächerlich. Sie war eine Ex-Elitesoldatin, ausgebildet, einsatzfähig und immer noch brandgefährlich ... und hier stand sie und verbuchte eine Abreibung nach der anderen. Sie zog die Augenbrauen zusammen und fokussierte.

Ihre Gegnerin tänzelte leichtfüßig von einem Fuß auf den anderen. Kaum eine Schweißperle war auf ihrer Stirn zu sehen. Scheinbar völlig entspannt hatte sie die Arme sinken lassen und erwartete gelassen Saras Rückkehr auf die Matte. Doch der Schein trog. In ihren Augen las Sara Entschlossenheit und ihr ganzer Körper schien mit aggressiver Anspannung zu vibrieren. Zum hundertsten Mal seit ihrer ersten Begegnung fragte sich Sara, was für ein Problem sie mit ihr hatte. Nicht nur beim Training hatte sie immer wieder das Gefühl, dass die Frau sie echt nicht leiden konnte.

Der Eindruck bestätigte sich mit jeder knappen Replik, mit jeder spöttisch gehobenen Augenbraue oder wie jetzt, wenn sie sie mit diesem funkelnden Blick fixierte.

Jede Trainingsrunde, egal ob hier im Nahkampf, auf dem Schießstand oder den anderen Tests, jedes Mal war es, als würde die Dunkelhaarige mit ihr ganz persönlich in Konkurrenz treten. Obwohl Jay doch längst eine ausgebildete Agentin war. Sara begriff nicht, was sie antrieb. Dass es jedoch bei der Konfrontation nicht nur um einen physischen Wettstreit ging, war ihr schnell klar gewesen.

Jetzt hob Jay das Kinn und den rechten Arm. Mit allen Fingern der rechten Hand winkte sie Sara zu sich heran. Die wollte sich zwar nicht provozieren lassen, aber das überhebliche Getue der anderen nagte schon gewaltig an ihrem Ego. Sie kehrte auf die Matte zurück und mit locker gehobenen Händen umkreisten die Kontrahentinnen sich erneut.

Beide hatten kurzes Haar. Während Saras Undercut links bis auf wenige Millimeter rasiert war und der weißblonde Pony rechts bis über die Augen fiel, war Jays dunkelbrauner Schopf gleichmäßig geschnitten und normalerweise mit Haarwachs gestylt.

Die Blicke der Frauen hatten sich ineinander verbissen und bei genauer Betrachtung wäre einem

Außenstehenden sicher die Ähnlichkeit ihrer Augenfarben aufgefallen. Beide waren grün. Doch während Saras Ausdruck klar und ihr Blick häufig so direkt war, dass er bei den Beobachteten für mehr als nur ein wenig Unruhe sorgte, hatten Jays Augen bernsteinfarbene Sprenkel und gaben ihren sonst harten Zügen etwas Warmes.

Sara lächelte in sich hinein, wild entschlossen, sich bei der nächsten Runde nicht wieder überrumpeln zu lassen. Ihre Gegnerin verzog keine Miene.

Jays leicht gebräunte Haut spannte sich über den gut definierten Muskeln und sogar Sara, die vor Kraft und Fitness strotzte, musste neidlos anerkennen, dass ihr Gegenüber von der Natur mindestens ebenso gut ausgestattet worden war wie sie selbst.

Obwohl Sara mit ihren 1,82 m etwa fünf Zentimeter größer war und sicher ein paar Kilo mehr auf die Waage brachte, war Jay eine furchteinflößende Trainingspartnerin. Sie reagierte unsagbar schnell und wendig, beherrschte ein halbes Dutzend Kampfsportarten und Techniken, die Sara selbst von ihren Freunden bei der Spezialeinheit nie gesehen hatte. Sie schien keine natürliche Zurückhaltung zu kennen, sondern stürzte sich in jeden Angriff, als wäre Sara ihr persönlicher Endgegner.

Auch jetzt sprang sie plötzlich aus dem Stand wie eine Raubkatze auf sie los.

Sie kam mit der Ferse voran auf sie zugeflogen. Sara schützte ihren Kopf, drehte sich blitzschnell zur Seite und hob ihr rechtes Bein für einen Gegenangriff. Doch ehe sie nachsetzen konnte, war Jay in der Hocke gelandet und hatte ihr den Knöchel unter dem Körper weggetreten. Sara landete hart und die Luft entwich aus ihren Lungen. Doch anstatt sich von dem Schock des Aufpralls lähmen zu lassen, rollte sie sich auf den Bauch und sprang, mit einer Hand schon wieder ihren Kopf schützend, auf die Füße. Und wie erwartet kam der Tritt gegen ihren erst halb erhobenen Schädel. Ohne zu zögern, warf sich Sara nach vorn und erwischte Jay an der Hüfte. Sie riss die Frau zu Boden und während diese Faustschläge auf ihren Rücken und ihre Schultern prasseln ließ, versuchte Sara, sie an den Boden zu pinnen.

Vergebens. Erneut gelang es Jay, sich aus ihrer Umklammerung zu winden und sie selbst mit den Beinen zu umfangen und ihre Rippen in den Schwitzkasten zu nehmen. Sie drückte zu. Sara blieb die Luft weg. Und nach nunmehr vier Wochen, in denen sie bei jeder Sparringrunde am Ende hatte abklatschen müssen, sah es auch heute nicht gut für sie aus.

»Gib schon auf«, zischte Jay, »du hast es nicht drauf, Konrad.«

Doch dieses Mal hatte Sara die Nase voll. Aufgeben lag nicht in ihrer Natur und wenn Jay es unbedingt auf einen Kampf bis zum Letzten anlegte, dann würde sie genau den bekommen.

Sara gelang eine halbe Drehung des Oberkörpers in der Umklammerung und sie boxte Jay auf die Niere. Die schrie auf vor Schmerzen und ließ von ihr ab. Die Frauen kamen auf die Füße und blanke Wut schlug Sara entgegen, als Jay zum nächsten Angriff ansetzte. Mit einer Kombination aus Kicks und Jabs trieb sie Sara fast von der Matte.

Sie nahm sich null zurück und es war ihr vollkommen egal, ob sie Sara verletzte oder nicht. Sie kämpfte wie eine Berserkerin und Sara, die zwar genauso leidenschaftlich, aber nicht ebenso rücksichtslos war, drohte ein weiteres Mal den Kürzeren zu ziehen.

Wenn die Hölle zum Frühstück auftaucht, dann konzentriere dich auf das, was du unter Kontrolle hast. Dieser schräge Lehrsatz eines alten Ausbilders kam Sara in den Sinn und sie traf eine Entscheidung.

Sie ließ Jay kommen und parierte zwei weitere Jabs nur mit gerade genügender Abwehr. Ihren eigenen heißen Zorn ballte sie derweil in einer Kugel zusammen, die in ihren Eingeweiden brannte. Als sie unter ihrer Ferse den Mattenrand spürte und ahnte, dass die Nahkampftrainerin gleich wieder abpfeifen würde, blockte sie in letzter Sekunde Jays Jab, indem sie den Fauststoß zur Seite abfälschte und schlug dann zwei schnelle Haken gegen Jays Schläfe.

Bislang hatte sie sich immer zurückgehalten. Hatte versucht, niemanden zu verletzen, doch Jay hatte ihr nicht die gleiche Freundlichkeit erwiesen und Saras Geduldsfaden war offiziell gerissen. Sollten sie sie doch aus dem Programm werfen, Jay hatte es nicht anders verdient und auch heute wieder drauf angelegt. Saras eigener Kopf dröhnte von einem Fauststoß, den sie gleich am Anfang eingesteckt hatte. Also schlug sie mit aller Härte zu, sprang zur Seite und ließ Jay an sich vorbei von der Matte taumeln. Der Pfiff schrillte.

»Das war's.« Die Trainerin nickte Sara zu, suchte kurz den Augenkontakt mit Jay, die sich auf den Knien abstützend den Kopf hielt und ließ dann noch drei kurze Pfiffe durch die Halle erschallen.

»Training für heute ist beendet, geht duschen.«

Sara wandte sich Jay zu und reichte ihr schwer atmend die Hand. »Gutes Training.«

Jay warf ihr einen geringschätzigen Blick zu, ignorierte den ausgestreckten Arm und machte dann einen drohenden Schritt auf sie zu, als wolle sie selbst nach dem Abpfiff weiterkämpfen. Sara hob instinktiv die Hände auf Kinnhöhe.

»Das ändert gar nichts. Du hast es nicht in dir.« Damit ging sie an Sara vorbei in Richtung Umkleiden. Sara ließ die Arme hängen und seufzte. Was hatte sie der bloß getan? Ehe sie in Grübelei versinken konnte, spürte sie ein Kribbeln im Nacken. Sie blickte sich um.

Die Halle, in der sie die letzten Wochen trainiert hatte, war Teil einer verlassenen Fabrikanlage in Elmshorn, kurz vor den Toren Hamburgs. Von Außen sah der Komplex verwahrlost und leer stehend aus. Doch im Inneren waren Bereiche zu hochmodernen Trainingseinrichtungen umfunktioniert worden, in denen Sara Nahkampf, Häuserkampf und Schießen trainiert hatte und sich in Theorieeinheiten weiterbildete.

Ihr Blick blieb an einer Glasscheibe hängen, von der aus früher ein Vorsteher oder vielleicht der Direktor das Treiben in der Fabrikhalle hatte überblicken können. Sie erkannte eine hochgewachsene Gestalt mit langen schwarzen Haaren und hob überrascht die Augenbrauen. Doch dann wandte sich die Person ab und verschwand.

Sara schüttelte den Kopf, machte kehrt und ging ebenfalls Richtung Dusche.

Was auch immer sie sich vorgestellt hatte, wie das hier laufen würde, so jedenfalls nicht.

Als Sara nach dem Duschen wieder in die Umkleide kam, waren Jay und auch die anderen beiden Anwärterinnen, die regelmäßig mit ihr trainierten, schon verschwunden. Sara hatte sich bewusst Zeit gelassen. Sie war seit 6 Uhr hier gewesen, hatte Gewichte gestemmt, war gelaufen und hatte insgesamt vier Runden Nahkampftraining hinter sich – davon zwei mit Jay. Ihr tat jeder Knochen weh und sie sehnte sich nach nichts mehr als nach Hause zu fahren und den Nachmittag mit Renée auf der Spieldecke zu verbringen.

Ihre Tochter war jetzt sechs Monate alt und rollte bei jeder Gelegenheit wie ein Glückskäfer über den Boden des Wohnzimmers – und wann immer möglich auch über den Rasen. Sie schmunzelte.

»Schön, dass das Training dir gefallen hat.«

Erschrocken fuhr sie herum und hätte fast ihr Duschhandtuch fallen lassen.

Aus dem Schatten neben der Tür löste sich eine Silhouette und trat in die Mitte des Raumes. Zu einem Nadelstreifenanzug mit Marlene-Dietrich-Hosen und tailliertem Blazer trug die Person schwindelerregend hohe Pumps und knallroten Lippenstift. Das rabenschwarze Haar fiel ihr offen über die Schultern und die braunen Augen strahlten wie eh und je.

»Max«, sagte Sara erleichtert und lächelte ebenfalls, »hab ich mich also eben doch nicht verguckt.«

Die beiden nahmen sich kurz in den Arm. Dann packte Max sie an den Schultern und hielt sie eine Armlänge von sich entfernt. They betrachtete Sara aufmerksam von oben bis unten, als sei they die Erbtante, die einmal im Jahr den Nachwuchs der Familie auf Tauglichkeit musterte.

»Mädchen, du lässt dich ja immer noch vermöbeln.«

Sara machte sich frei und trat einen Schritt nach hinten.

»Haha«, gab sie zurück, »als ob dir das schon jemals gelungen wäre.«

»Oh«, widersprach Max neckend, »ich erinnere mich da an einen sehr kleidsamen Rippenbruch …«

» … den ich dir mit einem bezaubernden Veilchen vergolten habe«, vollendete Sara den Satz und die beiden grinsten sich an.

Sie hatten sich seit dem letzten Sparring bei Feist nicht mehr gesehen. Max war fortan nie wieder zum Training dort aufgetaucht und auch Sara hatte ihre Mitgliedschaft mittlerweile gekündigt, denn bei dem, was sie jetzt täglich durchzog, hatte sie keine weitere Verwendung für einen Boxclub mit lauter Möchtegern-Alphas.

Auch ihre zwischenzeitlichen Anrufe hatte Max mal wieder ins Leere und auf die Mailbox laufen lassen. Und als Sara zu ihrer ersten Ausbildungseinheit in die Fabrik gekommen war, war sie überrascht gewesen, Jay und nicht Max gegenüberzustehen.

Bei diesem Gedanken verflog ihr fröhliches Lächeln und sie sah Max ernst an: »Wo hast du gesteckt?«

Max zuckte leichthin die Schultern und strahlte weiter über das ganze Gesicht.

»Ich hatte einen anderen Auftrag. Aber wie ist es dir in der Zwischenzeit ergangen?«

Sara imitierte das Schulterzucken und drehte sich halb weg, um wieder in ihre Straßenklamotten zu schlüpfen. Sie wollte nicht undankbar sein, aber die letzten Wochen waren frustrierend und nervenzehrend für sie gewesen. Von einem Tag auf den anderen hatte man sie täglich aufs Neue körperlich geschlaucht und mental bis zum Äußersten gefordert – alles jedoch, ohne ihr einen größeren Plan zu präsentieren oder sie systematisch einzuweihen. Sie war einfach jeden Morgen zum Training erschienen. Bis zum heutigen Tag hatte sie keinen Vertrag oder auch nur eine Ahnung, was der beinhalten könnte. Des Weiteren hatte sie weder die Verantwortlichen gesehen noch gesprochen. Und über die geheimnisvolle Sisterhood, für die sie doch nun angeblich arbeitete, wusste sie immer noch genauso wenig wie damals auf dem

Alsterponton, als Max ihr das erste Mal von dieser Organisation erzählt hatte.

»Lass mich raten, dich macht es mürbe, dass bisher niemand mit dir geredet hat.«

Sara warf einen Blick über die Schulter und biss die Zähne zusammen. Max amüsierte sich sichtbar bei der Feststellung.

»Sara, wie ich sie kenne und liebe.«

Sie schwieg hartnäckig.

»Komm schon, Liebes, ich weiß, das ist am Anfang alles ein bisschen zäh, aber es wird besser – versprochen.«

Sara sah noch nicht überzeugt aus. Max grinste.

»Morgen ist kein Training.« Mit gezücktem Handy tippten die wie immer säuberlich manikürten Finger eine Nachricht und drückten auf Senden. »Komm um 8 Uhr hierher – und zieh dir was Ordentliches an.«

Sara folgte dem Blick auf ihre zerschlissene Jeans und die ausgelatschten Sommerstiefel und wollte gerade zu einer bissigen Erwiderung ansetzen, als Max schon die Tür geöffnet hatte.

»Und was ist eigentlich mit deinem zauberhaften Ehemann? Hat der deine Coverstory geschluckt?« Sara zuckte mit den Schultern und verzog den Mund, doch ehe sie etwas erwidern konnte, war Max ohne ein weiteres Wort verschwunden.

Zurück blieb eine mit offenem Mund dastehende Sara. Also dass Max den großen Auftritt liebte, wusste sie ja schon, aber wenn sie jetzt nicht bald ein paar vernünftige Informationen bekäme, dann wäre das Veilchen nicht das letzte, was sie diesem Menschen antun würde.

II.

Sara kam mit Renée nach Hause und machte sich als Erstes einen Espresso. Dann öffnete sie die Terrassentür und ließ das immer noch mehr als sommerlich warme Wetter herein.

Es war Mitte August und sie genoss es, den Garten mal für sich zu haben. Gerd und Manuela Penkert, ihre Nachbarn und die Vermieter ihrer Doppelhaushälfte, waren an die Ostsee gefahren und ließen sich in einem Wellnesshotel verwöhnen und Sara genoss es, unbeobachtet ihre Terrasse zu nutzen. Sie setzte sich mit ihrer Tasse auf die Schwelle und hielt ihre nackten Füße in die Sonne.

Renée rollte von hinten an sie heran und griff nach einem T-Shirtzipfel.

»Na, du kleine Motte, gehts dir gut?«

Als Antwort strahlte die Kleine sie mit ihren vier Zähnchen an.

Sara strich ihr über das blonde Lockenköpfchen. In ihrer Brust wurde es gleichzeitig warm und eng. Wie so häufig, wenn sie ihre Tochter betrachtete, war sie hin- und hergerissen zwischen dem Wunder des Lebens, dass sie dieses Kind geboren hatte, und der Hilflosigkeit, die sie gegenüber der Verantwortung für solch ein kleines Lebewesen empfand. Sie seufzte.

»Ich würde jederzeit für dich sterben, Mäuslein, aber manchmal weiß ich echt nicht, wie ich die richtige Mama für dich sein soll.«

Renée gluckste fröhlich und stopfte sich den Saum von Saras T-Shirt in den Mund. Sara entwand es ihr und nahm sie auf die Knie.

»Hast du etwa schon wieder Hunger?« Sie spielte mit den Fingern der Kleinen und ließ sie wiederum mit dem Lederband spielen, an dem sie die Hundemarken ihres Vaters um den Hals trug.

»Das waren Opas«, sagte Sara leise und dachte einen liebevollen Moment an ihren alten Herren. Sie musste schmunzeln. Herbert war als Vater … okay gewesen. Manchmal etwas zu sehr der Offizier und zu wenig der kuschelige Papa, aber er hatte sie geliebt – und sie ihn. Sie hatten ein gut eingespieltes Team dargestellt. Zwei gegen den Rest der Welt. Vor allem, nachdem ihre Mutter so früh fortgegangen war. Ihre Gedanken wanderten weiter zu Tante Helga, Herberts großer Schwester, die immer auf sie aufgepasst hatte, wenn ihr Vater im Einsatz gewesen war. Nein, so richtig hatte sie wohl keine Bilderbuchkindheit gehabt und ihr Familienleben wäre im besten Fall als speziell zu bezeichnen, wenn man überlegte, dass ihr Vater zum Beispiel eine Sammlung alter Schusswaffen besessen hatte und Sara von Kindesbeinen an in diversen Formen der Selbstverteidigung ausgebildet hatte. Doch mittlerweile verstand sie zumindest vom Kopf her, dass es vielleicht leichter für ihn gewesen wäre, wenn er einen Sohn gehabt hätte.

Unbewusst hatte sie angefangen, an ihrer Unterlippe zu kauen. Niemals hätte sie das jemandem gegenüber zugegeben, aber ein Teil ihres Ticks, nie aufzugeben und um jeden Preis immer die Erste zu sein und das Richtige zu tun, rührte sicher daher, dass sie sogar heute, zwei Jahre nach seinem Tod, immer noch um seine Anerkennung und ein kleines Lob kämpfte.

Sara warf ihren Pony zurück und schob mit der Bewegung ebenfalls den Gedanken beiseite. Bullshit. Sie brauchte niemandem etwas zu beweisen.

»A-A«, machte Renée und dazu ein gewichtiges Gesicht. Sara zog die Nase kraus.

»Ich rieche es, Motte, Zeit für eine frische Windel.« Sie nahm ihre Tochter auf den Arm und stand auf, um hinüber zum Wickelplatz im Gäste-WC zu gehen.

Sie konnte nur beten, dass sie es als Mutter nur halb so gut hinbekam, wie ihr Vater bei ihrer Erziehung.

Kurze Zeit später kam Lukas nach Haus. Renée saß mittlerweile bei ihrer Mutter in der Küche im Hochstuhl und erfreute sich daran, gekochte Apfelstückchen zu zerraspeln.

»Na, ihr zwei, wie geht's euch?«, fragte er, gab erst im Vorbeigehen Renée einen Kuss aufs Köpfchen und küsste dann seine Frau von hinten auf die Wange.

Sara rieb sich an seinem Dreitagebart und ließ sich ein wenig gegen ihn sinken.

»Alles fein.«

Er drückte sie fester an sich und Sara stöhnte auf.

»Oh, das klang jetzt aber nicht ganz so lustvoll, wie ich es gern hätte, hab ich was kaputt gemacht?«

»Du nicht«, knirschte Sara zwischen den Zähnen und wand sich aus seiner Umarmung. »Ich hatte wieder ein Tänzchen mit Jay heute.«

Lukas grinste.

»Ist das die, die dir seit vier Wochen den Hintern versohlt?«

Sara warf ihm einen vernichtenden Blick zu, den er nur mit einem umso breiteren Grinsen quittierte.

»Sehr witzig, heute hab ich sie das erste Mal besiegt. Hat ihr, glaube ich, gar nicht gefallen.«

»Na, wenn so die Siegerin aussieht, will ich die Verliererin gar nicht erst sehen. Was, sagtest du, machst du für diese Firma und warum musst du dich dafür täglich blau und grün schlagen lassen?«

Sara schluckte und konzentrierte sich auf das zu schneidende Gemüse vor sich, um ihn nicht ansehen zu müssen, während sie ihm ihre Tarngeschichte auftischte.

»Ist eine Sicherheitsfirma, die machen weltweit Brandschutzanlagen und so was ... ich übernehme den Personenschutz für die Führungsriege ... da muss ich halt meine Kenntnisse in Sachen Nahkampf, Waffentechnik, Verfolgen und Annähern wieder trainieren ... ich bin da ja schon eine Weile raus.«

»Also ich finde, das ist ganz schön heftig, euer Training.«

Doch nun hatte Sara wieder die Oberhand. Sie zuckte lässig die Schultern und warf das Gemüse in die gusseiserne asiatische Pfanne.

»Halb so wild, mit den Jungs hab ich Schlimmeres durchgemacht.«

Ihr Handy, das sie drüben auf dem Esstisch hatte liegen lassen, klingelte.

Lukas war näher dran, warf einen Blick auf das Display und konstatierte: »Wie aufs Stichwort. Ist Hannes.« Er nahm es hoch und reichte es ihr.

Sara beeilte sich, ihre Hände am Geschirrtuch trocken zu wischen und kam ihm mit ausgestrecktem Arm entgegen, um ihm das Smartphone abzunehmen.

»Soll ich weitermachen?« Lukas machte eine seitliche Kopfbewegung in Richtung der Kücheninsel.

Sie nickte und nahm gleichzeitig den Anruf an.

»Ja, hallo?«

»Konrad, stör ich?«

Sara lächelte. Ihr ehemaliger Teamkollege Hannes Jensen war nie ein großer Fan von Smalltalk gewesen. Während sie mit Alexander Kolb, ihrem früheren Spotter und dem dritten Teil des Kleeblattes, auch länger telefonieren konnte, beschränkten sich die wenigen Male, die sie mit Hannes allein gesprochen hatte, meist auf einen kurzen Informationsaustausch. Trotzdem genoss sie es jedes Mal ungemein, auf diese Art wenigstens noch ein ganz kleines bisschen ein Teil vom Team zu sein.

»Moin, Korporal, was gibt's?«

Ohne Vorrede oder gar eine Warnung antwortete Hannes: »Casim ist tot.«

Für einen Moment stand Sara nur sprachlos da. Als das Smartphone ihre Schulter berührte, erwachte sie aus ihrer Starre und riss es zurück ans Ohr.

»Konrad?«

»Ich bin da. Ist das eine gesicherte Information?«

»Ja, sie wurde bestätigt.«

»Scheiße«, fluchte Sara leise und erregte damit Lukas' Aufmerksamkeit, der über Renées Kopf hinweg zu ihr herübersah.

»Alles in Ordnung?«, las sie von seinen Lippen ab und nickte nur knapp.

»Was ist passiert?«, fragte sie und ging mit dem Handy am Ohr zur Terrassentür und weiter hinaus in den Garten.

»Er wurde hingerichtet. Das Video ist auf irgend so einer Untergrundwebsite aufgetaucht ... was weiß ich. Aber er war es ... ohne Zweifel.«

»Scheiße«, wiederholte Sara.

»Das kannst du mal laut sagen ...«

»Aber wie kann das sein? Unser Abzug aus Afghanistan ist über zwei Jahre her ... warum war er überhaupt noch da? Ich denke, als Ortskraft hätte er längst ein Visum haben müssen?«

Sie hörte Hannes seufzen.

»Ach, Konrad. Politik … hätte, hätte … ja, die hätten längst weg sein sollen. Die haben ihr Leben riskiert, als sie mit uns zusammengearbeitet haben, und wir haben sie eiskalt hängen lassen.«

»Das darf doch wohl nicht wahr sein …« Sara fuhr sich verzweifelt durch die Haare. »Und was ist mit seiner Familie?«

Sie konnte Hannes' Schulterzucken förmlich spüren.

»Keine Ahnung.«

Und auf einen Schlag war alles wieder da.

Die trockene Hitze, dieser eigentümlich würzige Geruch, Casims breites Lächeln, wann immer er ihnen als Übersetzer und Vermittler zur Verfügung gestanden hatte. Er war ein renommierter Arzt, der sowohl in seinem Heimatort Cholm wie auch in dem 60 Kilometer davon entfernt liegenden Masar-e Scharif, wo er mittlerweile mit seiner Familie wohnte und seine Praxis hatte, hohes Ansehen genoss. Mehr als einmal hatte er ihr von Cholm, das sich in der Provinz Balch befand, vorgeschwärmt. Es lag am gleichnamigen Fluss nördlich des Gebirgskamms des Marmalgebirges, eines Ausläufers des Hindukusch und in Saras Fantasie hatte es immer einer Oase geglichen. Sie erschauerte. Er war viel mehr als nur ein engagierter Mitarbeiter vor Ort in Kunduz gewesen. Er war ein aufrechter Mann und ein hingebungsvoller Ehemann und Vater.

Einmal hatte er ihr und ihrem Team sogar die Ehre zuteilwerden lassen, sie zu einem Buzkashi-Spiel einzuladen. Auch wenn die Soldaten etwas überrascht gewesen waren, dass diese Art von Polo aus der Zeit Alexanders des Großen ohne feste Spielregeln gespielt wurde. Traditionellerweise wurde auch heute noch anstelle eines Balls ein Ziegenkopf benutzt. Im Anschluss hatten sie die restliche Familie Hafizulla kennengelernt; Jaleela, Casims Frau und Mutter zweier aufgeweckter Kinder, die 10-jährige Darya und den 8-jährigen Bari – offensichtlich der Stolz und das Ebenbild seines Vaters. Beide Kinder sprachen fließend Englisch und hatten die Ausländer wie Fürsten bedient. Jaleela war eine bildschöne und blitzgescheite Frau mit ebenmäßigen Zügen, kornblumenblauen Augen und vollem tiefschwarzen Haar. Sie hatte einen wundervollen Sinn für Humor und eine über die Maßen beeindruckende Singstimme, wie sie im Laufe der Feierlichkeiten feststellen durften. Damsa war auch anwesend gewesen, die Mutter von Casim, und mindestens ein weiterer Bruder, aber genau hatte Sara nicht durchgeblickt, wer da eigentlich alles zur Familie gehörte. Es hatte ein exzellentes Reisgericht gegeben, das in Töpfen so groß wie Waschzuber zubereitet worden war. Ein herrlicher Abend, der alle vergessen ließ, wo und vor allem warum sie da waren.

Sara hatte die Familie auf Anhieb ins Herz geschlossen und sie hatte keine Gelegenheit versäumt, die Kinder mit Schokoriegeln zu verwöhnen – und ihnen immer mehr Worte auf Deutsch beizubringen. Alex hatte sie schon neckend Mama Sara gerufen.

Wieder erschauerte sie. Auch ihre letzte Begegnung hatte sich eingebrannt. Sie und ihr Team waren dabei, die restlichen Bestände aus dem Lager zu räumen und begleiteten den Truppenabzug der Deutschen. Casim war mit Bari zum Posten gekommen, beide sahen besorgt aus. Bari hatte Sara so fest umarmt, dass er sie fast aus dem Gleichgewicht gebracht hätte, und sie angefleht, ihn mitzunehmen. Sie hatte einen hilflosen Blick mit Casim getauscht, der dann etwas in Farsi zu dem Kleinen sagte, was sie in dem Trubel nicht ganz verstand. Doch sie hatte sich zu ihm hinuntergebeugt und gesagt:

»Ihr bekommt bald eure Visa und dann kommt ihr zu uns. Bari, wir sehen uns wieder, und ich bringe dir weiter Deutsch bei.«

Der Junge schniefte und seine dunklen Augen hielten ihre fest.

»Versprichst du es?«

Sie hatte genickt und es versprochen. Doch das war dem Kleinen nicht ernst genug. Also hatte er gefordert:

»Bei der Ehre und dem Blut deiner Familie?« Und sie hatte geantwortet: »Ich verspreche es bei allem, was mir heilig ist.«

Erst dann hatte Bari sie losgelassen.

Sie erinnerte sich an die Verzweiflung in Casims Blick. An die Angst. Sie hatten sie im Stich gelassen. Zwei Jahre nach der Machtübernahme der Taliban und die verfluchte Bundesregierung hatte immer noch nicht Wort gehalten. Und nun war Casim tot. Sie schluckte und räusperte sich.

»Hast du mit ihnen … gesprochen … mit Jaleela … und den Kindern?«

»Nein.«

Sara runzelte die Stirn, doch ehe sie etwas erwidern konnte, fuhr er schon fort: »Wir haben es versucht, aber die Handynummer ist tot. Und alle anderen Kontakte aus der Region sagen einstimmig, dass sie angeblich nach Kabul gezogen sind … aber da verliert sich ihre Spur. Sie sind verschwunden.«

»Immerhin«, entfuhr es Sara. »Aber was jetzt? Habt ihr Auftrag, irgendwas zu unternehmen?«

»Negativ.«

Sara brauchte ihren ehemaligen Teamkollegen nicht vor sich zu haben, um zu wissen, dass seine Kieferknochen jetzt signifikant heraustraten, da er die Zähne aufeinanderbiss und mahlte. Sie waren beide Soldaten. Sie hatten Seite an Seite gekämpft. In Afghanistan waren viel zu viele gute Männer und Frauen verletzt und getötet worden – und bei Casim war die Sache zudem persönlich, denn er war ihr Freund gewesen. Sie wusste, wie nahe auch Hannes das ging.

»Ist Alex da?«

»Ja. Status angepisst.«

Sara verzog das Gesicht. Da sie kein Genie war in Sachen über Gefühle reden, war sie am Ende ihres Lateins. In ihren Eingeweiden wuchs ein Klumpen Zorn heran wie eine Lawine, die sich unaufhaltsam Richtung Tal bewegte. Der brauchte einen Ausweg, aber sicher nicht Reden.

»Ich muss …«, murmelte sie vage und Hannes verstand den Wink.

Vorsorglich sagte er deutlich: »Wir können nichts tun, Konrad. Und du erst recht nicht. Also mach dich nicht fertig.« Er wusste, dass es vergebliche Liebesmüh war, und fügte dennoch hinzu: »Ich fand nur, du solltest das wissen.«

»Hm«, machte Sara abwesend.

»Sara?« Der Gebrauch ihres Vornamens ließ sie aufhorchen.

»Es ist nicht deine Schuld.«

»Danke, Hannes. Grüß den Kleinen«, sagte sie in Gedanken und beendete das Gespräch. Sie ließ das Telefon sinken und kaute an ihrer Unterlippe. Zwei Jahre. Wie hatte die Zeit so schnell vergehen können?

Nein, die korrekte Frage lautete: Wie hatte sie das so aus den Augen verlieren können.

Nein, natürlich war es nicht ihre Schuld. Aber es war ihr Versprechen, das jetzt in ihren Ohren widerhallte.

Sara ging zurück in die Küche und legte das Handy im Vorbeigehen wieder auf dem Esstisch ab.

Lukas blickte von dem Wok, der mittlerweile auf dem Herd brutzelte, auf und krauste die Stirn.

»Schlechte Neuigkeiten?«

Sara sah ihn an und dann zu Renée. Die Zornlawine schwoll weiter an und sie presste die Kiefer aufeinander. Lukas hatte sie aufmerksam beobachtet.

»Vielleicht gehst du eine Runde spazieren ... ich kann das warmstellen ...«

Sie warf ihm einen dankbaren Blick zu und stürmte ohne ein Wort an ihm vorbei. Rasch streifte sie ihre Turnschuhe über und lief aus der Haustür.

Später am Abend, nachdem sie zehn Kilometer mehr gesprintet als gelaufen war, lag sie mit verschränkten Armen hinter dem Kopf im Bett. Lukas kam zurück, weil Renée noch einmal aufgewacht und dann nicht gleich wieder zur Ruhe gekommen war.

Er schlüpfte unter seine Bettdecke und drehte sich auf die Seite, um sie anzusehen. »Wie geht es dir?«

Sie erwiderte seinen Blick. Wie viel von ihrer Vergangenheit wollte sie mit ihm teilen? Sie wusste, dass die Welt des Krieges nichts war, was sich besonders gut für Gespräche mit Zivilisten eignete. Doch die Besorgnis in seinen Augen entging ihr nicht. Er machte sich Sorgen um sie. Und das sollte er nicht. Auch sie drehte sich ihm zu und stopfte ihr Kissen unter ihrem Kopf zurecht.

»Ein Freund ist tot.« Sie beobachtete ihn aufmerksam und sah in seinem Gesicht die Betroffenheit und Bestürzung.

»Das tut mir leid. Ein Soldat?«

Sie kaute an ihrer Unterlippe und schüttelte den Kopf.

»Nein, er war eine Ortskraft, ein Verbündeter, mit dem wir in Afghanistan zusammengearbeitet haben, die Jungs und ich ...« Sie verstummte und ihr Blick verlor sich in der Ferne. Er hörte zu und sagte nichts mehr, schob nur seine Finger in ihre Richtung und sie ließ zu, dass er ihre Hand nahm.

Es brauchte einen Moment, ehe sie langsam zu erzählen begann.

»Er hieß Casim. Er war ein guter Mann. Er hatte eine Familie.« Wieder verstummte sie.

Lukas streichelte behutsam ihre Finger. Sara holte tief Luft und sprach weiter. Sie erzählte in groben Zügen von ihrem letzten Einsatz in Afghanistan und dem Rückzug der Truppen. Sie berichtete von den vorangegangenen schwierigen Verhandlungen mit den Stämmen. Davon, wie sie Wiederaufbauprojekte unterstützt hatten und wie Casim und sein Schwiegervater, die beide dem Stammesverband der Durrani angehörten, einem liberalen Clan mit einer hohen Bildungsrate, sich immer wieder für den Frieden eingesetzt hatten.

Sie sprach über das Fest, an dem sie hatten teilhaben dürfen, und die freundschaftliche Verbindung, die sie zu ihm und seiner Familie aufgebaut hatte.

»Es waren wirklich nette Menschen. Und die Kinder waren fantastisch. Darya war so ein kluges Mädchen für ihr Alter und Bari ist ein aufgewecktes Kerlchen ... ich hab versprochen, ihm Deutsch beizubringen ... in

33

Deutschland … Sie haben das nicht verdient. Und nun ist Casim tot.«

Lukas dachte über das Gehörte nach und sprach dann ihre stumme Frage laut aus: »Was wird jetzt aus seiner Familie?«

In Saras Augenwinkel formte sich eine zornige kleine Träne, die sie rasch fortwischte.

»Ich weiß es nicht. Hannes hat versucht, Kontakt aufzunehmen, aber sie sind untergetaucht und angeblich weiß niemand wo sie sind.«

Er drückte ihre Hand.

»Liebling, das ist furchtbar und es tut mir wirklich leid. Kann ich irgendwas tun?«

Sie biss die Zähne zusammen und sah ihn dann fest an.

»Nein, du kannst da gar nichts tun.«

III.

Ihr Vater Baran Abdali war ein einflussreicher Mann — zumindest bevor die Taliban wieder an die Macht gekommen waren. Und er war ein belesener und für seine Generation moderner Afghane, der an die Wissenschaft und den Fortschritt glaubte. Deshalb hatte er sich aus den westlichen Gebieten, in denen seine Familie gelebt hatte, nach Kabul aufgemacht, um dem Clan der Durrani mehr Gehör zu verschaffen.

Anders war es wohl auch nicht zu erklären gewesen, dass sie von ihm nicht zwangsverheiratet worden war, sondern hatte zur Schule gehen, sich in medizinischen Fragen bilden und das Internet nutzen dürfen. Sogar ein Mitspracherecht hatte er ihr eingeräumt, als es um die Wahl des Cousins ging, der ihr Ehemann hatte werden sollen. Sie wäre ihm ewig dankbar dafür, dass er Casim gewählt hatte … und nicht … ein kalter Schauer lief ihr über den Rücken. Mit Casim hatte sie für afghanische Verhältnisse glückliche Jahre erlebt. Denn entgegen der Tradition war auch ihr Mann liberal und aufgeschlossen, hatte sie respektvoll behandelt und seine Kinder geliebt. Er hatte ihr sogar gestattet, zu arbeiten und ihre gemeinsame Tochter Darya ebenso zur Schule zu schicken wie ihren zwei Jahre jüngeren Bruder Bari.

Selbst nach der Machtübernahme im Sommer 2021, als die Taliban ihn das erste Mal verwarnt hatten, weil sie angeblich zu freizügig gekleidet gewesen war, hatte er sie nicht gemaßregelt oder gar bestraft. Er hatte sie gedeckt. Er hatte seine Praxis nach Kabul verlegt, damit sie im Haus war und sie ihm weiter zur Hand gehen konnte und fortan überall hin begleitet, wo selbst in den modernen Vierteln Kabuls Frauen nicht mehr unter sich ausgehen konnten.

Doch von einem Tag auf den anderen war nichts mehr wie früher gewesen.

Sie hatte es in dem Moment gewusst, als Sadeq das erste Mal an ihrem alten Haus in Masar-e Sharif aufgetaucht war. Fast hätte sie sich zu Tode erschreckt, als sie sein Gesicht erkannt hatte. Über zehn Jahre hatte sie den Cousin zweiten Grades nicht mehr gesehen und die Zeit war nicht gnädig zu ihm gewesen. Er war noch immer hochgeschossen und drahtig, und seine Augen, die nie lächelten, waren ebenso schwarz wie in ihrer Erinnerung. Doch durch seinen unfrisierten Schopf und seinen ungepflegten Backenbart zogen sich vorzeitig einige weiße Haare, obwohl er wie sie erst 28 war. Er hatte gleichzeitig mit Casim um ihre Hand gebuhlt und seine Familie hatte Jaleelas Vater sehr viel Geld geboten. Da er jedoch schon mit fünfzehn diesen grausamen Zug hatte und bekannt dafür gewesen war, dass er Tiere und vor allem kleinere Jungs quälte, hatte ihr Vater den gebildeteren Casim vorgezogen. Jaleela war ihrem Vater unendlich dankbar gewesen, denn die sanften Augen Casims, der ein Sohn von Jaleelas Tante war und gerade sein Medizinstudium begonnen hatte, gefielen ihr viel besser als die Drohungen seines Nebenbuhlers.

Sadeq hatte nicht gut auf die Zurückweisung reagiert und öffentlich geflucht, dass sie schon noch sehen würde, was sie davon hätte, ihn abgewiesen zu haben. Dann war er kurze Zeit darauf nach Pakistan gegangen. Sie hatte seinen Werdegang nicht weiter verfolgt und auch keinen weiteren Gedanken mehr an ihn verschwendet. Und doch war es, als wäre es gestern gewesen, als sie an jenem Tag vor ihrem Haus in seine hasserfüllten und gleichzeitig triumphierenden Augen sah. Mit einer Horde Bewaffneter war er auf einem Pick-up-Truck vor ihrer Tür aufgetaucht und hatte lautstark verlangt, mit Casim zu sprechen.

Offensichtlich war er in den Reihen der Taliban schnell aufgestiegen, denn er spielte sich auf wie ein kleiner König und wurde von den Umstehenden entsprechend gefeiert. Jaleela war im Schutz des Hauses verborgen geblieben und hatte nicht alles mitbekommen, aber dass sich das Machtverhältnis auf gefährliche Weise zu ihren Ungunsten verschoben hatte, verstand sie sofort.

Sadeq hatte Casim auf offener Straße angepöbelt, eine Schande zu sein. Ein Kollaborateur. Ein Verräter am afghanischen Volk. Er hatte ihn bespuckt und ihm gedroht. Nur getan hatte er damals nichts – denn in dem Moment war Jaleelas Vater Baran aus dem Haus getreten. Der war zufällig zu Besuch gewesen auf seinem Weg zu einem Sarban eines paschtunischen Stammesbundes, und der frisch gebackene Talibananführer hatte sich dem Stammesälteren widerstrebend gebeugt.

An diesem Tag war ihr klar geworden, dass sie nicht mehr in Sicherheit war. Weder sie noch ihre Familie. Und diese Ahnung wurde aufs Fürchterlichste bestätigt, als Casim bereits wenige Tage später das erste Mal verhaftet und verhört worden war. Schon damals hatte sie befürchtet, ihn nie mehr wiederzusehen. Doch nach ein paar Wochen war er wieder aufgetaucht. Zerschlagen, gefoltert und nur umso entschlossener.

Sie hatten sich vorsichtiger verhalten, sich noch weiter zurückgezogen, doch es war nur eine Frage der Zeit, bis die Situation erneut eskalieren würde.

Mit jedem neuen Bescheid der Taliban, jedem Erlass, jedem Verbot stieg die Chance, dass sie gegen eine der zahllosen Regeln verstießen. Und die Clanführer so wie ihr Vater hatten immer weniger Einfluss dem neuen Regime gegenüber.

Trotzdem hatte Casim nicht nachgegeben. Hatte sie bestärkt und unterstützt, weiterzumachen. Er hatte ihr immer wieder Mut gemacht, hatte an eine bessere Zukunft für sie und ihre Kinder geglaubt und daran, dass die Hilfe für die Deutschen sich auszahlen würde. Dass die Bundesregierung Wort halten und sie alle rausholen würde – bis zuletzt.

Nun war er fort. Und sie kauerte hier in einer Kammer im hinteren Teil des Hauses ihrer Eltern und versteckte sich. Gott sei Dank musste ihre Mutter das hier nicht mehr miterleben. Es hätte ihr das Herz gebrochen.

Sie hielt ihre weinende Tochter im Arm und streichelte mit der anderen Hand automatisch über die Locken ihres Sohnes. In was für einer furchtbaren Zeit mussten ihre Kinder groß werden – und das ohne ihren Vater.

Über ihr eigenes Schicksal konnte sie noch gar nicht nachdenken. Im Grunde war es nicht einmal richtig gewesen, dass ihr Vater sie mit zu sich genommen hatte, denn nach geltendem Recht war sie nicht mehr Teil seiner Familie. Als verheiratete Frau gehörte sie zu der Familie ihres Mannes, den Hafizulla, sprich Casims ältester Bruder Tarmiel war jetzt für sie verantwortlich. Er war ein Händler und lebte mit seiner Familie ebenfalls in Kabul. Er war es, der fortan über ihr Leben entschied …

Jaleelas Tränen wollten nicht kommen. Mit brennenden Augen starrte sie an die Wand und versuchte zu verstehen, was in den letzten Stunden geschehen war.

Sie hatte ihn verloren. Sie hatte die Liebe ihres Lebens verloren. Den Vater ihrer Kinder … fort für immer. Was sollte jetzt nur aus ihr werden? Als Frau eines hingerichteten Verräters in Afghanistan … allein mit zwei Kindern? Als Waise, wie man hier sagte …

Ihr Hals war wie zugeschnürt und sie zerrte mit einer Hand an ihrem hellblauen Hidschab, um Luft zu bekommen. Sie schloss die Lider. Nur um sie in der nächsten Sekunde erneut aufzureißen. Immer wieder spielte sich die gleiche furchtbare Szene vor ihrem inneren Auge ab.

Sein Blick, sein letztes Gebet, sein stummer Wunsch, den vielleicht niemand gehört, aber sie sehr wohl von seinen Lippen abgelesen hatte. Er hatte sich geopfert, für seine Familie, für sie. Hatte er sie gesehen – oder wenigstens gespürt? Hatte er gewusst, dass sie wider aller Vernunft in seinem letzten Moment bei ihm gewesen war? Sicher nicht und doch hatte sie nicht gehen können. Sie hatte befürchtet, dass diese Reise zu seinem Bruder Deniz ein Fehler sein würde. Sie hätten Kabul nie verlassen dürfen, schon gar nicht, um nach Cholm zu fahren. Und sie hatte ihn begleitet, wie es sich für eine gehorsame Ehefrau gehörte. Allah sei Dank, war auch ihr Vater mitgereist. Was wäre sonst aus ihr geworden? Sie war gegen seinen ausdrücklichen Wunsch auf den Markt gegangen. Eigentlich undenkbar – und doch hatte sie das erste Mal in ihrem Leben ganz allein entschieden. So war sie dort geblieben, bis Sadeq persönlich den Befehl zum Schießen gegeben hatte. Der einzelne Schuss hallte noch in ihren Ohren nach. Bevor Casim zu Boden stürzen konnte, hatte ihr Vater sie weggezerrt und in den Kofferraum seines Autos gestopft wie einen alten Koffer. Sie waren nur zu Deniz' Haus zurückgefahren, um die Kinder und ihre gepackten Taschen abzuholen. Seither saß sie in dieser Kammer – und hatte keine Ahnung, ob sie sie jemals wieder verlassen würde.

Und endlich, endlich, endlich kamen die Tränen und sie ließ Schmerz, Verlust und Zukunftsangst aus sich herausfließen. Denn nun war es nur noch eine Frage der Zeit, bis selbst das Wort von Baran Abdali sie nicht mehr würde beschützen können.

IV.

Es war erst kurz vor 7 Uhr, als Sara das Haus verließ und sich ins Auto setzte.

Beim Frühstück war sie nicht sehr gesprächig gewesen und entsprechend froh, dass Lukas heute Morgen Renée zu ihrer Tagesmutter bringen würde.

Sie startete den Wagen und fuhr los. Routinemäßig blickte sie in den Rückspiegel, bemerkte jedoch in der 30er-Zone nichts Auffälliges hinter sich. Als sie auf die Hauptstraße einbog, musste sie einen Bus vorlassen, der seit einiger Zeit über diese Strecke umgeleitet wurde.

Das Wetter war herrlich und der Verkehr noch flüssig, als sie weiterfuhr und dem Navi auf ihrem Handy folgend zum Ring 3 gelangte.

In Gedanken war sie schon seit dem Aufstehen bei Casims Familie und bemerkte nicht, dass sich von hinten ein silberner Golf bis auf zwei Wagen an sie herangearbeitet hatte. Sie bog ab zur Auffahrt der A7 und ordnete sich direkt ein, um auf der A23 weiter Richtung Elmshorn zu fahren … und erst in der Sekunde ging ihr auf, dass Max ihr gestern eine andere Adresse geschickt hatte, wo sie um 8 Uhr sein sollte, anstatt auf dem Trainingsgelände.

»Shit«, fluchte sie, setzte reflexartig den Blinker und fuhr direkt die erste Ausfahrt ab. Während sie mit der rechten Hand auf ihrem Handy herumscrollte, um die Nachricht aufzurufen und die Zieladresse in der Navigations-App zu korrigieren.

34 Minuten bis in die Hamburger Altstadt. Zumindest würde sie nicht zu spät kommen, trotz ihres Fehlstarts. Sie gab Gas und fuhr rechts auf die Holsteiner Chaussee, um zurück Richtung Innenstadt zu fahren. Als sie in den Rückspiegel sah, fiel ihr der silberne Golf auf, der mittlerweile drei Wagen hinter ihr hinter einem Kleintransporter hervorlugte, als wolle er ihn überholen, und dann doch wieder zurückzog.

In Saras Nacken begann es zu prickeln. Sie war es nicht gewohnt, sich ständig umzusehen und jederzeit zu vermuten, verfolgt zu werden, doch seit ihrem ersten Kontakt mit der Sisterhood war sie sehr viel wachsamer geworden speziell bei dieser Art von Vorkommnissen.

Aufmerksam behielt sie den Rückspiegel im Auge, während sie im mittlerweile dichten Verkehr der Straße Richtung Innenstadt folgte. Das Fahrzeug blieb an ihr dran und Sara wich noch einmal von der kürzesten Route ab, bis sie sich sicher war, dass der Wagen sie wirklich verfolgte. Sie konnte nicht erkennen, wer am Steuer saß, und in ihrem Kopf arbeitete es wie wild, wer das sein mochte.

Im Grunde genommen war sie sicher, dass es jemand von der Sisterhood sein musste, denn wer sonst hätte Grund, hinter ihr her zu sein? Aber selbst von der Sisterhood konnte sie sich diesen Zug nicht erklären … es sei denn? Sara grinste schräg in den Rückspiegel.

»Nee, ist schon klar.« Sie schüttelte schmunzelnd den Kopf, dann sagte sie in Richtung ihres Verfolgers: »Du bist nicht so unsichtbar, wie du glaubst.«

Sie kannte die Gegend am Hafen nicht, hatte jedoch Glück und fand direkt vor dem schmalen Bürogebäude einen Parkplatz. Gegenüber lagen die roten Bauten, die so typisch waren für die Hamburger Speicherstadt. Sara wandte sich in die Richtung und tat so, als würde sie den denkmalgeschützten Komplex bewundern, während sie in Wirklichkeit den Golf nicht aus den Augen ließ, der ob des dichten Verkehrs gezwungen gewesen war, der Straße weiter zu folgen. Aus dem Augenwinkel nahm sie wahr, wie er ein Wendemanöver initiierte und dann in einiger Entfernung rechts ranfuhr.

Sara schmunzelte, machte auf dem Absatz kehrt und ging mit langen Schritten auf den Eingang des Bürokomplexes zu.

Hinter dem eleganten grauweißen Tresen saß eine adrette junge Frau, die sie mit professionell freundlichem Lächeln begrüßte.

»Guten Tag, was kann ich für Sie tun?«

Sara räusperte sich, zog ihr Handy hervor und rief die Nachricht von Max auf.

»Ich hab hier um 8 Uhr einen Termin. Kaiser Worldwide ltd.?«

»Ja, natürlich, Frau Konrad.« Die junge Frau drückte einige Knöpfe der Telefonanlage und setzte ihr Headset ab. Dann stand sie auf und gebot Sara, ihr zu folgen.

»Hier entlang, bitte.«

Sie führte Sara in den ersten Stock und durch eine Glastür in einen dezenten Konferenzraum. Auf dem Tisch warteten zwei Gläser sowie eine kleine Auswahl an Wasser und Säften.

»Kaffee oder Tee?«

Sara verzog den Mund. Mit Kaffee war sie etwas speziell. Sie sah zu der jungen Frau und lächelte höflich. Dann schüttelte sie den Kopf.

»Nichts von beidem.«

Jetzt trat plötzlich ein erschrockener Ausdruck auf das Gesicht der Rezeptionistin.

»Oh nein, verzeihen Sie, Frau Konrad, ich hab vergessen, dass ich Anweisung hatte, Ihnen einen Latte macchiato zu bringen.«

Sara zog in einem Ausdruck des Erstaunens die Augenbrauen hoch, nickte dann aber.

Die junge Frau verschwand umgehend und ließ sie allein.

Sara sah sich in dem leeren Raum um. Außer dem braun melierten Teppich war er nur mit einem schlichten, hellbraunen Tisch möbliert, um den acht Lederstühle arrangiert waren. Schokobraune Lampen hingen über der Tischplatte. Sie waren ausgeschaltet, da zu dieser Tageszeit Sonnenschein ungehindert durch die bodentiefe Fensterfront das Zimmer flutete. An einer Seite des Raumes hing ein überdimensionaler Bildschirm, auf der anderen ein schwarz-weißer Kunstdruck. Mehr Dekoration gab es nicht. Sara nahm ihr Slingbag ab und ließ es im Vorbeigehen auf einen der Stühle hinter sich fallen, während sie an die Fensterfront trat. Die Aussicht war wirklich schön und sie genoss einige Sekunden das Hafenpanorama. Zumindest hätte es wohl für einen ungeübten Beobachter so gewirkt. In Wirklichkeit aber suchte sie jetzt hinter den Gläsern ihrer Sonnenbrille nach Anzeichen für ihre Verfolger. Allerdings musste sie sich eingestehen, dass ihr niemand auffiel und schon gar nicht die Gestalt, die sie erwartet hätte zu sehen.

Die Tür hinter ihr wurde erneut geöffnet und die junge Frau von der Rezeption kam zurück in den Raum und balancierte auf einem kleinen Tablett ein hohes Glas mit der perfekten Mischung aus Milch, Milchschaum und Espresso.

»Kann ich sonst noch etwas für Sie tun?«, fragte sie höflich, nachdem sie das Gedeck arrangiert hatte.

Sara lächelte ihr zu, schüttelte den Kopf und nahm die Sonnenbrille ab. Dann wandte sie den Kopf wieder in Richtung Fenster und musterte das Stahlgerüst der Brücke, das die Elbe überspannte und hinüber in die Speicherstadt führte, während sich die Empfangsdame leise zurückzog. Noch immer konnte Sara ihren Verfolger nicht erspähen.

»Pünktlich wie immer.« Sara fuhr herum. Die Glastür hatte sich lautlos ein weiteres Mal geöffnet und im Türrahmen stand Max.

»Dein Wunsch ist mir Befehl«, erwiderte Sara mit einer angedeuteten Verbeugung.

Max sah wie immer hervorragend aus. Wie am Tag zuvor war die Wahl auf eine weibliche Lesart gefallen und der beige Hosenanzug saß wie maßgeschneidert. Das schwarze Haar war aufwendig geflochten und das Gesicht sorgfältig, diskret geschminkt. Sara hatte sich auch ehrlich Mühe gegeben und eine enge, nicht unelegant wirkende helle Hose gewählt, die sie mit einem weißen übergroßen Hemd kombiniert hatte. Ausnahmsweise hatte sie sogar auf ihre Turnschuhe oder Sneaker verzichtet und trug stattdessen ein Paar flache Loafer.

Max musterte sie von oben bis unten und anscheinend fand ihr Aufzug heute Anklang vor dem strengen Auge der Mode-Ikone.

»Très chic, Schätzchen. Siehst du, es braucht nicht viel, um dich zum Strahlen zu bringen. Auch wenn das ein oder andere Accessoire deinen Look noch vervollkommnen könnte … « Max verstummte und zwinkerte. Die wachsende Entrüstung in Saras Blick amüsierte they sichtlich. Sara bemerkte rechtzeitig, dass sie hochgenommen wurde, und grinste schief zurück.

»Haha, und wozu musste ich mich nun so schick machen? Erwarten tust du ja anscheinend niemanden mehr, oder?« Sie deutete mit dem Kinn auf die zwei Gläser.

Max lächelte vielsagend, zog sich den nächstbesten Stuhl heran, setzte sich und schlug die langen Beine übereinander.

»Scharf beobachtet, Schätzchen, aber dazu kommen wir gleich. Setz dich und erzähl mir doch mal, wie es dir die letzten Wochen so ergangen ist?«

Sara warf einen letzten Blick aus dem Fenster und nahm dann an der diagonal gegenüberliegenden Ecke des Tisches Platz. Das Zucken eines Nervs in ihrem Gesicht verriet den noch anhaltenden Schmerz vom gestrigen Training.

»Lass mich raten, Jay nimmt dich hart ran?«

Sara blickte Max mit ihrem berüchtigten Blick direkt in die Augen. Aber Max zuckte nicht einmal mit der Wimper, also gestand Sara: »Ja, es fühlt sich weniger so an, als wolle sie mich trainieren und vielmehr so, als wolle sie mich umbringen – oder mich wenigstens aus dem Programm kicken. Hat sie irgendein persönliches Problem mit mir? Hab ich ihr in die Suppe gespuckt und es nicht gemerkt? Ich wüsste nicht, dass ich ihr schon mal was getan hätte, es sei denn natürlich, ihr Groll rührt aus einem früheren Leben oder so.«

Max' Blick ruhte auf ihr und um die Augenwinkel bildeten sich feinste Lachfältchen. Ehe Sara etwas erwidern konnte, kam die Empfangssekretärin nach einem leisen Klopfen noch einmal herein, um vor Max einen dampfenden Espresso abzustellen, ehe sie sich ebenso unauffällig wieder zurückzog.

Max nickte freundlich und nippte an dem kleinen Tässchen. Sara tat es ihr gleich, der Latte macchiato war wirklich gut. Max nahm den Faden wieder auf: »Vergiss Jay. Bleib nur aufmerksam für das, was sie dir beibringen kann. Jay ist sicherlich passagenweise etwas … nun ja, ungeschliffen, aber im Nahkampf kenne ich kaum jemanden, der es wirklich mit ihr aufnehmen kann. Sie ist entschlossen und furchtlos und trainiert schon seit sie sich auf zwei Beinen halten konnte … sie ist auf der Matte quasi groß geworden …«

»So kämpft sie auch …«, brummelte Sara und wechselte in eine angenehmere Position. Max nickte.

»Du kannst noch viel von ihr lernen. Kommende Woche werden wir deinen Stundenplan außerdem aufstocken: Rechtskunde, Ermittlungstechniken, Observation, Cybersecurity und digitale Ermittlung …«

»Du lieber Himmel, was werde ich denn, wenn ich groß bin? Detektivin? Spionin?«, frotzelte Sara, der es schon bei dem Begriff Stundenplan gegruselt hatte, Klang das doch nach langweiligem Schulbankdrücken. Max würdigte den Kommentar keiner Antwort.

»Ja, du wirst vieles lernen, was auch in der klassischen Ermittlungsarbeit eine Rolle spielt, aber du musst verstehen, dass deren Ehrenkodex, deren Werte in unserer Welt nicht gelten. Wir können uns den Luxus nicht leisten. Diskretion, Integrität und Professionalität … alles in der Theorie ganz hübsch und anders gelesen sicher auch auf uns anwendbar, doch wir spielen, um zu gewinnen, und zwar um jeden Preis, und nicht ob des Fair Play. Unsere Reaktion wird sehr viel unmittelbarer sein, die Konsequenzen unserer und vor allem auch deiner Taten viel weitreichender und nachhaltiger. Denn unsere Beweise landen vor keinem Gericht.«

Sara hatte angespannt zugehört und wartete auf die Pointe, die Max umgehend klar und deutlich brachte: »Kurz gesagt: Ja, wir werden in die Privatsphäre von Zielpersonen und möglicherweise auch Unbeteiligter eindringen. Wir werden uns Informationen beschaffen und Situationen unmittelbar beeinflussen – mit finalen Ergebnissen und nicht immer legalen Methoden. Das muss dir klar sein.«

Sara erwiderte den fragenden Blick mit einem knappen Kopfnicken.

»So hatte ich dich verstanden. Wenn es denn am Ende einem großen Ganzen dient und dieses Land und seine Bewohner schützt, bin ich fein damit.«

Wieder nickte Max.

»Hast du noch Fragen?«

Sara legte die Arme auf den Tisch und lehnte sich vor.

»Eigentlich nur eine: Wann geht es endlich los? Training und Schule«, sie setzte den Begriff mit den Fingern in Anführungszeichen, »sind ja ganz nett und klar, ich bilde mich auch gern eine Weile weiter, aber wann lerne ich die Leute kennen, für die ich angeblich arbeite? Ach, und wenn wir schon dabei sind: Wann tue ich endlich was Konkretes?«

Max drapierte die Hände sorgfältig übereinander und strich eine imaginäre Falte der Hose glatt.

»Ganz meine Sara, komm ihr bloß nicht mit Bullshit.«

Sara verschränkte die Arme vor der Brust und lehnte sich weiter zurück. Max hingegen fixierte sie und beugte sich mit den Ellbogen auf der Tischplatte vor.

»Okay, Tacheles: Du bist bereits mittendrin. Dass du die Verantwortlichen nicht kennst, ist normal. Ich bin dein Kontakt und das bleibe ich auch fürs Erste. Wenn du mehr Menschen kennenlernen musst, wirst du das. Alles zu seiner Zeit. Als Erstes müssen wir deine Coverstory finalisieren, gleich bekommst du dein Sicherheitspaket und bist formal einsatzfähig. Und dann werden wir sehen, wann du mit dem Rest so weit bist ...«

»Also nur fürs Protokoll: Erstens geht mir eure Geheimnistuerei jetzt schon so richtig auf die Nerven, und ich weiß echt nicht, wie lange ich da Lust zu hab. Zweitens ist Geduld mal so gar nicht meine Stärke und drittens ich bin bereit geboren worden.« Sie lehnte sich zurück und verschränkte wieder die Arme vor der Brust. »Und selbst mir ist aufgefallen, dass ich heute früh einen Schatten hatte.«

Max Mimik verriet keinerlei Verwunderung. Sie bestätigte nicht einmal ihren so geäußerten Verdacht, stattdessen sagte they mit einem neuen Anflug von Autorität: »Als deine Führungsperson obliegt es mir, zu beurteilen, wann du so weit bist. Und ich sage dir Bescheid, sobald wir eine Mission für dich haben.«

Saras Überraschung stand ihr deutlich ins Gesicht geschrieben.

»Machst du das öfter? Wie viele wie mich führst du denn?«

Nun verrutschte Max' gelassener Gesichtsausdruck für eine Millisekunde. Der Blick zuckte kurz Richtung Tischplatte und die Zungenspitze fuhr über die rot geschminkten Lippen. Sara las die Unsicherheit in den Zügen und ließ die Arme in eine neutralere Position sinken.

»Also, um ehrlich zu sein, bist du meine erste Agentin. Aber ich hab mich bereits in vielen Missionen bewiesen, also bitte ich dich, mir zu vertrauen, okay?«

Die Worte waren mit Nachdruck gesprochen und die Stimmlage zitterte einen Hauch. Beides hatten Saras feine Antennen registriert. Nicht etwa aufgrund ihrer neuerdings so ausgeprägten empathischen Seite, sondern vielmehr, weil die Kriegerin in ihr Schwäche witterte. Sie sah Max fest in die Augen. Instinktiv wollte sie ablehnen. Was wusste sie schon von Max oder der Sisterhood? Nichts im Vergleich zu ihrem letzten Führungsoffizier Johannes Bauer oder ihren ehemaligen Teammitgliedern Hannes und Alex. Doch sie musste sich eingestehen, dass auch die Männer ihr fremd gewesen waren, als sie zuerst zusammengekommen waren. Und was waren sie mit der Zeit für ein unglaubliches Team geworden … Ihr Blick wanderte zurück zu Max. They ließ sie nicht aus den Augen in Erwartung einer Entscheidung. Auch sie beide hatten schon ein bisschen was hinter sich, obwohl sie noch gar nicht offiziell zusammengearbeitet hatten.

Sara räusperte sich und setzte sich auf.

»Okay, fein, aber du weißt: Wenn du es versaust, versohle ich dir den Hintern.«

Nun war es an Max, sich zu entspannen und zu grinsen.

»Verstanden, Schätzchen, nichts anderes würde ich erwarten.« Die beiden nickten sich zu und besiegelten damit ihren Bund.

»Wollen wir also loslegen?«

Sara hob erwartungsvoll die Augenbrauen. Dann fiel ihr etwas ein.

»Wie wäre es mal mit einem Arbeitsvertrag, damit ich das Arbeitsamt vom Hals hab? Die haben mir nämlich schon wieder geschrieben und für Bürokratie und Sesselsitzer hab ich echt null Zeit.«

Max grinste.

»Ach, Sara, du bist einfach herrlich.« Aus einer schmalen Aktenmappe, die Sara jetzt erst auffiel, zauberte eine wie immer perfekt manikürte Hand eine dünne Mappe.

»Hier ist dein Anstellungsvertrag für die Außenwelt. Passend zur besprochenen Coverstory für Kaiser Worldwide ltd..« Die durchsichtige Mappe rutschte mit einem leichten Schubser bis zu Sara.

Sie nahm sie auf, blätterte den mehrere Seiten umfassenden Vertrag durch und überflog ihn. *Sicherheitsoffizierin* stand da und Sara verzog spöttisch den Mund – als ob sie je zu den Sternchenträgern hätte gehören wollen, aber egal. Als sie an dem Paragrafen ankam, der ihr Gehalt regelte, pfiff sie anerkennend durch die Zähne.

»Wow, das nenn ich mal eine Verbesserung im Vergleich zu meinem Sold.«

Sara zückte einen Kuli, unterschrieb beide Ausdrucke und reichte sie Max zurück.

»Und das hier ist etwas, für das du einen wirklich sicheren Ort brauchst.«

Max schob ihr einen zweiten, dickeren Umschlag über den Tisch.

Sara zog ihn zu sich und öffnete die Hülle. Ohne hineinzuschauen, schüttete sie den Inhalt des Briefumschlags vor sich aus. Zwei verschiedene Pässe fielen vor ihr auf den Tisch. Führerscheine. Kreditkarten. Und zwei Geldscheinbündel. Einmal 100-Euro-Noten mit einer Banderole, die 10.000 Euro auswies und einmal 100-Dollar-Noten – insgesamt 10.000 Dollar.

Überrascht warf Sara Max einen kurzen Blick zu und nahm auf das Kopfnicken hin einen der Pässe. Er war kanadischen Ursprungs und ausgestellt auf eine Chloe Taylor – das Bild zeigte Saras Gesicht. Mit offenem Mund nahm sie den zweiten Pass, der von der Französischen Republik ausgestellt worden war und einer Simone Morel gehörte, die ebenfalls aussah wie

Sara. Die Führerscheine und Kreditkarten passten namentlich zu den Pässen.

Sara hob die Papiere leicht in die Luft und fragte: »Was ist das?«

»Nenn es dein Arbeitsmaterial – und eine Lebensversicherung.«

»Du weißt aber schon, dass ich kein Französisch spreche, oder?«

Max grinste.

»Pas grave, ça viendra.«

Sara runzelte die Stirn.

»Wie gesagt, nimm sie mit, räum sie gut weg, so dass niemand die Sachen findet, aber du jederzeit darauf Zugriff hast, solltest du sie brauchen.«

»Hast du auch so was?«, fragte Sara und wurde sich das erste Mal bewusst, dass sie dabei war, sich in eine völlig neue Welt zu begeben.

Ein knappes Kopfnicken musste ihr als Antwort genügen. Sara überlegte, befürchtete kurz, sich lächerlich zu machen und fragte dann doch: »Wo bewahre ich das auf?«

Max sah sie an und antwortete dieses Mal ernst: »Nicht im Haus. Nichts, was zu leicht mit dir in Verbindung gebracht wird. Wasserfest. Windsicher. Tag und Nacht leicht zugänglich.«

Saras Augen weiteten sich, doch da sie jetzt keinen Scherz witterte, nickte sie. »Verstanden.«

»Super, dann können wir ja zu den spaßigeren Sachen übergehen. Observation der Zielperson – sollte dir ja was sagen, oder?«

Sara war im Kopf bei den falschen Pässen hängen geblieben. Nun kehrte sie rasch gedanklich an den Tisch zurück. »Ja, allerdings. Und heute bin ich anscheinend die Zielperson.«

Jetzt lächelte Max anerkennend. »Dann lernst du jetzt deine erste Lektion: Entkomm deinen Verfolgern und dreh den Spieß um – wenn du kannst.«

»Okay …«, erwiderte Sara und frickelte an der Ecke eines Banknotenbündels.

»Gegenobservation?«, fragte Max und lüftete elegant eine Augenbraue. »Ich könnte dir ein Fachbuch dazu empfehlen, aber ich nehme an, du willst es lieber in der Praxis erproben?«

Sara ahnte, dass das nach hinten losgehen könnte, jedoch kribbelte es ihr in allen Fingern, nicht mehr in Theorie zu ertrinken – dann lieber mit fliegenden Fahnen untergehen. Außerdem, ein bisschen Übung hatte sie schließlich. Also nickte sie zustimmend.

»Gut.« Max leerte die Tasse und schnappte sich die Aktentasche. Dann stand they auf. Mit einem letzten Blick auf Sara verschwand die schlanke Person aus dem Raum.

Sara blieb noch einen Moment sitzen. Wie immer, seitdem Max ihr von der Sisterhood erzählt hatte, waren ihre Treffen kryptisch und die Ergebnisse übersichtlich. Sie kaute an ihrer Unterlippe. Aber was sollte sie machen? Sie hatte sich darauf eingelassen, nun musste sie halt damit umgehen, dass die offensichtlich auf diesen Spionagequatsch standen. Sie schüttelte den Kopf, klaubte ihre Tasche und den Umschlag zusammen und wollte schon gehen. Doch dann besann sie sich eines Besseren, nahm die Pässe aus der Hülle und steckte sie zusammen mit den beiden Geldbündeln in ihr Slingbag.

»Dann wollen wir doch mal sehen, wer da meint, mir am frühen Morgen am Hintern kleben zu müssen.« Sie warf das Slingbag über die Schulter und setzte ihre verspiegelte Fliegerbrille wieder auf.

Im Erdgeschoss ließ sie sich Zeit und blieb am Fahrstuhl einen Moment stehen, um sicherzugehen, dass die Lobby und die direkte Umgebung frei waren. Sie konnte nirgendwo jemanden ausmachen, der den Eingang im Auge behielt. In ihrem Nacken kribbelte es. Instinktiv wusste sie, dass die andere Person da war.

»Abhängen und selbst verfolgen. Komm schon, Sara, wie schwer kann das sein?«, machte sie sich selbst Mut und ging dann mit möglichst nonchalantem Schritt los.

Sie blieb an der Straße stehen, zückte ihr Handy und tat so als würde sie ihre Nachrichten checken. Wieder sah sie sich hinter ihren Brillengläsern unauffällig um. Nichts. Nur das Kribbeln im Nacken.

Einem Impuls folgend wandte sie sich nicht nach links hin zu ihrem geparkten Wagen, sondern folgte der Straße zu Fuß ein paar Meter Richtung Hafen. Sie überlegte fieberhaft. Sie hatte das mit der Gegenobservation noch nie gemacht, also worauf konnte sie aus ihrem persönlichen Repertoire zurückgreifen? Mit Häuserkampf hatte das hier verhältnismäßig wenig zu tun. War ja nicht davon auszugehen, dass auf den Dächern irgendwo Scharfschützen lauerten oder im nächsten Gulli ein improvisierter Sprengsatz wartete. Und trotzdem hatte sie jemand im Visier, wie ihr das wachsende ungute Gefühl im Nacken zweifelsfrei bestätigte. Also ging sie zunächst scheinbar gelassen weiter und schlenderte um die Kurve in die Deichstraße. Von einem früheren Besuch mit Lukas wusste sie, dass die Straße aus Kopfsteinpflaster bestand und nicht für den Autoverkehr freigegeben war. Sie besaß mit dem letzten erhaltenen Ensemble von Althamburger Bürgerhäusern einen historischen Wert und war eine

Touristenattraktion. Doch zu dieser Tageszeit waren die sonst den Fußweg pflasternden Tische und Stühle vor den diversen Lokalitäten eingepackt und die Straße war mit Ausnahme von zwei Lieferanten so gut wie unbelebt.

Es störte folglich nur ein paar Tauben, als Sara, kaum dass sie so weit in die Fußgängerzone eingebogen war, dass sie von der Straße Kajen nicht mehr zu sehen war, los sprintete, als wäre ihr der Teufel auf den Fersen. Schon nach zwanzig Metern eröffnete sich eine Möglichkeit, mit der sie nicht gerechnet hatte. Links, direkt neben dem Parkplatz, stand ein Eisentor offen, das normalerweise sicher verschlossen war, und einige Müllcontainer standen halb auf dem Gehweg.

Mit einem schnellen Blick über die Schulter bremste Sara abrupt ab, wechselte die Straßenseite und rannte durch das offene Tor. Sie blieb nicht zu dicht an der Straße stehen, sondern lief in den Hof und sah sich rasch um.

Linkerhand führte eine geschwungene Rampe nach oben, in Richtung eines Parkdecks. Daran anschließend eine Mauer, die das Grundstück zum Nachbarn begrenzte. Dort wiederum stand an der Straße ein mehrgeschossiges, sandfarbenes Gebäude mit Wohnungen oder Büros und dahinter ragte ein Kran heraus. Sprich, der Hinterhof wurde neu bebaut.

Sara zögerte nicht. Sie nahm Anlauf, stürmte die Rampe halb hinauf, machte dann mit ihren langen Beinen einen Satz auf das Geländer und sprang an die dahinterliegende Mauer, die den Hof vom Nachbargrundstück trennte.

An beiden Händen hängend zog sie sich rasch hoch und sah schnell über die Schulter zurück. Noch war nichts von ihrem Verfolger zu sehen. Sie warf einen Blick die andere Seite der ungefähr fünf Meter hohen Mauer hinunter. Unmittelbar unter ihr standen nur einen Meter entfernt Baucontainer übereinander, die improvisierte Büros für die Baustelle bildeten.

Sie waren ein wenig niedriger als die Mauer und Sara zögerte nicht, darauf zu springen und sich sofort auf dem Bauch liegend wieder an die Mauer heranzurobben.

Gerade, als sie den Kopf einen Hauch hob, um über die Kante zu spähen, sah sie eine Gestalt an der Toreinfahrt stehen und sich in alle Richtungen des Hofes umsehen. Reflexartig zog sie den Kopf ein und versuchte, ihre Atmung zu beruhigen.

Auch wenn das nur ein dummes Spiel war, schlug ihr Herz schnell von dem kurzen, aber intensiven Sprint und sie grinste vor sich hin.

Erwischt, dachte sie triumphierend und zählte still bis fünf, ehe sie einen weiteren Blick wagte. Der Hof war leer. Die mit einem dunklen Hoodie bekleidete Gestalt war verschwunden.

Sara sprang auf die Füße, lief zum Ende des Containers, machte von dort einen Satz auf den Treppenabsatz und flitzte die Metalltreppe hinunter. Als sie unten ankam, wurde die Tür des improvisierten Büros oben aufgerissen und ein empörter Mann mit Warnweste starrte sie verdutzt an.

»Was zum Geier machen Sie denn hier? Das ist eine Baustelle, hier ist das Betreten verboten.«

Sara tippte sich an ihre imaginäre Mütze und grinste.

»Sorry, falsch abgebogen, bin schon weg.« Sie drehte sich auf dem Absatz um und flitzte weiter an der Rückseite des sandfarbenen Gebäudes entlang, das sie von Kajen abschirmte, bis sie einen Fußgängerweg um das Haus fand und wieder zur Straße zurückkam.

Immer noch klopfte ihr Herz laut, doch sie war sich sicher, dass sie jetzt in die zweite Phase ihrer Gegenobservation übergehen konnte.

So unauffällig es ging, schlich sie entlang der geparkten Autos wieder zurück in Richtung ihres eigenen Wagens. Vor der Deichstraße blieb sie stehen und beobachtete aufmerksam das Kommen und Gehen der Lieferanten aus der Straßenmündung. Noch immer war die Straße fast leer – bis auf eine dunkle Gestalt, die jetzt aus einem für Sara unsichtbaren Weg von rechts zwischen den Häusern wieder auf das Pflaster trat und sich in beide Richtungen umsah.

Sara wich zurück und beeilte sich, in dem Hausaufgang zu Nr. 2 Deckung zu suchen. Mauervorsprung und Schatten reichten gerade, um ihre schlanke Gestalt zu verbergen. Sie lauerte, bis ihr Verfolger an ihr vorbeigegangen war, zur Straße Hohe Brücke abbog und damit zurückging in Richtung der Autos. Sara ließ sich Zeit, ihr zu folgen, ahnte sie doch, wohin es ging.

Es gelang ihr, unbemerkt zu ihrem Auto zurückzukommen. Sie blieb bei dem Bürokomplex, in dem sie sich zuvor mit Max getroffen hatte, noch einen Moment vor der Tür hinter der dort ausgestellten Antriebsschraube eines Frachtschiffes stehen und wartete, bis der hellgraue Golf an ihr vorbei gefahren war. Erst jetzt flitzte sie zu ihrem Wagen, sprang hinein und startete. Rasch fädelte sie sich in den Verkehr ein und schnallte sich gleichzeitig an, während ihr Auto nervtötend piepte.

Sara zerrte mit einer Hand am Gurt und versuchte mit der anderen, das Lenkrad im Griff zu behalten. In der Stadt jemandem unauffällig zu folgen, wenn man selbst ein feuerrotes Auto fuhr, war echt eine Kunst. Glücklicherweise hatte sie eine gute Vorstellung, wohin ihr ehemaliger Verfolger wollen würde, also ließ sie sich weit zurückfallen. Erst jetzt überlegte sie, ob sie noch andere Möglichkeiten der Tarnung hatte. Hinten im Auto lagen diverse Spielsachen. Außerdem fand sie in dem Haufen eines ihrer Caps und setzte es auf.

Erst jetzt fiel ihr auf, dass sowohl ihre weiße Bluse wie auch ihre beige Hose dreckig waren von ihrer Aktion, die Mauer raufzuklettern und auf dem Containerdach herumzurutschen.

»Na toll«, murmelte sie, »so viel dann mal dazu, mich schick anzuziehen. Ganz tolle Idee, Max, herzlichen Dank.«

In einiger Entfernung fuhr der VW noch bei Gelb über eine Ampel und Sara fluchte leise. Doch da die nächste bereits in nur fünfzig Metern Entfernung ebenfalls umgesprungen war, war das nicht so schlimm.

Als sie aus der Innenstadt rauskamen und wieder auf der Autobahn Richtung Norden fuhren, versteckte sich Sara gelassen im dichten LKW-Verkehr. Je weiter sie vorankamen, umso sicherer war sie, dass ihr Weg am Trainingsgelände enden würde und das war fein für sie. Der Jäger, der mittlerweile zum Gejagten geworden war, schien sie nicht zu bemerken, jedenfalls machte er keinerlei Anstalten, sie abzuschütteln.

Sara ließ den VW am Ziel der Fahrt in die Schlossstraße abbiegen und fuhr rechts ran, um zu warten, bis die andere Person in Ruhe fast ganz durch die 30er-Zone gefahren war.

Am Ende des ehemaligen Fabrikkomplexes gab es eine beinahe unsichtbare Zufahrt, die direkt ins Herz des Gebäudes führte. Früher hatte es dort vermutlich ein Tor gegeben. Dann war die Hofeinfahrt zugemauert gewesen, bevor sie in jüngerer Vergangenheit wieder aufgestemmt, vergrößert und mit einem neuen Rolltor ausgerüstet worden war. Selbiges war zwar auch besprüht mit Graffiti und Gangtags, jedoch voll funktional, sogar verstärkt und mit unauffälligen Fischaugen ausgestattet, die rundum in die Mauer eingelassen waren, wie Sara mittlerweile gelernt hatte.

Sara zählte bis dreißig und folgte dann. Als sie um die Ecke bog, sah sie gerade noch das Heck des Wagens verschwinden. Sie grinste und beschleunigte.

Ohne dass sie etwas tun musste, wurde der kleine Transponder, der unauffällig hinter ihrer Sonnenblende angebracht war, aktiviert und öffnete wie ein Sesam-öffne-dich das Tor für sie.

Sie fuhr hindurch und folgte der Halle bis zu den Parkplätzen. Sie wählte wie immer eine Parkbucht nur wenige Schritte neben der Tür und stieg aus. Von dem Golf war keine Spur zu sehen. Er musste um die Ecke in den anderen Bereich gefahren sein. Sara sollte es recht sein. Sie warf ihr Slingbag über die Schulter und schlich auf Zehenspitzen in Richtung der Aufzüge, die den Parkplatz vom Trainingsbereich und den darüber liegenden Büros trennten – und blieb wie angewurzelt stehen.

Am Fahrstuhl stand die dunkle Gestalt und hatte die Kapuze abgestreift.

Sara begann zu pfeifen, trat hinter ihrem Pfeiler hervor und stellte sich provokant dicht neben Jay, die ihr einen finsteren Blick von schräg unten zuwarf.

Die Fahrstuhltür ging auf und sie trat ein, drehte sich um und versperrte Sara den Weg in die Kabine, während sie einen Knopf drückte.

»Nimm gefälligst den nächsten«, zischte sie, als sich die Türen schlossen.

Sara sah ihr verdutzt nach und musste dann lachen. »Wow, wenn das mal nicht erwachsen war …«

Oben angekommen fand sie Jay in einem der improvisierten Teamräume, wo sie dabei war, ihre Glock 22 auf dem Tisch auseinanderzubauen und zu reinigen. Warum sie ein Faible für die österreichische Marke hatte, hatte Sara noch nicht herausgefunden. Als man sie gefragt hatte, war ihr erster Reflex gewesen, hier mit einer P30 von Heckler & Koch weiter zu arbeiten. Eine verdiente Zweitwaffe, die ihr aus ihrer Dienstzeit in bester Erinnerung war und immer ihren Job gemacht hatte. In dieser unbekannten Welt mit den ganzen neuen Optionen war sie noch nicht so weit, persönliche Präferenzen für ein anderes Modell der durchaus eindrucksvollen Waffenkammer, die man ihr vorgeführt hatte, entwickelt zu haben. Bislang war sie um ein Schießtraining drum herumgekommen – und wenn sie ehrlich war, war sie nicht heiß auf die Erfahrung. Vieles hatte sich im letzten Jahr zum Besseren gewandt: Ihre Albträume hatten fast komplett aufgehört, das zwanghafte Händewaschen hatte sie wieder abgelegt und sie war guter Hoffnung, dass auch ihre Unfähigkeit, den Abzug zu drücken, mittlerweile verschwunden wäre … aber tief in ihrem Inneren war es eben immer noch genau das: ein großes Vielleicht und ein Hoffen. Und auch wenn sie alles andere als feige war, war sie bislang einer Konfrontation mit diesem inneren Dämon systematisch aus dem Weg gegangen.

Sie stellte sich also an den Tisch und fragte provokant: »Was steht heute noch so auf dem Plan?«

Jay sah von unten hoch und funkelte sie wortlos an. Wie immer überlegte Sara, ob und inwieweit sie Anteil an der andauernd gleich aggressiven Art von Jay hatte.

Da sie sich nicht rührte, presste Jay schließlich zwischen den Zähnen hervor: »Hat Max dir das nicht gesagt?«

»Doch, doch, Täuschen, Tarnen und Verpissen, sagte sie. Ich wollte nur wissen, wann ich da denn was lerne«, grinste Sara. Ihr Gegenüber fixierte sie weiter feindselig an.

»Nimm das gefälligst ernst«, fauchte Jay, »das kann dir das Leben retten.«

»Na ja, dich hab ich ja auch erwischt«, erwiderte Sara gelassen. Jay wurde erst rot, anschließend blass und knallte ihre Pistole auf den Tisch. Wortlos stürmte sie aus dem Raum.

»Wow, na, dann geh ich davon aus, dass die Lektion für heute wohl abgeschlossen ist.«

V.

Sadeq hatte eine Zigarette ausgedrückt und wollte nach seinem Tee greifen, als sein Handy klingelte. Er brachte seine Gefolgsleute, die um ihn herum lachten und versuchten, sich gegenseitig mit den Erzählungen ihrer Heldentaten zu übertrumpfen, mit einer Geste zum Schweigen.

»Assalam alaikum«

Der Gruß wurde knapp erwidert, ehe Niaz Mohammad mit seiner kehligen Stimme nachfragte: »Ist es erledigt?«

Sadeqs Hals war plötzlich trocken, und er musste sich räuspern.

»Wir haben den Verräter befragt ... «

»Und?«

Sadeq stand auf, wandte sich von der Gruppe ab und machte rasch einige Schritte aus dem Haus auf die Terrasse, um außer Hörweite zu gelangen.

»Er hat sich geweigert, seine Schuld einzugestehen.«

Der Stammesführer gab ein weiteres gutturales Geräusch von sich und hustete dann. Die Legende besagte, dass er als Kind einen Giftgasanschlag überlebt habe, bei dem seine Stimmbänder verätzt worden seien, während er – je nach Erzähler – fünf bis fünfzehn Männer seines Dorfes gerettet habe. Es dauerte einen Moment, bis er seine nächste Frage stellen konnte. Und obwohl Sadeq darauf vorbereitet war, traf sie ihn doch wie ein Schlag in den Magen.

»Und mein Eigentum?«

»Wir haben es noch nicht gefunden, Ehrwürdiger, wir …«

»Wie kann das sein? Habe ich den falschen Mann mit dieser Aufgabe betraut?«

Sofort straffte Sadeq unbewusst seine schmalen Schultern. Obwohl er für afghanische Verhältnisse mit 1,72 m relativ groß war, war er hager und seine Stärke rührte eher aus einer drahtigen, explosiven Kraft, als aus eindrucksvollen Muskelbergen.

»Natürlich nicht.« Er überlegte fieberhaft und hatte gerade rechtzeitig eine Eingebung: »Wir sind auf dem Weg, um das Haus zu durchsuchen und die Familie zu befragen.«

Der Alte schwieg kurz und Sadeq wechselte das Telefon von einer Hand in die andere in Erwartung einer Antwort.

»Muss ich dich daran erinnern, wie wichtig es ist, dass ich meinen Besitz zurückerhalten?«

»Nein.«

»Ich kann kein Versagen dulden.«

Er brauchte die Drohung nicht weiter auszuschmücken. Sadeq trat von einem Fuß auf den anderen. Er schluckte schon wieder gegen seinen trockenen und sich zuschnürenden Hals an.

»Natürlich nicht, Ehrwürdiger.«

»Gut.« Und nach einem kurzen weiteren Huster fügte die leise, krächzende Stimme hinzu: »Sag mir, wenn du es hast.«

Danach legte er ohne Abschiedsworte auf.

Sadeq fuhr sich mit dem Handrücken über die Stirn, um sich den Schweiß abzuwischen. Es waren zwar jenseits von dreißig Grad, aber das war es sicher nicht, was ihm Schauer den Rücken hinunter jagte.

Er wandte sich zurück zur Tür und sah, dass Yusef, seine rechte Hand, ebenfalls auf die Terrasse getreten war. Der war sogar ein Stück größer als Sadeq und massiv gebaut. Seine gesamte linke Gesichtshälfte war von schlimmen Narben früherer Akne gezeichnet und seine brennenden Augen richteten sich jetzt auf seinen Freund und Anführer. Die beiden Männer hatten sich im Ausbildungslager in Pakistan kennengelernt und waren seither durch die Reihen Seite an Seite aufgestiegen. Was Yusef ihm körperlich voraushatte, machte er mit Ehrgeiz und Verbissenheit wett. Außerdem war er cleverer, wenn es darum ging, den richtigen Leuten aufzufallen. Dennoch vertraute Sadeq niemandem mehr als dem Mann, der ihm zweimal das Leben gerettet hatte und seit Jahren loyal folgte.

Yusef beobachtete ihn eindringlich. Sadeq sah weg und stieß durch die Zähne hervor: »Wir müssen das Haus durchsuchen. Er will sein Eigentum wiederhaben.«

Yusef nickte stumm, drehte sich um und bellte in das Halbdunkel zu den Männern:

»Bewegt euch, ihr räudigen Hunde. Wir müssen los, wir haben zu tun.«

VI.

»Hier bist du.«

Sara schreckte aus ihren Grübeleien hoch und stellte fest, dass Max in der Tür zum Teamraum aufgetaucht war, den Jay vor einer Weile verlassen hatte.

»Ähm, ja«, räusperte sich Sara, nahm ihre Füße von der Tischplatte und sprang auf.

»Was ist denn mit dir passiert?« Max warf einen erstaunten Blick auf die Dreckschlieren auf ihrer weißen Bluse und hellen Hose. »War das Jay?«

Sara grinste und schüttelte den Kopf. Dann erwiderte sie mit einem Hauch Stolz in der Stimme: »Nein, ich hab sie abgehängt und bin ihr dann erfolgreich gefolgt.«

»Sehr unauffällig.« Max' gerümpfte Nase ließ Saras Euphorie verpuffen.

»Und wo ist sie jetzt?«

»Keine Ahnung ...«

»Herrgott, ihr müsst euch in den Griff kriegen, wir sind hier nicht im Kindergarten.« Überrascht von der unvermittelten Heftigkeit von Max' Ausbruch, hob Sara abwehrend die Hände.

»Ist doch nicht meine Schuld ...«

»Schluss, hab ich gesagt. Sofort. Wir haben Wichtigeres zu tun.« Erst jetzt bemerkte Sara, wie angespannt Max' Züge waren. Das Gesicht war viel blasser als vorhin und um den Mundwinkel zuckte ein Nerv, der nichts mit dem sonst so charmanten Lächeln zu tun hatte. Sara runzelte die Stirn. Wenn sie es nicht besser gewusst hätte, hätte sie geschworen, dass Max Angst hatte. Doch wovor und warum? Ehe sie eine Frage zu ihrer Beobachtung stellen konnte, machte Max auf dem Absatz kehrt.

»Komm mit in mein Büro.«

Sara raffte ihr Slingbag und die auf dem Tisch liegen gebliebene Pistole zusammen und beeilte sich, hinterherzukommen.

»Was ist denn los?«

Doch Max antwortete nicht. Mit wehendem Haar und auf der Innenseite der vollen Unterlippe kauend war ihre Führungsperson komplett in Gedanken versunken.

Sie kamen am Trainingsraum vorbei und wie nicht anders zu erwarten, fanden sie Jay hier. Sie trainierte eine Kali-Technik mit Doppel-Stöcken an einem Sandsack. Wieder und wieder wirbelten die Schlagstöcke so blitzartig um ihren Körper, dass Saras Augen ihnen kaum folgen konnten und klatschten mit einem harten, schnellen Rhythmus gegen den Ledersack. Es waren gleichzeitig unglaublich kraftvolle und anmutige Bewegungen und Jays Körper, der jetzt in einem engen Tanktop und Shorts steckte, glänzte vor Schweiß. Sara ahnte, wessen Gesicht Jay vor ihrem inneren Auge sah.

»Jay«, bellte Max. Erneut wunderte sich Sara über die Verwandlung ihres Gegenübers.

Jay unterbrach ihre Schlagfolge und warf den Kopf in den Nacken, um die Luft entweichen zu lassen. Sie blickte sich um, wer sie gerufen hatte und als sie die beiden Gestalten im Türrahmen erblickte, verfinsterte sich ihr Blick sofort.

Max machte eine winkende Handbewegung, und der Ausdruck in Jays Gesicht wandelte sich in arrogante Langeweile. Trotzdem ließ sie die Arme sinken und kam zu ihnen herüber.

»Was?«, fragte sie.

»Mein Büro – jetzt.« Max drehte sich um und wäre um ein Haar in Sara gerannt, die im Durchgang stand. Rasch trat Letztere einen Schritt beiseite. Dann fiel ihr Blick auf Jay, die sie offen überrascht ansah und beide Frauen zuckten zeitgleich mit den Schultern. So hatte keine von ihnen Max je erlebt. Doch der Moment friedlicher Einigkeit währte nur eine Sekunde, bis Jay ihre Pistole in Saras Hand entdeckte. Augenblicklich schossen ihre Augen Blitze und sie machte einen so schnellen Schritt nach vorn, dass Sara reflexartig die Waffe hob und auf sie zielte, um sie aufzuhalten. Jay hielt in der Bewegung inne, Sara ließ sofort den Griff los und die Waffe über Kopf am Abzugsbügel über ihren Zeigefinger baumeln.

»Du hattest sie oben liegen gelassen. Dachte, es wäre besser, ich würde sie dir bringen.«

Ausnahmsweise lag keine Provokation in Saras Stimme und Jay wurde sich ihrer Angriffshaltung bewusst. Angesichts des Friedensangebotes ließ sie ihre Arme ebenfalls sinken. Sie nahm Sara die Waffe ab und stürmte an ihr vorbei. Sara sah ihr erst nach und folgte ihr dann kopfschüttelnd. Sie wurde aus Jay einfach nicht schlau.

Wenige Minuten später saßen die beiden, Sara in ihren schmutzigen Klamotten und Jay in ihren durchgeschwitzten, vor Max' Bürotisch.

Das Büro war spartanisch, aber elegant eingerichtet – mit viel Chrom und Glas und als Akzent einem

antiken Holzbücherregal, in dem allerlei Computer-
zubehör herumstand, nur keine Bücher.

Max tigerte hinter dem Schreibtisch auf und ab. Die
Atmosphäre war zum Schneiden und niemand wagte,
etwas zu sagen. Schließlich polterte Max los: »Also als
Erstes: Ihr beiden hört jetzt sofort auf mit diesem
Pussyterror. Das ist ja nicht zum Aushalten. Ihr seid
ein Team! Aber ihr zwei benehmt euch wie im
Kindergarten, als hätte die eine der anderen die
Schaufel geklaut.«

Sprachlos starrte Sara Max an. Aus dem Augenwinkel
nahm sie wahr, dass Jay genauso perplex schaute.

»Es langt – und das hört hier und jetzt auf. Es ist
mir egal, was ihr für ein Problem miteinander habt,
verstanden? Es ist jetzt zu Ende.«

Sara setzte an, etwas zu sagen, und auch Jay rappelte
sich in ihrem Stuhl hoch. Doch ehe eine von beiden
eine Silbe über die Lippen brachte, drehte sich Max zu
ihnen um, knallte die Handflächen flach auf die
Glasplatte vor sich, dass es nur so klirrte, und brüllte:
»Jetzt!«

Dieses Mal trauten sich die beiden Angesprochenen
nicht einmal mehr, einen Blick zu wechseln, sondern
nickten nur stumm unisono. Max atmete hörbar aus,
richtete sich wieder auf und strich eine verrutschte
Strähne zurecht.

»Zweitens: Wir haben einen Auftrag – für Sara.«

Jay holte Luft – und ließ sie direkt wieder sanft
entweichen, als Max' Blick sie traf.

»Okay«, sagte Sara so neutral wie möglich, um sich
ihre Aufregung nicht anmerken zu lassen, »worum geht
es?«

Max presste die vollen Lippen zusammen. Die Härte
der Gesichtszüge wich erst Traurigkeit und dann

betonter Geschäftsmäßigkeit. Sara war keine Regung entgangen, doch ehe sie darauf reagieren konnte, tippte Max etwas auf dem zwischen ihnen stehenden Laptop und drehte ihn dann zu den beiden Sitzenden um.

Vor ihnen spielte sich eine wackelige Handyaufnahme in schlechter Qualität ab. Lehmwände, eine Ziege, Beine und Schnellfeuerwaffen, die daneben baumelten.

Kalaschnikows, erkannte Sara, ohne darüber nachzudenken.

Langsam wurde die Kamera so hoch gehoben, dass ein staubiger Marktplatz erkennbar wurde, gleißender Sonnenschein, das Bild verwackelte immer wieder oder wurde von Schultern verdeckt. Die Gestalt eines Mannes war zu erkennen. Er kniete am Boden, umringt von einer Menschenmenge. Nein, er kauerte und versuchte schwankend, sich aufzurichten. Ein anderer mit Bart und Turban stand über ihm und schrie auf ihn ein. Das Video hatte keinen Ton und so konnte Sara nur aus seiner bedrohlich wirkenden Haltung folgern, dass es wüste Beschimpfungen waren. Erneut zitterte das Handy, als würde es dem Filmenden aus den Händen gleiten – oder als müsse er es zwischendurch verbergen. Sobald der Fokus wieder bei den Vorgängen auf dem Markt ankam, lief Sara ein Schauer über den Rücken. Irgendwo in ihrem Hinterkopf regte sich etwas und ihr Nacken begann zu kribbeln. Ihre Hände umfassten die Lehnen des eleganten Schwingstuhles fester und ihre kurzen Nägel bohrten sich in das weiche Leder der Armpolster.

Der Taliban trat mit einer Geste des Triumphes vor die Menge und wurde mit Beifall gefeiert. Die umstehenden Männer und Frauen hatten für sie stumm die Arme und Waffen in die Luft gereckt und jubelten unhörbar. Der Fokus blieb jetzt bei dem Knienden, der mit langsamen Gesten ein Gebet vorbereitete und dann, die Handflächen nach oben gerichtet, mit geschlossenen Augen verharrte. Sein Mund öffnete sich und ohne dass Sara seine letzten Worte hätte verstehen können, stürzte er urplötzlich wie vom Blitz getroffen hinten über. Sara konnte vor Entsetzen nicht wegsehen. Sie war soeben Zeugin einer Hinrichtung geworden. Das Video erlosch abrupt. Der Schrei der Überraschung blieb ihr im Halse stecken. Casim.

Sie wusste nicht, wie lange sie wie hypnotisiert auf den schwarzen Bildschirm gestarrt hatte. Als sie wieder zu sich kam, sah sie in Max' dunkle und jetzt besorgt dreinblickende Augen.

»Alles okay, Schätzchen?«

Sara schüttelte den Schock ab und fixierte ihre Führungsperson. »Woher habt ihr das?«

»Aus dem Darknet.«

Sara kämpfte damit, ihre hochkochenden Emotionen in den Griff zu bekommen, um den Fokus zu halten.

»Wo, wann und wer?«, fragte sie fast unhörbar.

Max antwortete, ohne sie aus den Augen zu lassen: »Das Video haben wir letzte Woche entdeckt. Die Geodaten waren nicht auslesbar, aber wir vermuten irgendwo im Norden von Afghanistan.«

Die letzte Frage blieb unbeantwortet.

Jetzt schaltete sich Jay ein. »Wer war das Opfer und wer der Taliban?«

Sara sah zu Max und mit einem knappen Kopfnicken wurde ihr schlimmer Verdacht bestätigt, obwohl sie ihn nicht einmal laut ausgesprochen hatte. Ihre Augen weiteten sich. Tonlos antwortete sie:

»Casim Hafizulla, eine Ortskraft aus Massar-e Sharif. Ich habe mit ihm gearbeitet…« Ihre Stimme war so leise, dass Jay sich unbewusst zu ihr gebeugt hatte.

»Scheiße«, entfuhr es ihr. Schneller als Sara hakte sie nach: »Wer ist der Turbanträger?«

»Sadeq Abduli – der lokale Anführer der Taliban.«

Sara runzelte die Stirn. »Der Name sagt mir irgendwas … also den Nachnamen meine ich.«

Max nickte.

»Abduli, eine der einflussreichsten Familien im Clan der Durrani.«

»Richtig«, fiel es Sara wieder ein. Sie schnipste mit den Fingern. »Das ist der Schwiegervater und Onkel von Casim. Wie hieß er noch … Baran. Genau, Baran Abduli. Oh Gott – und dieser Sadeq ist aus der gleichen Familie?«

»Ein entfernter Cousin. Und wie du weißt, wird dort Verwandschaft viel enger empfunden und höher bewertet.«

»Und der ist ein Taliban.«

»Und er ist ein Taliban«, bestätigte Max. Sara ließ sich zurückfallen, legte die Fingerspitzen aneinander und tippte mit den Zeigefingern gegen ihre Lippe. Das war also das Video, von dem Hannes und Alex gesprochen hatten. Ihr Gesicht verdunkelte sich eine Nuance. Als sie die entscheidende Frage formulieren wollte, kam ihr Jay zuvor: »Entschuldigt mal, aber was hat eine tote Ortskraft mit uns zu tun? Und sorry, Sara, das ist echt scheiße.«

Sara sah Jay an. Zum ersten Mal stand in dem grimmigen Gesicht ihres Gegenübers keine Ablehnung, sondern so etwas wie Mitgefühl.

Da Sara selbst nicht das Mindeste von großen Gefühlsausbrüchen hielt, presste sie nur die Lippen zusammen und nahm Jays Anteilnahme stumm hin. Dann sahen beide Max an, denn die Frage blieb. Was interessierte die Sisterhood Casim?

Max hatte sich hinter dem Schreibtisch wieder aufgerichtet und die Arme vor der Brust gekreuzt.

»Sagen wir mal so, auch wir haben Interessen in der Region Afghanistan und Casim – oder besser gesagt seine Frau Jaleela – hat nicht nur für die Bundesrepublik gearbeitet.«

Ein vielsagender Blick lag auf Sara, deren Mund aufgeklappt war.

»Was?«, stammelte sie. »Jaleela, die durfte doch kaum allein vor die Tür …«

Max nickte.

»Und doch sind genau diese unscheinbaren Frauen, die sich im Hintergrund halten und vielerorts zunehmend unsichtbarer werden, diejenigen, die am leichtesten Informationen weitergeben – mit dem richtigen Netzwerk natürlich.«

Sprachlos saß Sara da, während Jay Max nicht aus den Augen ließ. Sie konnte kaum glauben, dass so etwas unter dem Argusauge des afghanischen Patriarchats möglich sein sollte – und doch schien Max nicht zu scherzen.

»Und was sind das für Infos?«, fragte sie schließlich.

Max' Haltung versteifte sich.

»Das ist geheim, darüber kann ich nicht sprechen.«

Jay verzog den Mund und machte ein abschätziges Geräusch. Sie fiel zurück in ihren Sitz und zog demonstrativ einen Turnschuh auf die Sitzfläche. Sara konnte ihre Geringschätzung für diese ominöse Aussage nur teilen.

»Bullshit«, sagte sie entsprechend und lehnte sich weiter vor, »und jetzt kommt irgend so ein Mission-

Impossible-Auftrag, dass wir diese geheimen Informationen, die den Weltfrieden in Gefahr bringen, wiederbeschaffen sollen? Wo sollten wir denn da anfangen, bitte? Jaleela ist jedenfalls verschwunden ...«

Max warf ihr einen überraschten Blick zu.

»Woher hast du das?«

»Kann ich leider nicht sagen, ist geheim. Ich müsste dich erschießen, wenn ich es dir sagen würde.«

Sara war es gelungen, nicht mit der Wimper zu zucken. Um Jays Mundwinkel bebte es verdächtig, während Max die beiden anfunkelte.

»Das ist kein Spiel, Sara. Jay, verdammt, du weißt, dass wir nicht immer alle Informationen weitergeben können.« Wenn das ein Versuch gewesen war, Jay für sich zu gewinnen, scheiterte er kläglich.

Die Angesprochene hob nur beide Hände zur Abwehr.

»Ja ja, ich weiß, aber es ist kein Geheimnis, dass ich das schon immer scheiße fand.«

»Hör endlich auf zu fluchen, du bist kein ungehöriger Teenager mehr«, fauchte Max, woraufhin Jay konterte: »Und du bist nicht meine Mutter.«

Die beiden starrten sich einen Moment an, dann trat etwas anderes in ihren Blick und sie sahen wie auf Kommando gleichzeitig zu Sara. Die verstand nicht, was sie verpasst hatte.

»Was?«

Schlagartig war da wieder diese gewollt neutrale Geschäftsmäßigkeit in Max' Gesicht.

»Nichts. Hört auf mit dem Generve. Ich sage euch, was ich kann. Bei dem Rest ... da müsst ihr mir einfach vertrauen.«

Nun war es an Sara, lässig zu antworten: »Na ja, so schwer ist es eh nicht. Wenn's um die Talis geht, geht es entweder darum, wo ihre Führungsriege gerade wieder untergekrochen ist, woher sie ihre Waffen kriegen oder wo das Opium und Heroin herkommt.«

»Tja, und da bist du schon mal nicht mehr ganz auf dem neuesten Stand. Die Taliban selbst verbieten die Mohnproduktion. Zahlreiche Studien und Satellitenbilder belegen, dass fast alle Bauern in der neuen Saison unter dem Druck der Taliban auf Weizen umgestellt haben. Statt 52 Prozent der Agrarflächen im Vorjahr war zur Erntezeit im April und Mai 2023 weniger als ein Prozent mit Mohn bestellt. Das bedeutet einen Rückgang um 99 Prozent. Mohn wird nur noch in der unzugänglichen Bergprovinz Badakhshan im Norden angebaut – das Problem ist unter Kontrolle.«

»Okay«, erwiderte Sara gedehnt und in ihrer Stimme schwangen Verwunderung und Unglaube gleichermaßen mit. Max ließ die Arme sinken und seufzte.

»Aber du hast natürlich insofern recht, als dass er zwar nicht mehr produziert wird, aber immer noch bereits verarbeitetes Heroin exportiert wird. Die Lager sind nach den guten Ernten seit 2017 wohl noch recht voll. Es wird also dauern, bis wir wieder eine Opioidkrise wie 2000 haben werden.«

»Also keine Drogen«, folgerte Sara, »was sucht ihr dann?«

Max schwieg hartnäckig. Stattdessen lehnte sich Jay vor, stützte die Ellbogen auf die Knie und sagte leise: »Lithium.«

Max verkniff sich sichtbar eine Reaktion und strich sich doch eine Strähne hinter das Ohr.

Sara krauste die Nase.

»Lithium?«

Jay warf ihr einen schon wieder abschätzigen Blick von der Seite zu und ließ sich dann doch zu einer

Erklärung ihres Gedanken herab. »Afghanistan könnte das wichtigste Bergbaugebiet der Welt sein. Die sitzen auf mehreren Milliarden an Bodenschätzen – und kommen nicht dran, weil das im ewigen Krieg halt nicht ging.«

Sara schüttelte immer noch leicht den Kopf. Sie verstand nicht.

Jay richtete sich auf und sprach weiter: »Lithium ist ein Leichtmetall und eigentlich in allem, was eine Batterie hat – es ist nämlich ein Grundbestandteil für Akkus. Deshalb nennt man es auch das weiße Gold des 21. Jahrhunderts.«

»Und das gibt es in Afghanistan?«

»Massenhaft.«

»Und der Westen hat sich mit seinem Einmarsch und abruptem Auszug seine Chancen wohl verspielt, oder?«, schlussfolgerte Sara. Jay nickte.

»Genau, und jetzt kommen die Chinesen. Deren Beliebtheitswerte sind da hoch als nicht-weiße Imperialisten. Und als Haupthersteller für Akkus haben die auch den höchsten Bedarf an Lithium. Nicht auszudenken, wenn die da die Hand draufkriegen … dann hätten die ein Quasi-Monopol. Was das für die Weltwirtschaft bedeuten würde, brauch ich dir wohl nicht zu erklären.«

»Krass, mit anderen Worten: Die haben Geld, Mittel und noch keinen Krieg mit den Talis geführt, also sind sie beste Freunde?«

»Exakt«, betätigte Jay.

»Shit.«

»Allerdings.«

Sara wandte sich wieder an Max.

»Stimmt das, was Jay sagt? Geht es darum bei den Informationen, die wir beschaffen sollen?«

»Dazu kann ich nichts sagen.« Max presste die Lippen aufeinander. Sara genügte das als Bestätigung.

»Und was wäre dann unsere Mission?« Sie setzte das Wort mit den Fingern in imaginäre Anführungszeichen.

»Beschaffung der Informationen, die Casim und Jaleela nicht mehr weitergeben konnten.«

Jetzt fragte Sara doch nach: »Nur die Infos? Was ist mit Jaleela, Darya und Bari?«

Max blickte verwirrt auf. »Die Namen sagen mir jetzt nichts. Also, Jaleela muss verschwinden und außer Landes geschafft werden …«

»Das sind ihre Kinder«, fiel ihr Sara mit Nachdruck ins Wort.

Max schluckte, fuhr sich kurz mit der Zungenspitze über die Lippen und wiederholte dann bestimmt: »Jaleela und die Informationen müssen aufgefunden und sicher über die Grenze gebracht werden.«

»Nicht ohne ihre Kinder.« Nun war es an Sara, die Arme vor der Brust zu verschränken und Max gleichzeitig ihren stahlharten Blick zuzuwerfen.

An Max' Hals begann eine Ader zu pulsieren. So angespannt hatte Sara they noch nie erlebt.

»Sara, versteh doch, die Taliban nehmen da ganze Familien in Sippenhaft. Wir können arrangieren, dass Jaleela verschwindet. Ein Unfall, ein Brand … niemand wird nach ihr suchen. Aber wenn wir anfangen, die ganze Familie zu evakuieren … nein, das ist nicht machbar. Dann schafft es niemand von ihnen über die Grenze und wir bringen den halben Clan in Gefahr. Die Familie wird gut für die Kinder sorgen, bis wir sie auf legalem Weg hierherholen können. Wichtiger ist, …«

»… wichtig ist nur, dass ihr eure Interessen in Sachen weißes Gold nicht verliert.«

Zornig war Sara aufgesprungen und donnerte die Fäuste auf den Tisch. Mit dem rechten Zeigefinger drohte sie Max.

»Was für ein Mist ist das denn bitte? Ich dachte, ihr seid den Menschen verpflichtet. So ein Quatsch, wenn es doch wieder nur ums Geld geht? Da hätte ich ja beim Bund bleiben können, die pfeifen auch auf Menschen. Hauptsache, die politischen und wirtschaftlichen Interessen bleiben gewahrt.« Vor Wut schlug Sara mit beiden Fäusten noch einmal auf den Schreibtisch. Wieder erzitterte die Glasplatte.

Max blieb unbeeindruckt von ihrem Ausbruch.

»Ich mache die Regeln nicht. Dein Auftrag sind die Informationen und Jaleela. In der Reihenfolge und nichts anderes.« Die Aussage ließ keinen Raum mehr für Widerspruch.

»Dann sucht euch jemand anderes«, fauchte Sara, schnappte sich ihre Tasche und war schon halb aus dem Büro, als sie unvermittelt Jays Stimme vernahm: »Wir können sie nie alle retten, Sara.«

Sara blieb stehen und ließ die Schultern hängen. »Aber wäre es nicht gut, wenn du wenigstens die Frau deines Freundes retten könntest? Die Kinder und ihre restliche Familie wären dadurch zumindest aus der direkten Schusslinie.« Sara wandte sich um und sah sie an. Sie konnte sehen, dass Jay hier des Teufels Advokatin spielte, denn alles, was sie bisher über sie gelernt hatte, war, dass die Jüngere sich auch nie kampflos auf so eine Halbheit eingelassen hätte. Und doch lag eine gewisse Wahrheit in ihren Worten. Sara schloss für eine Sekunde die Augen und versuchte, ihre hilflose Wut unter Kontrolle zu bringen. Dann ließ sie den angehaltenen Atem entweichen und kehrte an den Schreibtisch zurück.

»Und warum ich?«, presste sie zwischen zusammengebissenen Zähnen hervor.

Max' Züge entspannten sich.

»Ich dachte, das würde auf der Hand liegen. Du
kennst die Gegend und vor allem die Frau. Dir wird sie
vertrauen.«

»Ich muss sie nur erst finden«, knurrte Sara nicht
besänftigt.

Jetzt explodierte Max' strahlendes Lächeln.

»Schätzchen, da sind wir dir dann schon mal einen
Schritt voraus.«

Kurz schwiegen sie, dann meldete sich Jay mit einer
Handmeldung zu Wort: »Und wofür genau braucht ihr
mich da? Ihr werdet ja wohl kaum zwei Frauen
gleichzeitig da einschleusen wollen, oder?«, fragte sie
und ihre Stimme signalisierte ebenso viel Widerstand
wie ihre ganze Haltung.

Max' Lächeln wurde eine Nuance breiter.

»Nein, Liebes, du stattest Sara aus.«

VII.

»Nichts.«

Die Spitze der Zigarette leuchtete in der Dunkelheit auf und warf kurz ein rotes Glühen auf Sadeqs Züge, ehe er sie vor sich in den Dreck schnippte und mit mehr Kraft austrat, als notwendig gewesen wäre.

»Habt ihr wirklich alles durchsucht?« Erst jetzt wandte er sich zu Yusef um. Der nickte stumm.

Sadeq fluchte leise. Er nahm die Kalaschnikow, die er neben sich an die Wand gelehnt hatte, und warf sie sich mit dem Trageriemen über die Schulter. Dann betrat er das Haus, das seine Männer bis in den letzten Winkel durchsuchten. Genau genommen waren sie nur noch dabei, die letzten, versehentlich heilgebliebenen Gegenstände zu zerschlagen, wahllos Kissen und Teppiche aufzuschneiden und bereits ausgeleerte Regale und Schränke umzureißen. Das Ganze glich einem Kriegsschauplatz. Langsam schritt er durch die Räume, um sich persönlich davon zu überzeugen, dass nichts unversucht geblieben war, um das entwendete Eigentum Mohammads wiederzubeschaffen.

Sadeq schnaubte. Es wäre schon hilfreich gewesen, wenn er gewusst hätte, wonach genau er suchte. Doch darin war Niaz Mohammad erstaunlich vage geblieben. So hatte er alles einsammeln lassen, was hätte Daten beinhalten können: Einen Laptop, zwei Handys, diverse Mappen mit Papieren aus der Praxis und eine externe Festplatte. Er hätte gern einen Blick auf den

Inhalt geworfen. Doch erstens kannte er sich nicht besonders gut mit dieser modernen, westlichen Technik aus und zweitens wäre es fatal gewesen, wenn er durch seine Neugier negativ auffallen würde. Es war schon schlimm genug, dass er Casim nicht hatte brechen können. Das warf kein gutes Licht auf ihn, nicht als Soldat und schon gar nicht als zukünftiger Anführer. Und schließlich brauchte er Niaz Mohammads Wohlwollen, wenn er weiter aufsteigen wollte. Ausgerechnet in dieser überaus wichtigen Angelegenheit konnte er nicht die gewünschten Ergebnisse liefern und das zerrte an seinen Nerven.

Er trat nach einer am Boden liegenden Schale, sodass sie gegen die Wand schmetterte und in tausend Teile zerbrach. Sofort hielten alle Männer um ihn herum in ihren Bewegungen inne und erwarteten seine Befehle. Niemand wagte es, sich zu rühren oder gar etwas zu sagen, denn sein aufbrausendes Temperament hatte gerade letzte Woche dazu geführt, dass er im Affekt einen aus ihren eigenen Reihen kaltblütig erschossen hatte. Er selbst hätte nicht begründen können, was ihn aktuell mehr frustrierte: dass Casim ihm die Stirn geboten hatte, dieses dumme Weib, das er als Junge umworben hatte, ihm zum zweiten Mal in den Rücken gefallen war oder dass er bei Niaz Mohammad wie ein Dummkopf dastand. Und Sadeq war kein Dummkopf. Im Gegenteil. Er war ehrgeizig und er wusste, was er wollte. Er wollte seine Rache an dieser wertlosen Ziege und er wollte, dass der Anführer in seiner Schuld stünde. Genau das. Er warf einen weiteren Blick auf die eingesammelten Datenträger. Zu gern hätte er einen Blick hinein geworfen. Doch sein Gefühl sagte ihm, dass das, was sie eigentlich suchten, nicht dabei war. Casim war vieles gewesen, jedoch sicher kein Idiot. Und er hätte die Informationen nicht so offensichtlich versteckt. Aber wo konnte er jetzt noch suchen?

Er war wütend darüber, dass bei ihrer Ankunft das Haus der Familie Hafizulla menschenleer gewesen war. Es hatte ihn überrascht, dass es ausgerechnet Jaleela gelungen war, ihm zuvorzukommen und zu verschwinden. Aber wo sollte diese wertlose Frau mit ihrer Brut schon hin? Er würde sie bald finden und zum Verhör mitnehmen. Dann würde sie im Handumdrehen preisgeben, wo ihr Verräter von einem Ehemann das Eigentum Niaz Mohammads versteckt hatte. Sadeq schnaubte und trat wütend gegen die Schublade einer Kommode, die ausgeschüttet vor ihm lag.

Yusef, der ihm auf den Fersen durchs Haus gefolgt war, hielt sich bereit, um den nächsten Anordnungen zu empfangen. Sadeq drehte sich um und die Männer tauschten einen dunklen Blick.

»Findet mir Jaleela«, gab er den gleichen Befehl zum zweiten Mal an diesem Tag. Yusef neigte leicht den Kopf und ließ einen Pfiff ertönen, der alle Männer wie Hunde aufhorchen ließ.

»Abfahrt, suchen wir die Frau.«

VIII.

Sara hatte Renée von ihrer Tagesmutter Anja abgeholt und war mit ihr beim Schwimmen gewesen. Sie hatte Janine und Noah getroffen und sich kurz auf dem Parkplatz mit ihnen unterhalten, doch heute hatte sie für die Freundin, der sie unbeabsichtigt ihr letztes Abenteuer zu verdanken gehabt hatte, kein Ohr. Mit ihren Gedanken war sie bereits in Afghanistan.

Als sie nach Hause kam, rief Lukas von oben aus dem mittlerweile fertig eingerichteten Homeoffice eine Begrüßung hinunter, doch Sara hörte ihn gar nicht.

Erst als er plötzlich hinter ihr im Wohnzimmer stand, fuhr sie zusammen.

»Musst du mich so erschrecken? Irgendwann schlag ich dich nochmal k. o. bei so einer Aktion.«

Er tänzelte vor ihr auf und ab und machte übertriebene Schattenboxbewegungen, um anzudeuten, wie er ihr ausweichen würde.

»Ich bin schnell wie der Blitz, du hättest keine Chance.« Unwillkürlich musste sie lächeln. Er konnte ein solcher Kindskopf sein. Ohne Vorwarnung schoss sie nach vorn, blockte gleichzeitig seine beiden Arme nach außen und legte ihre Hände um seinen Nacken. Dann küsste sie ihn zärtlich auf die Nasenspitze und verharrte nur Millimeter vor seinem Gesicht.

»Und jetzt wärst du tot.« Völlig perplex starrte er sie an.

»Alter Schwede, wie schnell bist du, bitte? Na, ein Glück, dass ich immer so nett zu dir bin.«

Er nahm sie zärtlich in den Arm und zog sie in einen langen Kuss. Dann ließ er sie los und neckte sie schon wieder: »Und außerdem hab ich Hunger. Was gibt es zum Abendbrot?«

Sie wand sich aus seiner Umarmung und fragte zurück. »Was hast du denn vor zu kochen?«

Er hob abwehrend beide Hände und deutete dann mit einer Hand hinter sich vage Richtung Treppe.

»Ich hab gleich noch ein Meeting.«

»Dann gibt es wohl Tiefkühlpizza.« Die beiden grinsten sich an. Dass Sara nicht gern kochte, war ein offenes Geheimnis. Und seit sie mit der Sisterhood so was wie einen Job hatte, hatte ihre Begeisterung für häusliche Tätigkeiten noch weiter abgenommen.

»Wir sollten eine Haushälterin einstellen«, bemerkte sie.

»Gern, aber das könnte knapp werden mit meinem Gehalt«, scherzte er.

In dem Moment fiel Sara ihr Vertrag ein und die Dinge, die sie in ihrem Slingbag hatte. Ein Grinsen breitete sich auf ihrem Gesicht aus.

»Dann nehmen wir meines. Ich glaub eh, dass ich demnächst die Hauptverdienerin hier im Haus bin.«

»Echt?« Sara beobachtete ihn aufmerksam. Die meisten Männer würden sich jetzt vielleicht angegriffen fühlen, doch das war nicht Lukas' Art. Er hatte sich nie komisch benommen, wenn sie ihn bei irgendwas schlug. Genauso breitete sich auch jetzt ehrliche Freude auf seinem Gesicht aus.

»Das ist ja fantastisch. Dann lass uns das feiern und über die Stränge schlagen!«

Sie lachten sich an und Sara vollendete seinen Gedanken: »Alles klar, wir bestellen Pizza.« Er zwinkerte ihr zu, trat dann noch einmal an sie heran, nahm sie fest in den Arm und küsste sie auf die Schläfe.

»Ich freu mich für dich, schön, dass du was für dich gefunden hast, was dich glücklich macht.« Sie erwiderte seine Umarmung kurz und ließ ihn dann ziehen, denn mittlerweile war auch Renée zu ihnen herangerobbt und zupfte quietschend an ihrer Hose.

»Ich glaub, da hat noch eine Hunger.« Lukas warf einen bedauernden Blick in Richtung der Wanduhr. »Tut mir leid, aber ich muss echt in mein Meeting ...«

»Ja ja, mach mal, dafür übernimmst du nachher den Abwasch.« Er zwinkerte ihr noch mal zu und hob beide Daumen, während er zur Treppe eilte.

Sara nahm ihre Tochter auf den Arm und ging hinüber in den Küchenbereich.

»Dann muss ich mir nur noch überlegen, wie ich ihm erkläre, dass ich nächste Woche mal eben für ein paar Tage in den Mittleren Osten muss ...«

Das Gespräch war kein leichtes gewesen. Die Coverstory, dass ihre Firma über den Aus- und Umbau des Brandschutzes am Kabuler Flughafen verhandelte, war zwar okay, aber Sara hatte Mühe, sie glaubhaft klingen zu lassen. Glücklicherweise konnte sie sich bei den mangelnden inhaltlichen Details darauf berufen, dass ihre Aufgabe ja nicht in den geschäftlichen Verhandlungen bestand, sondern sie einzig für die Sicherheit der Mitreisenden verantwortlich wäre. Und dabei war es tatsächlich logisch, dass man sie auswählte, da sie bereits über Ortskenntnisse verfügte.

»Findest du das eine gute Idee? Die richten da Leute hin, wenn ich dich daran erinnern darf und Frauen gelten da nicht einmal als Menschen.«

Sara schluckte und konzentrierte sich auf ihre Flasche Alsterwasser, die sie zwischen den Fingern drehte. Sie hasste es, Lukas immer wieder anlügen zu müssen. Doch ihr echter Auftrag hätte ihm noch viel weniger geschmeckt.

»Halb so wild. Ich reise mit einer ganzen Delegation und bin doch eh mehr so die Strippenzieherin. Ich werd ganz brav sein und mich im Hintergrund halten.«

Lukas zog die Augenbrauen hoch.

»Klingt ja ganz nach dir«, brummte er. Er nahm einen Schluck aus seiner Bierflasche, die er sich ausnahmsweise nach der Pizza gegönnt hatte.

Sie saßen auf der Terrasse und genossen den lauen Sommerabend. Renée war wie immer nach dem Babyschwimmen schnell und problemlos eingeschlafen und das Babyphone zwischen ihnen auf dem Tisch gab keinen Mucks von sich.

»Aber nicht, dass du mir auf die drollige Idee kommst, die Familie von diesem ... wie hieß eure Ortskraft noch ... Kaizem ... besuchen zu wollen.«

»Casim«, korrigierte Sara, sah ihn nicht an und fügte dann ausweichend hinzu: »Das wird unser enger Zeitplan wohl kaum zulassen. Und hast du vergessen: Ich weiß gar nicht, wo die mittlerweile sind.« Zumindest der zweite Teil war nicht gelogen.

Lukas hatte sie nicht aus den Augen gelassen und missdeutete ihren zerknirschten Gesichtsausdruck.

»Sein Tod geht dir nicht aus dem Kopf, oder? Aber du kannst wirklich nichts dafür, wenn die Bundesregierung nicht hilft. Das ist ihre Baustelle, nicht deine. Du bist jetzt Zivilistin.«

Sie sah auf und nickte ihm zu. Nicht, weil sie ihm in allen Punkten zustimmte, sondern mehr, weil sie ihm dankbar war, dass er sich mal wieder seine eigene Wahrheit zusammenreimte und sie ihn nicht noch mehr belügen musste.

Sie räusperte sich.

»Kriegt ihr denn das hin, wenn ich länger als eine Woche da unten sein werde? Das Reisen ist nicht so einfach vor Ort und wir müssen an verschiedenen Stellen zu verschiedenen Oberhäuptern reisen, um mit Ihnen über das mögliche Ausmaß unserer Mitwirkung beim Aus- und Umbau des Flughafens zu verhandeln. Lokale Firmen sondieren und Arbeitskräfte anheuern … Das ist alles langwierig … selbst innerhalb Kabuls bist du da gern mal einen halben Tag unterwegs.«

Er zuckte mit den Schultern.

»Na klar, das mit Anja klappt, meine Mutter wird es lieben, hier das Ruder zu übernehmen und außerdem haben wir ja bis dahin eine Haushaltshilfe, oder wie war das?« Er erhob seine Flasche in ihre Richtung.

Sara stieß mit ihm an und kaute an ihrer Unterlippe. Er gab sich tapfer, doch natürlich wäre das eine Herausforderung für ihn. Das erste Mal allein mit ihrer Tochter.

Interessanterweise versetzte ihr der Gedanke, die Kleine mehrere Tage nicht zu sehen, einen Stich ins Herz. Sie hatte dieses kleine Geschöpf, das ihr Leben so nachhaltig durcheinandergewirbelt hatte, wirklich liebgewonnen. Und auch wenn sie eher nicht der mütterliche Typ war, fühlte es sich komisch an, wieder ins Feld zu ziehen und Renée bei ihrem Vater zurückzulassen. Da auch Lukas nichts mehr sagte, hing sie dem Gedanken still nach.

War das normal? Würden andere Mütter das machen? Oder war das wieder typisch Sara? Nach einer Weile und ohne zufriedenstellende Antwort zuckte sie innerlich mit den Schultern. Es war, wie es war. Ja, sie liebte ihre Familie, aber sie brauchte eine Aufgabe. Und Jaleela zu retten wäre mehr als eine kleine Herausforderung, selbst für sie.

IX.

Jaleela stand an der Spüle in der Küche ihres Vaters und bereitete zusammen mit ihrer Tante Nadia das Abendessen zu.

Nadia hatte nicht ein Wort mit ihr gesprochen, seit sie vor drei Tagen hier im Haus aufgetaucht waren. Das allein war ein mehr als deutlicher Ausdruck ihres Missfallens.

Drei ihrer Enkelkinder, Jannat, Lida und Veeda, waren ebenfalls im Haus. Die Mädchen waren alle erst knapp im Grundschulalter und tobten jetzt durch Küche und Wohnzimmer, bevor ihre Großmutter sie wieder in den Hof zum Spielen scheuchte.

Als vor zwei Jahren ihr Vater, die Mutter und die zwei älteren Brüder alle durch eine Bombe getötet worden waren, hatten sie erst bei ihren Großeltern und später – nach dem Tod des Großvaters – bei Baran Unterschlupf gefunden. Es war ein ungeschriebenes Gesetz, dass er, als Teil der Familie des Ehemannes für seine verwitwete Schwester und deren Enkel sorgte. Natürlich wohnten sie deshalb zusammen und Essen zu kochen nahm jeden Tag einen Großteil der Zeit in Anspruch. Gerade wurde der Reis in einer Wanne gewaschen, um anschließend in einem riesigen Topf auf dem Gasherd über drei Flammen gleichzeitig gekocht zu werden. Mehl wurde in 10-Kilo-Säcken gekauft und täglich in mehreren Stunden zu Nan-e Barbari, dem typischen Fladenbrot, gebacken. Heute gab es Kalb, das Jaleela mit ihrer Tante am Morgen auf dem Markt eingekauft hatten. Früher wären sie hierfür nur unter sich gegangen, also nur die Frauen in einer Gruppe, und sie erinnerte sich wehmütig, wie frei sie sich immer gefühlt hatte, wenn sie ihre Mutter, Tante und Geschwister hatte begleiten dürfen. Doch seit dem Einzug der Taliban war es nicht einmal mehr in den modernsten Vierteln Kabuls möglich, dass Frauen – selbst in Gruppen – nur unter sich auf die Straße gingen. So hatte Baran sie auch hier begleiten müssen. Ohne eine Begründung hatte er sie aufgefordert, sie sollten mehr kochen, also taten sie das.

Jaleela musste schmunzeln bei der Erinnerung, wie überrascht ihre deutschen Verbündeten immer geguckt hatten, wenn sie von ihrer Familie erzählte. Ihr Vater Baran war zum Beispiel der älteste von sechs Brüdern gewesen, von denen allerdings nur noch einer lebte. Zusammen hatten sie vierundvierzig Kinder gehabt, die Jaleela natürlich alle von Kindesbeinen an kannte, selbst die, die weiter weg wohnten. Damsa, Casims Mutter und ihre Schwiegermutter, war eine jüngere Schwester ihrer Mutter Marian gewesen und auch diese hatten noch sechs weitere Geschwister gehabt. Kinderreichtum war ein natürlicher Segen in einer afghanischen Ehe – aber selbstverständlich nur, wenn die Nachkommen männlich waren. Für Mädchen hatten die meisten afghanischen Familien nicht viel übrig, kosteten sie doch nur Geld, bis sie endlich gegen eine Mitgift verkauft respektive vermählt werden konnten. Ab da waren sie dann das Problem des Ehemannes.

Auch heute noch war es nicht unüblich, dass Mädchen schon im Kindesalter verheiratet wurden und dann Haus und Hof des Mannes und seiner Familie nicht mehr verließen bis zu ihrem Todestag. Jaleelas Augen wurden feucht, als sie zu ihrer Tochter blickte, die neben ihr Gemüse schnitt. Darya war im Juni zwölf Jahre alt geworden. In den ländlicheren Gegenden wäre sie schon heiratsfähig. Rasch sandte sie ein Stoßgebet gen Allah, dass er ihren Vater schützen möge, denn noch war er der Einzige, der sich vor ein solches Schicksal stellen konnte. Bis letztes Frühjahr war Darya auf eine weiterführende Schule gegangen und ihre Lehrerinnen hatten ihr großes Potenzial bescheinigt. Entgegen vieler Mütter, die ihre Töchter nur als Last empfanden, war Jaleela sehr stolz auf ihr kluges Mädchen. Heimlich hatte sie immer davon geträumt, dass sie einmal das Studium würde machen können, das selbst ihr liberaler Vater damals nicht gestattet hatte. Vielleicht wäre eine Ärztin aus Darya geworden, so wie aus ihrem Vater … bei dem Gedanken an Casim begannen sofort ihre Augen zu brennen und der Hals schnürte sich ihr zu.

Da der einzige Raum, in dem es etwas Privatsphäre gab, die Toilette war, sprang sie rasch auf und lief hinüber ins Badezimmer. Nadia warf ihr einen missbilligenden Blick hinterher. Erst hinter der verschlossenen Tür ließ Jaleela ihren Tränen kurz freien Lauf.

Der Verlust ihres Ehemannes, die Aussichtslosigkeit ihrer Gesamtsituation plus die Gefahr, in der sie und ihre Familie jetzt schwebten, drohten sie zu überwältigen und raubten ihren Beinen die Kraft. Sie sank hinter der dünnen Sperrholztür auf den Boden und kämpfte gegen Panik und Tränen. Wie sollte sie ihre Kinder beschützen? Wer würde denn für sie eintreten oder sprechen? Sie, die nunmehr Waise, die weder Stimme noch Gesicht in dieser Gesellschaft des

Patriarchats hatte. Nichts besaß sie, nicht einmal die Kleider, die sie am Leib trug, gehörten ihr. Und nein, entgegen der westlichen Ansicht hatte dieser Zustand nur wenig mit den Taliban zu tun. Natürlich hatten diese Extremisten nichts besser gemacht für sie. Doch dass Afghanistan in erster Linie daran krankte, keine Menschenrechte zu haben und erst in zweiter daran, dass es keine Yogastudios für Frauen gab, hatte selbst eine durchschnittlich gebildete Frau wie Jaleela längst verstanden.

Was sollte sie jetzt nur tun? Tief in ihrem Herzen wusste sie, dass ihr keine Wahl blieb. Eine Flucht ohne die Unterstützung eines männlichen Familienmitglieds wäre gänzlich unmöglich – und wer würde dieses Risiko freiwillig eingehen? Und auf ihre letzte Nachricht an die Sisterhood hatte sie keine Antwort erhalten … aber sie kam ja auch gar nicht mehr ins Internet.

Allein, dass sie, Jaleela, sich mit ihrer Familie hier bei ihrem Vater aufhielt, war ein Affront gegen die Regeln. Eigentlich müsste sie bei der Familie ihres Mannes sein, wo Sadeq natürlich auch als Erstes nach ihr suchen würde …

Doch was interessierte das Nadia? Jaleela wusste nur zu gut, welches Misstrauen selbst zwischen engsten Familienmitgliedern herrschte. Da für einen Fehltritt, insbesondere dem einer Frau, immer gleich die ganze Familie von den Taliban in Sippenhaft genommen wurde, würde es sie nicht wundern, wenn ihre Tante längst jemandem verraten hatte, dass sie hier war. Und dabei konnte sie der Frau nicht einmal böse sein. Selbst viel zu früh in eine lieblose Ehe mit einem respektlosen alten Cousin verheiratet, war Nadia nun Witwe. Von ihren sieben Kindern, die herangewachsen waren, hatte sie vier Jungs im Krieg verloren, eine Tochter bei der Geburt eines Enkels und eine weitere durch eine Infektion. Was schlicht eine beschönigende Darstellung gewesen war für eine ganz andere Wahrheit: Tatsächlich hatte sich eine Entzündung in einem unbehandelten offenen Bruch gebildet, als Folge der Prügel, die die Cousine regelmäßig von ihrem Ehemann bezogen hatte. Der letzte Sohn Aziz hatte sich den Taliban angeschlossen, sobald sie 2021 die Macht übernommen hatten, und seither hatte sie nichts mehr von ihm gehört. Vielleicht lebte auch er längst nicht mehr.

Doch all das hatte Nadias Herz nur umso mehr verschlossen und sie hatte offensichtlich keinerlei Mitgefühl für Jaleela. Im Gegenteil – und das war in ihrer Situation überaus gefährlich. Würde sie denunziert und brächte Schande über die Familie, würde niemand mehr in die Werkstätten oder Geschäfte ihrer zahllosen Cousins gehen. Sie würde das Ansehen des gesamten Zweiges der Abduli ruinieren und deren wirtschaftliche Existenz gleich mit – und das nur durch die Anwesenheit im Hause ihres Vaters, wo sie nach dem Tod ihres Ehemannes doch einem seiner Brüder gehörte. So war das Gesetz.

Sie erschauerte und riss sich dennoch zusammen. Daran war überhaupt nichts zu ändern. Alles würde kommen, wie Allah es vorsah. Und in seiner endlosen Weisheit und Güte würde er ihre Schritte leiten. Doch selbst das inbrünstigste Gebet ließ ihre Angst nicht schweigen.

Als ihr Vater zum Abendessen erschien, war er nicht allein. Mit gemischten Gefühlen beobachtete Jaleela von der Küche aus, wie Tarmiel mit seiner Frau und den fünf Kindern hinter ihrem Vater die Wohnung betraten. Tarmiel war Casims jüngerer Bruder. Ein ebenso hochgewachsener Mann mit den gleichen gütigen Augen, die sie kurz streiften, ehe er seinem Onkel ins Wohnzimmer folgte. Jaleela begrüßte schüchtern Sahar, ihre Schwägerin, und vor Überraschung stiegen ihr gleich wieder Tränen in die Augen, als die junge Frau sie einem Impuls folgend an sich zog und ihr zuflüsterte: »Dein Verlust tut mir so leid.« Jaleela erwiderte die Umarmung flüchtig und beeilte sich dann, unter dem schon wieder strengen Blick ihrer Tante, Tee zuzubereiten.

Wie in modernen Familien üblich, nahmen sie das Essen gemeinsam ein. Jaleela, Sahar und Nadia trugen die großen Platten mit Reis und Gemüse in den Gemeinschaftsraum, der in westlichen Wohnungen vielleicht ein Wohn-Ess-Zimmer gewesen wäre. Hier lagen an den Wänden die Matratzen, auf denen die Familienmitglieder nachts schliefen – geschmückt mit traditionellen Tosha-Überwürfen und Sitzkissen, die in kräftigem Rot und Gold leuchteten.

Der grüne Tee wurde im besten Service zu Ehren der Gäste serviert und das intensive Aroma wirkte belebend. Nach dem Essen gebot Baran allen bis auf Jaleela, sie mit Tarmiel allein zu lassen. Sie setzte sich gehorsam mit gesenktem Blick wieder hin, nachdem alle Reste des vorangegangenen Mahles getilgt waren.

Baran begann ohne Umschweife.

»Jaleela, du wirst, wie es die Tradition gebietet, ab sofort bei Tarmiel leben.« Sie erlaubte sich mit angehaltenem Atem einen Seitenblick auf ihren Vater. Sein Blick war völlig undurchdringlich und auf seinen angeheirateten Neffen gerichtet. Der erwiderte den Blick ebenso ruhig und neigte ein wenig den Kopf.

»Ich werde sie und die Kinder heute Abend mit in unser Haus nehmen.«

Die beiden Männer tranken ihren Tee. Das Gespräch war beendet. Keine Verhandlung, keine Alternative, natürlich kein Mitspracherecht.

Jaleelas Herz schlug ihr bis zum Hals. Sie wusste, dass Tarmiel ein guter Mann war, ebenso wie Casim, und sie könnte sich glücklich schätzen, dass er ein so wohlhabender Geschäftsmann war, dass drei weitere Mäuler zu stopfen für ihn kein Problem darstellte. Die feinen Härchen auf ihren Armen stellten sich auf. Die Anspannung in der Luft war fast greifbar. Denn mit dem Übergang der Verantwortung für sie und ihre Kinder ging auch die Gefahr mit auf ihn über – und dessen war sich jeder der drei Erwachsenen im Raum mehr als bewusst. Jaleela schluckte hart und flüsterte dann.

»Natürlich, Abu, ich gehe sofort packen.«

»Und leg deine Burka an.«

Jaleela hatte sich erhoben und blieb wie angewurzelt mit dem Rücken zu den Männern stehen. Nadia hatte sie ja bereits auf dem Markt gezwungen, eines dieser blauen, gesichtslosen Gewänder anzuziehen. Es war eine furchtbar demütigende Erfahrung für sie, die sie ihr Leben lang so viele Freiheiten genossen hatte. Sie hatte ja befürchtet, dass sich mit der erneuten Machtübernahme der Taliban einiges ändern würde … vor allem jetzt nach Casims Tod. Doch dass sie nun auf einen Schlag ihren Mann, ihre Stimme und ihr Gesicht verlieren sollte, war schlicht zu viel. Jaleela schloss die brennenden Augen und spürte, wie die Tränen dahinter so heftig drückten, dass sie Angst hatte, sich zu verraten. Also nickte sie nur knapp mit dem Kopf und beeilte sich, mit gesenktem Haupt den Raum zu verlassen.

X.

Sara saß am Tisch und studierte die Luftaufnahmen. Dann ließ sie alles sinken und schüttelte den Kopf.

»Warum sehe ich mir das an? Ist ja nicht so, als ob sich da Berge versetzt hätten, seit ich das letzte Mal da war.«

Sie ließ sich auf den Stuhl fallen und fuhr sich mit beiden Händen über das Gesicht und durch die Haare.

Sie waren seit Stunden dabei, die Lage vor Ort zu studieren, die Coverstory zu verfeinern und einen Plan zu entwickeln, wie sie an Jaleela herankämen. Sara stütze sich nach vorn mit den Ellbogen auf den Tisch und sah hinüber zu Jay.

»Also nochmal von vorn, ich bin wer und warum?«

Jay sah sie an und rollte dann mit den Augen.

»Konzentrier dich, so schwer ist die Coverstory nicht. Dein Name ist Sara Schmidt, du arbeitest für eine Hilfsorganisation und bringst abgelaufene Medikamente und gespendete Geräte zu eurer Zentrale in Kabul.«

Sara verzog die Mundwinkel.

»Etwas albern, die Sache mit dem Namen, aber fein, okay.«

»Du fliegst mit Turkish Airlines übermorgen früh ab 10:50 Uhr über Istanbul nach Islamabad. Von dort aus wird dich der Leiter von vor Ort abholen und persönlich über die Grenze und in die Zentrale bringen. Die Details erklärt er dir. Vierzehn Stunden

Flug, der Rest dauert so lange, wie es eben dauert. Wir rechnen nach drei Tagen wieder damit, von dir zu hören, wenn du drin bist.«

Sara hatte ihr aufmerksam zugehört und nickte jetzt knapp.

»Sonst noch was?«

»Fragen?«

»Kontakt?«

Jay schob ihr ein Tablett über den Tisch und gab ihr Gesichter und Namen von den Männern, die für die besagte Hilfsorganisation arbeiteten.

»Murad Abdulhani ist dein Kontakt. Er ist vor Ort dein Ansprechpartner und der Verantwortliche von *Help for Afghanistan* und damit auch deine Aufsichtsperson.«

Sara verzog das Gesicht.

»Ich wusste nicht, dass ich einen Babysitter brauche.«

Jay warf ihr erneut einen ungeduldigen Blick zu.

»Du wirst dich dran gewöhnen müssen, dass sich da eine Menge Dinge verändert haben, seit du mit deinen Jungs da drüben warst. Du wirst da nichts zu sagen haben. Im wahrsten Sinne des Wortes.«

Sara kaute auf ihrer Unterlippe.

»Schon klar, die waren damals schon nicht sehr offen und am Patriarchat hat sich sicher auch nichts geändert.«

»Ganz genau – und dieses Mal trägst du weder deine schnieke Uniform noch kannst du da bis an die Zähne bewaffnet herumstolzieren als die große Retterin, die Geldgeschenke und andere Wunder bringt.«

Nun wurde Sara ärgerlich ob der Respektlosigkeit gegenüber ihren Kameraden und ihr.

»Geht's noch? Wir haben da unten einen verdammt guten Job gemacht und es war nicht unsere Schuld, dass die Politik es verkackt hat und innerhalb von 24 Stunden all unsere Arbeit zunichtegemacht worden ist. Was hast du für ein Problem?«

Jay starrte sie plötzlich wieder extrem feindselig an, verbiss sich dann aber eine Antwort. Stattdessen fügte sie hinzu: »Pack nur leichtes Gepäck. Waffen kannst du nicht mitnehmen, das organisiert Murad vor Ort.«

»Verstanden.« Sara gelang es, ihren aufkommenden Ärger zu unterdrücken und professionell neutral zu klingen.

Doch das schien bei ihrem Gegenüber völlig falsch anzukommen. Ohne anderen ersichtlichen Grund riss Jay der Geduldsfaden. Sie richtete sich zu ihrer vollen Größe auf und funkelte Sara wütend an: »Nimm das gefälligst ernst. Das ist ein riesiger Akt, dich da einigermaßen glaubhaft reinzubekommen. Denn du bist die komplette Fehlbesetzung für den Auftrag. Dein Dialekt in Paschtu ist eine Katastrophe und von Dari wollen wir lieber gar nicht erst reden – oder sollte ich noch auf den Umstand zu sprechen kommen, dass du als Blondine mit 1,82 m da unten höchstens für die schmutzige Fantasie der Männer taugst? Du wirst herausstechen wie Olivia Jones beim Seniorenbingo – und nein, das ist *nicht* gut. Im Gegenteil!«

Sie machte eine kurze Pause, um Atem zu holen, und Sara lag schon eine flapsige Erwiderung auf den Lippen, doch Jay fuhr fort, ohne sie anzusehen.

»Die Geheimpolizei wird dir auf den Fersen sein von der Sekunde an, dass jemand dich an der Grenze zu Gesicht bekommt. Die werden dich nie mehr aus den Augen lassen. Ja, prima, du hast mit der Zielperson schon mal zu Abend gegessen – herzlichen Glückwunsch. Aber ein falsches Wort von dir da unten zu den falschen Leuten und du bringst euch beide und wahrscheinlich auch noch die halbe Familie um. Und über echte Ortskenntnisse verfügst du auch nicht, oder wie oft warst du in Kabul?«

Sara hatte den Redeschwall … zur Kenntnis genommen. Innerlich brodelte sie. Sie hob ihre grünen Augen und fixierte Jay, als wäre ihr Blick ein taktischer Laser. Betont langsam antwortete sie:

»Es ist okay, dass du kein Vertrauen zu mir und meinen Fähigkeiten hast, aber es wäre schön, wenn du nicht vergessen würdest, dass ich eine Elite-Soldatin bin – und zwar eine verdammt gute. Ein bisschen professioneller Respekt wäre nett.«

Jay schnaubte und feuerte völlig unbeeindruckt zurück.

»Genau, eine mit einer zu kurzen Lunte und Schießhemmungen, wenn mich nicht alles täuscht. Und wie genau wird dir das dabei helfen, Kontakt zu Jaleela herzustellen, ihren Tod zu inszenieren und sie dann unbemerkt aus dem Land zu schmuggeln? Du hast doch noch nicht einmal den Hauch einer Ahnung, was da im Feld auf dich zukommt. Das hat nichts aber auch gar nichts damit zu tun, was du vorher mal geleistet hast.« Das Wort troff vor Sarkasmus.

Sara schluckte und zwang sich zu schweigen, indem sie die Tischkante umklammerte. War ja spitze, dass ihr psychologisches Profil hier offensichtlich zur allgemeinen Belustigung diente. Einen Augenblick fixierten sich die beiden Frauen und Sara starrte nur zornig in Jays ebenfalls grüne Augen. Dann brach die den Kontakt ab, indem sie überraschend provokant grinste.

»Dachte ich es mir doch.« Das Grinsen wurde breiter. »Aber mir soll's ja egal sein, wir haben ja noch nicht so viel in dich investiert. Wenn du nicht wiederkommst, wäre das kein allzu großer Verlust.«

Jetzt explodierte Sara. Sie schlug mit der Faust auf den Tisch und sprang auf die Füße.

»Das ist überhaupt keine Option. Mein Scheitern, meine ich.« Sie dachte an Casim und an das Fest ... an Jaleela, die Tochter Darya und Bari, den Sohn, auf den Casim so stolz gewesen war. Und in einer schnellen Abfolge folgten Bilder von ihren Einsätzen, von ihrem Team, anderen Soldaten ... Verletzten ... Toten ... und schließlich kamen Lukas und Renée auf ihre innere Leinwand. Sie schluckte erneut und hob dann drohend den Zeigefinger.

»Du hast absolut keine Ahnung, wozu ich fähig bin. Und anstatt mich hier dumm anzumachen, besteht dein Job, glaube ich, doch genau darin, mir zu helfen, diese Mission zum Erfolg zu führen, nicht wahr? Also wäre es genauso dein Versagen, wenn ich scheitere.«

Nun war es an Jay, sie stumm anzustarren, während ihr Kiefer mahlte.

»Und nur fürs Protokoll: Ich lasse Casim nicht noch einmal im Stich! Ich werde seine Familie retten.«

»Seine Frau«, korrigierte Jay automatisch.

Über den Tisch hinweg hielten die beiden Frauen sich gegenseitig im Blick. Keine bereit, nachzugeben. Auch ohne dass Sara ihre Aussage noch einmal wiederholte, dämmerte etwas in Jays Ausdruck. Dann rangen verschiedene Emotionen auf ihrem Gesicht von Erstaunen über Zorn hin zu ... ja, was war das? Etwa so was wie Zustimmung?

Statt den Streit also weiter zu eskalieren, griff Jay neben sich auf dem Stuhl in eine Kiste und holte zwei verschiedenfarbige Pässe hervor. Den roten warf sie Sara zu.

Bundesrepublik Deutschland, las Sara und griff nach dem Ausweisdokument. Ein weiterer gefälschter Pass in ihrem neuen Tarnnamen. Sie blätterte die Visaseiten durch und fand darin sowohl ein Visum für Usbekistan für neunzig Tage wie auch ein weiteres für Afghanistan und Pakistan. Sie sah die Begleitpapiere durch. Ein Brief, der ihre Mitarbeit bei *Help for Afghanistan* bestätigte, ebenso wie offizielle Papiere, die sie berechtigten, in das Grenzgebiet nach Afghanistan zu reisen. Flugtickets, Hotelbuchungen, offizielle Einladung. Alles sah legitim aus.

»Ist das alles?«

Jay nickte, dieses Mal ernst fügte sie hinzu: »Ja, verlier das Paket bloß nicht. Afghanistan ist nicht die Ecke, wo wir dich mal eben so exfiltrieren könnten. Und vor allem nimm nichts anderes mit: kein privates Handy, kein Portemonnaie mit Ausweispapieren oder Kreditkarten. Keine persönlichen Bilder oder sonstigen Dinge, die deine Identität verraten könnten.«

Von unter dem Tisch zauberte Jay einen transportablen kleinen Safe hervor, den sie Sara hinschob.

»Ist mit deinem Daumenabdruck kodiert. Da tust du vor deinem Abflug alles rein, woran du identifiziert werden könntest. Wir verwahren es.«

Sara sah sie an und verkniff sich den Scherz, ob sie sich anschließend auch noch die Fingerkuppen mit Säure verätzen müsse, um bei weiteren Fingerabdruckscans unerkannt zu bleiben. Im Grunde hatte Jay ja recht. Das würde eine ganz schön haarige Sache werden, sich in diesem feindlichen Umfeld unauffällig zu bewegen und gleichzeitig Kontakt zu einer Einheimischen herzustellen. Da gab es unendlich viel, woran sie scheitern konnte und nein, sie hatte das tatsächlich noch niemals zuvor in dieser Form gemacht. Doch hatte sie eine andere Wahl? Also hieß es Augen zu und durch. Würde schon schief gehen. Unvermittelt musste sie an den Perfektionisten Hannes denken und wie er bei dieser Art von Planung ausgerastet wäre … obwohl ihre Missionen teilweise auf noch löchrigeren Informationen basiert hatten. Sie schmunzelte innerlich und kehrte rasch gedanklich an den Tisch zurück, als Jay fragte: »Also, jetzt noch Fragen?«

Ungefähr eine Million, aber die würde sie Jay nicht stellen. Sie schüttelte den Kopf.

»Okay. Deine Ausrüstung wird begrenzt sein. Laptop, Satellitentelefon und ein bisschen Geld. Alles andere musst du dir mit Murads Hilfe vor Ort besorgen. Er wird ein Handy für dich haben … und wie gesagt: Mit Waffen müsst ihr sehen, wie sinnvoll das ist, oder ob es dich nicht nur in Gefahr bringt, falls man sie bei dir entdecken würde.«

Sara ließ den wie immer bei solchen Gelegenheiten angespannten Muskel in ihrem Genick knacken.

»Okay, dann kommen mir nochmal zum wichtigsten Punkt: unser Exit-Plan. Nach Pakistan auszureisen ist keine Option, da kommen die Talis schließlich her. Da ist das Risiko viel zu groß, dass sie uns an der Grenze abfangen. Tadschikistan ist kaum zu erreichen, die Verkehrswege durchs Gebirge sind kaum mehr als Eselspfade. Bleibt nur Usbekistan von Kabul aus, alles andere ist zu weit, das schaffen wir nie …«

»Richtig.« Jay zog das Tablet wieder zu sich und scrollte zwischen einigen Anwendungen herum.

»Hier«, sie schubste das Tablet zurück und konnte sich ein Grinsen nicht verkneifen.

»Du wirst es hassen.«

XI.

Sie hatten ein Taxi zurück zum Haus von Tarmiel und Sahar genommen und Jaleela hatte es im Schutz der Burka und der Dunkelheit ungesehen aus dem Haus in das Kleinbustaxi geschafft. Tarmiel gab dem Fahrer eine kurze Anweisung und verfiel dann für den Rest der Fahrt in Schweigen. Weder die Frauen noch die Kinder wagten, etwas zu sagen.

Jaleela hatte auf der einen Seite ihren Sohn Bari an sich gepresst, auf der anderen Darya halb in ihrem Umhang verborgen und beobachtete nervös die Straße durch den feinkarierten Schleier, der den Augenspalt bedeckte. Fast war sie dankbar für dieses blaue Gefängnis, das ihr zumindest eine gewisse Anonymität bescherte.

Der Strom war gerade mal wieder weitestgehend ausgefallen und so lagen die Straßen eher ruhig und fast menschenleer vor ihnen. Nur hier und da standen kleine Gruppen von Männern zusammen. Gelegentlich fuhr ein Truck mit einer offenen Ladefläche an ihnen vorbei. In der Fahrerkabine und hinten saßen bärtige Männer mit Turbanen, teilweise mit automatischen Waffen und einer weißen Flagge mit schwarzer Schrift. Das islamische Glaubensbekenntnis.

Jaleela erschauerte und zog instinktiv den Kopf ein. Wie immer regte sich heißer Zorn in ihr, wenn sie sah, wie ihre Religion missbraucht wurde, um patriarchische Strukturen zu stützen.

Schon vor dem Wiederaufflammen der Taliban war ihr Alltag nicht nur von religiösen Texten, sondern vor allem von jahrhundertealten Traditionen geprägt gewesen. Sie hatte den Koran studiert und auch viele Interpretationen von Islamwissenschaftlern. Nur allzu gut wusste sie, wie weit Theorie und Praxis auseinandergingen, vor allem, wenn es darum ging, die Frauen in vielen Lebensbereichen einzuschränken. Tatsächlich war das in Afghanistan schon immer stärker durch kulturelle Traditionen geschehen als es der Koran vorsieht.

Sie erinnerte sich an Bilder aus den 1970er Jahren, auf denen ihre Großmutter in Hosen und ohne Kopftuch auf der Straße zu sehen war, doch von dieser Freiheit war schon lange nichts mehr zu spüren.

Als sie an einer Grundschule vorbeifuhren, drückte Darya unbewusst die Hand ihrer Mutter fester.

Jaleela sah sie an und erblickte die Tränen in den Augen ihrer Zwölfjährigen. Nein, das Leben war nicht fair. Denn egal, wie viel Mühe sie sich gab, das Mädchen zu Hause weiter zu unterrichten, sie würde nie eine Hochschulausbildung ersetzen können. Sie erwiderte den Druck der schlanken Hand und Mutter und Tochter tauschten einen langen Blick. Dann zog Jaleela ihre Große an sich und flüsterte mit tränenerstickter Stimme in ihr Ohr: »Du wirst wieder zur Schule gehen, meine Blume, ich verspreche es dir.«

XII.

Es war das erste Mal, dass sie nach Pakistan flog – und
vor allem mit einem falschen Pass. Obwohl: Ob er
wirklich gefälscht war oder ob einfach nur die Daten
nicht stimmten – was ja irgendwie aufs Gleiche
rauskäme – konnte sie nicht beurteilen.

Schon in der Warteschlange vor dem Schalter hatte
sie ihre Handflächen mehrmals an der Hose trocken
reiben müssen, weil sie ihr feucht geworden waren. Als
sie dann endlich dran war, zitterten ihre Finger so
heftig, dass sie ernsthaft befürchtete, der Pass würde
ihr herunterfallen, doch er schaffte es auf die Ablage
unter der Scheibe, ohne dass der Beamte etwas
bemerkte. Mit weichen Knien wankte sie durch die
Kontrollen. Weder in Hamburg noch in Istanbul, wo
sie wenige Stunden später umsteigen musste, wurden
sie oder ihr Pass eines zweiten Blickes gewürdigt. Auch
die restlichen Papiere waren offensichtlich vollständig,
denn sie wurde rasch und ohne weiteres abgefertigt.

Während der zweite Flieger abhob, hatte sie endlich
etwas Luft, über ihren Auftrag nachzudenken. Die zwei
Tage zu Hause waren dafür denkbar ungeeignet
gewesen. Zwischen der Anreise ihrer Schwiegermutter
Helene und der Übergabe ihres Haushaltes nebst Mann
und Kind plus den diversen Vorbereitungen, die zu
treffen waren, hatte sie kaum Atem holen können.

Sie hatte einen Alibikoffer inklusive ihrer echten
Papiere für ihre vermeintliche Geschäftsreise gepackt,

der in der Zentrale bei Kaiser Worldwide ltd. geparkt würde. Ihre eigentliche Tasche hatte sie unter dem Bett versteckt und einen Tag vor Abflug als Sporttasche getarnt aus dem Haus geschmuggelt. Nun saß sie hier, seit Stunden über den Wolken, trank zu süßen schwarzen Tee und war so aufgekratzt wie seit einer Ewigkeit nicht mehr. Sie war wieder auf Mission. Und nicht nur das, sie war ganz allein auf dem Weg zurück nach Afghanistan.

Wenn sie an das Land und ihre Aufenthalte dort dachte, dann war das immer mit gemischten Gefühlen. Ihre Einsätze und die Arbeit waren wichtig gewesen. Sinnhaft. Sie hatte ihre Kameraden um sich gehabt und das Abenteuer in weiten Zügen genossen. Aber es hatte auch genug Schattenseiten gegeben.

Selbst in den vermeintlich ruhigen Zeiten, wenn sie nur als Begleitung unterwegs gewesen waren, um Gelder von A nach B zu fahren, die dazu bestimmt waren, einen Clan bei einem lokalen Projekt zu unterstützen, hatten sie auf der Hut sein müssen. Mehr als einmal hatten sie Wagen und Material eingebüßt bei der unfreiwilligen Begegnung mit einer ungeräumten Mine – und ja, dabei hatte es Tote und Verletzte gegeben. Niemand, der ihr nahe stand, zum Glück, aber die Verluste hatten trotzdem Narben hinterlassen.

Die Gesichter der Männer kamen ihr wieder ins Gedächtnis, die sie regelmäßig für geleistete Dienste diverser Natur vergütet hatten. Nicht alle waren ihnen so wohlgesonnen begegnet wie Casim. Allzu häufig hatte sie hart gesottenen Kämpfern in die Augen geblickt, aus denen blanker Hass zurück starrte. Sie las darin das sichere Versprechen auf einen langsamen schmerzhaften Tod für sich und ihre Kameraden, sollten sie sich jemals unter anderen Umständen begegnen. Im Gegensatz zu den internationalen Truppen hatten diese Männer keinerlei Kodex, sie lebten allein für die Ehre ihres Clans und verdingten sich beim Meistbietenden. Sara hatte stets an sich halten müssen, um sich ihre Ablehnung nicht allzu deutlich anmerken zu lassen – nicht, dass die Männer ihrerseits sich um ihre Gefühle geschert hätten. Und auch wenn ihr Paschtu wirklich rudimentär war, hatte sie viel mehr von den beleidigenden Kommentaren verstanden, die hinter ihrem Rücken die Runde machten, als sie hätte vergessen können.

Sara erschauerte unwillkürlich und rutschte etwas tiefer in ihren Sitz. Und genau diesen Männern würde sie jetzt wieder gegenübertreten … allein. Vielleicht nicht wirklich genau jenen, aber sicherlich vielen vom gleichen Schlag. Sie zwang sich, aus dem kleinen Bullauge in den blauen Himmel zu blicken und durchzuatmen. Panik hatte noch zu keinem Zeitpunkt jemandem genützt und sie konnte das. Sie war nur einen Satellitenanruf von Max entfernt und Murad und seine Kollegen würden ihr vor Ort zur Seite stehen … hoffte sie.

Sie ließ einen hörbaren Seufzer entweichen, sodass ihr der Geschäftsmann neben ihr einen irritierten Blick zuwarf. Sara machte eine entschuldigende Geste und verschränkte die Arme vor der Brust, doch er hatte sich schon wieder von ihr abgewandt.

Richtig, sie kehrte gerade in die Breitengrade zurück, in denen Frauen unsichtbar waren. Umso besser. Je weniger man sie beachten würde, desto sicherer war sie und desto mehr Aussicht auf Gelingen hatte ihre Mission. Doch in dieser Hinsicht hatte Jay recht gehabt: Sie würde auf jeden Fall auffallen wie ein bunter Hund. Also das beste daraus machen und die dumme Westlerin spielen, die idealistisch helfen will und am besten viele Selfies macht.

Sie hatte sich detailliert auf ihre Reise vorbereitet. Sie trug die typisch afghanische Oberbekleidung, den Shalwar Kamiz, bestehend aus einer langen Bluse, die selbst ihr bis zu den Knien reichte, und einer weiten Hose zusammen mit einem Schal, den sie im Moment nur locker um die Schultern gelegt hatte. Die Kleidung war aus Baumwolle und unförmig, hatte jedoch den Vorteil, dass Saras schlanke Gestalt darin so sehr an Kontur verlor, dass ein Schulterholster oder ein Messer um den Oberschenkel gebunden nicht zu bemerken wäre. Nur wie sie unter den Stofflagen im Notfall schnell genug an solche Dinge kommen sollte, war ihr noch schleierhaft. In der Tasche hatte sie ein weiteres dieser Outfits plus Unterwäsche zum Wechseln und ein paar Toilettenartikel. Nicht einmal ein Messer hatte sie einpacken dürfen. So völlig unbewaffnet fühlte sie sich nackt und angreifbar.

Vor ihr in der Sitztasche steckte ihr neues Smartphone. Mit großer Wahrscheinlichkeit wäre es während ihrer Mission komplett nutzlos und sein GPS würde maximal dazu dienen, ihren wahren Standort zu verschleiern, aber immerhin. Sie hatte wenigstens ein Telefon dabei. Die andere Tasche und die Kartons, die sie eingecheckt hatte, waren voll medizinischem Equipment und abgelaufener Medikamente. Alles war bereits in der Türkei sorgfältig beim Zoll untersucht worden. Erstaunlich reibungslos. Für den Fall, dass sie anderenorts mehr Probleme haben würde, hatte sie in einem Bauchgurt mehrere Bündel Dollar am Körper. Gerade jetzt, wo ihr wieder einfiel, dass sie offiziell nur 10.000 € hätte einführen dürfen, wurde ihr der Gurt schmerzhaft bewusst.

Sara veränderte noch mal ihre Sitzposition.

Meine Güte, nun reiß dich mal zusammen, gebot sie sich stumm.

Sie war bereits bei verdeckten Operationen dabei gewesen – nur halt immer als Teil eines schlagkräftigen Teams. Sehnsüchtig dachte sie zurück an ihre Kameraden Alex und Hannes. Wie gern wäre sie jetzt am Flughafen gleich von den beiden Männern in Empfang genommen worden. Mit ihnen und Johannes Bauer, ihrem Führungsoffizier, hätten sie ganz andere Chancen gehabt … sie schluckte hart und zwang sich, zu fokussieren.

Es nützte nichts: Sie würde das jetzt durchziehen. Sie schloss die Augen und dachte an Lukas und Renée. Wenn alles gut ginge, wäre sie in zehn Tagen wieder zu Hause. Mit der sicheren Gewissheit, die Welt für ihre Tochter ein Stück besser gemacht und drei Leben gerettet zu haben. Mit einem entschlossenen Lächeln erlaubte sie sich, sich zurückzulehnen und etwas zu dösen. Sie würde ihre Kräfte noch brauchen.

Als sie in Pakistan aus dem Flugzeug stieg, war sie zutiefst beeindruckt von dem neuen Islamabad International Airport. Der Flughafen war erst vor wenigen Jahren eröffnet worden und von der Glasfassade bis zu den auf Hochglanz polierten Fliesen wirkte alles so geleckt, als könne man hier vom Boden essen.

Sara fand ohne Probleme den Weg durch den Ankunftsbereich erst zur Passkontrolle und dann zu den Gepäckbändern. Sie belud einen Trolley mit all ihren Kisten und ihrer kleinen Tasche und machte sich auf in Richtung Ausgang. Mehr als einmal kreuzten dabei Männer ihren Weg, als wäre sie Luft und während sie die ersten Male noch versucht war, zu reagieren, wurde dieser Reflex rasch abgelöst von einer distanzierten Gelassenheit. Ab hier war sie unsichtbar.

Sie hatte zwar ein Foto von Murad gesehen, musste aber gestehen, dass sie Mühe hatte, zwischen all den sonnengebräunten Gesichtern und den einheitlich beige-braunen Outfits jemanden zu erkennen, der dem Bild ähnlich sah. Schließlich erblickte sie jedoch ein diskretes Schild mit der Aufschrift *Help for Afghanistan* und tatsächlich ähnelte der Mann, der es hielt, nicht unwesentlich dem Foto in ihrer Erinnerung. Vorsichtig trat sie auf ihn zu. Er erkannte sie – und entgegen der üblichen Gepflogenheiten lächelte Murad sie an.

»Assalam Alaikum«, begrüßte er sie, »Willkommen in Pakistan, Sara Schmidt.«

Sie lächelte instinktiv zurück und erschrak sofort, als sie den missfälligen Blick eines weiteren Wartenden gewahrte. Sie ließ das Lächeln auf ein Minimum zusammenschrumpfen und erwiderte höflich: »Wa Alaikum Assalam, Murad Khan, bitte sagen Sie einfach nur Sara.«

Er nickte und setzte die Unterhaltung in stark von seinem Akzent durchwobenem Englisch fort, während er, ohne zu fragen oder zu zögern, das Schieben des Wagens übernahm.

Sara ließ sich einen Schritt zurückfallen, zog ihren Schal zurecht, den sie vor Verlassen des Flugzeuges locker um ihren Kopf gelegt hatte, und folgte ihm, während sie sich unauffällig umsah.

Wobei hier nun wirklich gar nichts an ihr unauffällig war. Trotz der angepassten Kleidung stach sie auf den ersten Blick aus der Menge hervor: Von ihrer hellen Haut, ihrer aufrechten Haltung und dem schmalen Gesicht konnte nichts ablenken. Und dass sie die

Menge um einen halben Kopf überragte, war ein weiteres Handicap, das sie schlichtweg verdrängt hatte. Schmerzlich wurde Sara sich bewusst, dass selbst für den Fall, dass sich die afghanische Geheimpolizei nicht bis hierher verirrte, sie ihnen spätestens an der Grenze ins Auge springen würde. Doch gut, dafür hatte sie ihre Rolle. Also zückte sie ihr Handy, warf sich künstlich in Pose und schoss einige Selfies von sich und dem glänzenden Flughafenterminal. Sie kam sich selbst idiotisch vor und konnte das Kopfschütteln der Umstehenden nur zu gut verstehen. Rasch senkte sie den Kopf und lief weiter, während sie lautstark die Reise, das Wetter und den wunderbaren Flughafen lobte.

Murad war weitergelaufen, nahm ihr Geplapper nickend und freundlich lächelnd zur Kenntnis. Als sie das klimatisierte Flughafengebäude verließen, traf die Hitze Sara wie ein Schlag. Es mussten mehr als 35 Grad im Schatten sein und in der direkten Sonne verschlug es ihr den Atem. Unvermittelt war sie stehen geblieben und musste jetzt zwei Schritte schneller gehen, um zu ihrem Führer aufzuschließen, der bereits zielstrebig auf einen verbeulten und staubigen Minibus zusteuerte. Er lotste Sara aus der Sonne auf einen der hinteren Sitze und verlud dann rasch das Gepäck. Dafür, dass er nur knapp so groß war wie sie und eher sehnig gebaut, war er sehr kräftig und händelte die Pakete ohne Mühe. Binnen kürzester Zeit waren sie auf dem Weg.

Im Wagen war es stickig und es wurde erst etwas besser, als Sara auf beiden Seiten die Fenster einen Spaltbreit öffnete.

Dass ihr mittlerweile die Kleider am Leib klebten, ließ sich allerdings nicht vermeiden und sie war froh, hier im Auto mit den verdunkelten Scheiben wenigstens den Schal vom Kopf nehmen zu können.

»Sie müssen trinken«, wies Murad sie an, nachdem er das Gepäck verladen hatte, und warf ihr eine Wasserflasche zu, die auf dem Beifahrersitz gelegen hatte. Sara brach das Siegel und trank dankbar den ersten halben Liter in einem Zug.

»Mein Gott, ich hab vergessen, wie heiß es hier im Sommer ist.« Murad lachte. »In ein paar Tagen haben Sie sich daran gewöhnt.«

»Wo fahren wir jetzt hin?«, fragte sie, während sie die fremde Landschaft in sich aufsog, die sogleich weitere Erinnerungen weckte.

»Wir fahren zu meinem Bruder. Heute Nacht schlafen wir bei seiner Familie und brechen morgen ganz früh auf. Haben Sie schon genug Kopien von Ihrem Pass?«

Sara nickte ihm im Rückspiegel zu.

»Etwa zwanzig Stück, ja.«

Er schüttelte seine dunklen Haare und um seine Augen explodierten eine Million kleiner Fältchen.

»Nicht genug, machen wir nochmal.« Sie erlaubte sich, zurück zu lächeln. Ihrer Schätzung zufolge war Murad vermutlich nicht viel älter als sie, aber er hätte auch schon vierzig oder fünfzig sein können. Sein sonnenverbranntes Gesicht machte die Einschätzung schwierig.

Er trug ein ähnlich traditionelles zweiteiliges Gewand wie sie, nur dass seines deutlich abgetragener wirkte – und roch, wenn sie ehrlich war.

Während er sich auf die Straße konzentrieren musste, lehnte Sara sich zurück und beobachtete ihre Umgebung. Nun war sie also mittendrin in ihrem Abenteuer. So weit so gut. Sie zückte das Satellitentelefon, das in ihrem Reisegepäck gesteckt hatte und setzte eine kurze Nachricht an Max ab.

»Gelandet.«

Sie hoffte, dass sie auch die nächste Etappe so leicht bewältigen würde.

Die Nacht war kurz und nicht sehr erholsam gewesen. Sara hatte zwar einen kleinen Raum in der kleinen Behausung zugewiesen bekommen, in dem sie allein schlief, doch die fremden Gerüche und Geräusche im Haus und auch die Hitze ließen sie immer wieder aus ihrem unruhigen Schlaf hochfahren. Erst in den frühen Morgenstunden verfiel sie in bizarre Träume und schrak umso mehr hoch, als Murads Schwägerin sie vor dem Morgengrauen weckte. Sie beeilte sich, sich in dem dürftigen Bad, das aus einer Schüssel kaltem Wasser im Hof bestand, frisch zu machen und ihre Sachen zusammenzupacken.

Murad erwartete sie bereits am Kleinbus. Er hatte einen Beutel mit Obst für die Reise eingepackt und war dabei, Wasserflaschen aus einem Krug zu befüllen.

Sara entdeckte eine Horde Kinder, die sich mit großen Augen hinter einer Hausecke verbarg und sie laut kichernd beobachtete. Sie lächelte. Die Kinder kreischten auf und verschwanden hinter der Ecke – alle, bis auf einen kleinen Jungen, der sie mit großen dunklen Augen musterte. Sara kramte in ihrem Rucksack und zog ein paar Bonbons hervor, die sie extra für solche Zwecke eingepackt hatte. Sie winkte den Kleinen zu sich heran und gab ihm eins von den Kaubonbons. Sein ganzes Gesicht begann zu leuchten. Er jauchzte und stürmte mit seinem Schatz davon. Danach trauten sich weitere elf Kinder aus den Verstecken rund um das Haus.

Sara war von der Anzahl überrascht und dann auch wieder nicht, wusste sie doch, dass Kinderreichtum hier üblich war.

Murad gebot ihr, zu kommen, damit sie los konnten und sie trat auf die Straße.

Es war nur ein Hauch von Morgenröte am Horizont zu sehen, als sie Richtung Westen aufbrachen, und doch war es auch um diese Uhrzeit schon sehr warm.

Auf der pakistanischen Seite wurden sie auf ihrem Weg über die N5 nur selten kontrolliert. In Peschawar machten sie eine Pause und aßen Kebab auf einem Markt. Sara war froh, sich die Beine vertreten zu können. Die Distanz von der Stadtgrenze Islamabads bis zum Grenzübergang Torkham betrug nur rund 240 km. An sich wäre die Reise in knapp drei Stunden reiner Fahrtzeit zu bewältigen gewesen. Mit dem altersschwachen Kleinbus kamen sie jedoch nur langsam voran und die mittlerweile schon wieder sengende Hitze setzte Sara zu.

Reflexartig hatte sie Murad angeboten, dass sie ihn beim Fahren ablösen könnte, doch sein schallendes Gelächter hatte ihr schnell verdeutlicht, wie albern der Vorschlag gewesen war. Es war eben wirklich alles ganz anders als bei ihrem letzten Aufenthalt hier.

An der Grenze war es voll und überall waren Soldaten. Alles und jeder wurde gefilzt und untersucht und es herrschte ein heilloses Durcheinander. Sara wusste zwar, dass Torkham der meistfrequentierte Übergang der 2.600 km langen Grenze zwischen Pakistan und Afghanistan war, zumal er sich ziemlich genau in der Mitte der beiden Hauptstädte befand, und doch lag hier eine Spannung in der Luft, die über das übliche Maß hinausging.

»Was ist denn hier los? Warum die Hektik? Ist irgendwas Besonderes?«, fragte Sara und Murad antwortete, ohne den Blick von der Stoßstange seines Vordermanns zu lösen: »Es hat in letzter Zeit immer wieder Schießereien gegeben. IS.«

Er sagte das mit einer Gleichgültigkeit, als wäre eine Ziegenherde der Grund für die Behinderung auf der Straße. Sara erinnerte sich an die fatalistische Grundhaltung vieler Menschen in diesem und dem Nachbarland, das in den letzten Jahren so viel Krieg und kämpferische Auseinandersetzungen gesehen hatte, dass eine Schießerei wirklich einfach zum Tagesgeschäft gehörte. Sie schluckte und zog sich weiter in den Schatten der Rückbank zurück. Wieder wurde ihr schmerzhaft bewusst, dass sie völlig unbewaffnet war.

Der Grenzübertritt an sich verlief problemlos. Murad stellte sie als Mitarbeiterin von *Help for Afghanistan* vor und sich als ihren Vorgesetzten und Verantwortlichen. Da sie brav mit geschlossenem Mund und gesenktem Blick im Hintergrund blieb und ihre Papiere soweit nicht zu beanstanden waren, konnten sie nach weiteren zwei Stunden endlich weiterfahren. Rekordverdächtig.

Ganz langsam gewöhnte sich ihr System wieder an die Hitze und als es endlich weiterging, kurbelte sie das Fenster ein Stück herunter, schob die Ärmel hoch und konzentrierte sich darauf, was ihre nächsten Schritte wären.

In Kabul hatte sich einiges verändert – und dann doch auch wieder so gar nichts. Die Zeit schien hier irgendwie anders zu laufen. Obwohl sich kulturell und vor allem am Patriarchat ungefähr seit dem Mittelalter nichts mehr geändert hatte, gab es hier in der Stadt doch die meiste Zeit des Tages Strom und sogar Internet.

Nur die vielen schwer bewaffneten Trucks waren neu. Zu der Zeit, als sie unter dem Mandat der Bundeswehr hier gewesen war, waren sie die Bestbewaffneten vor Ort gewesen – nicht diese Gotteskrieger.

Sie schluckte. Es war stickig. Unerträglich heiß und laut, obwohl von nirgendwo her Musik erklang. Dafür wurde gehupt, geschrien und gebrüllt. Auf den Straßen und selbst in den Autos waren fast ausschließlich Männer unterwegs. Die wenigen Frauen waren von Kopf bis Fuß verhüllt in ihren Burkas.

Die Bäume am Straßenrand sahen aus, als hätten sie seit Ewigkeiten keinen Regen mehr gesehen, und trotzten mit ihrer bloßen Existenz der Natur.

Überall an den sich in Staus vorbeischiebenden Autos bettelten Kinder. Die meisten Autos sahen so aus, als wären sie vor Saras Geburt vom Fließband gerollt. An vielen Plattenbauten waren die Gitter vor den Fenstern nach dem Kriegsende wieder abgenommen worden, doch eben nicht an allen. Es war als würde Afghanistan der Mut fehlen, an so etwas wie Frieden zu glauben. Sara konnte es diesem geschundenen Land nicht verdenken.

Ihr Blick wanderte ziellos über die Schaufenster, an denen sie vorbeifuhren und auf denen systematisch alle Gesichter übermalt waren, ebenso wie auf jedem Plakat. Nur eines schien es in Hülle und Fülle zu geben außer dem sandigen Staub: Energydrinks. Kühlboxen auf Fahrrädern und Handkarrenstände mit selbigen fanden sich an quasi jeder Häuserecke. Sara sog all die Eindrücke auf und versuchte, sich so schnell wie möglich wieder einzufühlen, um sich unauffälliger bewegen zu können.

Bei dem Gedanken musste sie grinsen. Sie war eine 1,82 m große, blonde Europäerin. Damit überragte sie den durchschnittlichen Afghanen um rund vierzehn Zentimeter – ganz davon zu schweigen, dass sie ihre Haltung allein auf einen Kilometer als Ausländerin verriet. So lange sie sie jedoch nicht gleich als Soldatin erkannten, war schon viel gewonnen. Sara seufzte und vertiefte sich wieder in ihre Beobachtungen.

Sie blieben in der Nacht in Kabul bei einem weiteren Cousin Murads und sammelten dort noch mehr Equipment ein. Nach dem Abendessen diskutierten sie, wie ihr weiteres Vorgehen sein könne. Nach Saras Stand sollten sie am nächsten Morgen auf den Markt gehen und versuchen, Kontakt herzustellen.

»Die Situation hat sich schon wieder verändert.«

»Inwiefern?«, fragte Sara und blickte von ihrem Tee auf.

»Jaleela war zunächst im Haus ihres Vaters. Mit ihm hätten wir in Kontakt treten können, denn seine Loyalität gilt nur seinem Clan und Stamm. Aber jetzt ist sie zwischenzeitlich zu ihrem Schwager Tarmiel Hafizulla gebracht worden. So wie die Tradition es verlangt, ist sie jetzt die Last seiner Familie.«

Sara sträubten sich bei der Formulierung, die Murad so leicht über die Lippen ging, innerlich die Haare, aber sie verkniff sich einen Kommentar.

»Okay, also wie gehen wir vor?«

»Wir brechen morgen auf nach Masar-e Sharif. Offiziell weiß *Help for Afghanistan* nichts von den Vorgängen. Also werden wir als Erstes zur Praxis fahren und so tun, als wollten wir dort Medikamente ausliefern. Das gibt uns die Möglichkeit, uns vor Ort umzusehen. Vielleicht finden wir schon einen Hinweis auf die zu sichernden Informationen.«

Sara nickte abwesend und runzelte die Stirn. Sie musste sich auf die Zunge beißen, um nicht direkt zu widersprechen. Als sie Murads aufmerksamen Blick bemerkte, erlaubte sie sich die Frage: »Aber ist das nicht Zeitverschwendung? Wir verlieren zwei Tage dadurch, oder?«

In Murads Augen flackerte etwas auf. Ungeduld? Zorn ob ihres Widerspruchs? Sara konnte es nicht deuten und ehe sie es weiter erforschen konnte, hatte er bereits den Blick abgewandt und zuckte mit den Schultern.

»So lauten die Befehle.«

Nun widersprach auch Sara nicht mehr. Es nützte nichts. Sie war auf seine Unterstützung angewiesen. Ohne ihn konnte sie hier gar nichts ausrichten. Also verzog sie ihre Lippen zu einem Lächeln. »Dann bis morgen früh.«

Er nickte ihr zu und verließ den kleinen Raum, in dem sie allein schlafen würde.

Sara saß eine ganze Weile stumm am Boden und kaute an ihrer Unterlippe. In ihrem Nacken prickelte es. Irgendwie fühlte sich diese Aktion, extra in das leere Haus nach Masar-e Sharif zu fahren, nach kompletter Zeitverschwendung an und ihre Ungeduld ließ es ihr in den Fingerspitzen jucken. Andererseits, Befehl war Befehl und sie wollte sich nicht schon am ersten Tag und bei ihrem ersten Auftrag der Sisterhood als Klugscheißerin erweisen. Sie stand auf und trat an das kleine Fenster, um hinauszusehen. *Hier sind am Himmel mehr Sterne, als die Wüste Sandkörner hat.* Sara stutzte bei dem Satz, der von irgendwoher aus ihrer Erinnerung aufgetaucht war, und grinste dann in sich hinein. Alex hatte diesen überaus philosophischen Mist eines Nachts auf Patrouille verbrochen. Und dann fiel ihr auch die trockene Replik von Hannes ein: *Aber nicht mehr als Sand in meinen Stiefeln.* Sie lächelte, während ihre Gedanken weiterwanderten zu Lukas und Renée. Wie es ihnen wohl ohne sie erging? Auf der Reise war sie zu aufgeregt gewesen, um darüber nachzudenken, aber jetzt fehlte ihr ihre kleine Sabberbacke.

Sie checkte ihre Weltzeituhr, zückte kurz entschlossen das Satellitentelefon und wählte Lukas' Nummer. Bereits nach dem zweiten Klingeln ging er ran.

»Ja, hallo?« Täuschte sie sich oder klang er gestresst?

»Lukas? Ich bin's, Sara.«

»Hey, wie geht's dir, Weltenbummlerin? Brennt der Flughafen schon?«

»Haha, sehr witzig.« Sara lächelte und lockerte den Schal um ihr Haar.

»Wir sind jetzt in Kabul angekommen – hat etwas länger gedauert. Die Straßenverhältnisse hier sind einfach katastrophal und diese Hitze.«

»Und überhaupt kein Meer dazu ...«

Jetzt lachte sie leise auf. »Du Verrückter.« Überrascht über sich selbst fügte sie hinzu: »Und ich vermisse euch. Wie geht's der Kleinen?«

Er zögerte eine Sekunde zu lange, ehe er antwortete: »Super, alles prima.«

Sofort schellten bei Sara sämtliche Alarmglocken.

»Was ist passiert?«

Jetzt war es an ihm, aufzulachen, es klang jedoch eher freudlos.

»Nein, mach dir keinen Kopf, der Krabbe geht's gut. Es ist nur meine Mutter ... sie hat irgendwie ... wie soll ich sagen …« Er senkte verschwörerisch die Stimme. »Alles an sich gerissen!«

Sara schmunzelte.

»Oh du armer Schatz, werdet ihr es denn noch ein paar Tage ohne mich aushalten? Ich sehe schon, ich sollte öfter weg sein, dann würdest du meine Fertiggerichte viel mehr zu schätzen wissen.«

»Wenn es nur das wäre …«

»So schlimm?«

Er seufzte und riss sich dann hörbar zusammen.

»Schon gut. Hauptsache, ich muss mir nicht auch noch Sorgen um dich machen. Du benimmst dich doch? Nicht, dass die Talis ein Auge auf dich werfen oder so.«

Er versuchte, es leicht klingen zu lassen, doch sie hörte seiner Stimme die Besorgnis deutlich an.

»Alles okay«, erwiderte sie und gab sich ebenfalls sicherer, als sie wirklich war. »Wir sind hier in besten Händen und werden behandelt wie die Könige. Du solltest mein Hotelzimmer sehen.« Sie biss sich auf die Zunge ob der dreisten Lüge, doch Lukas schien beruhigt.

»Okay … wie spät ist es bei dir?«

»Ich bin dir dreieinhalb Stunden voraus.«

»Oh man, dann bist du sicher völlig fertig vom Tag, oder? Ich bin es jedenfalls.«

Sara grinste.

»Ja, ich leg mich jetzt auch nur noch hin. Morgen und übermorgen sind schon wieder Reisetage … Clangespräche und so … Ich weiß nicht …«

»Ja ja, schon verstanden, ich weiß, dass du von da nicht dauernd telefonieren kannst.« Nach einem Moment der Stille fügte er hinzu. »Bin schon froh, dass du dich überhaupt gemeldet hast. Bitte sei vorsichtig, okay? Wir brauchen dich noch.« Er holte Luft: »Ich liebe dich.«

Sara wurde noch ein wenig wärmer. Zärtlich erwiderte sie: »Natürlich. Und du passt weiter gut auf die Krabbe auf, beschütz sie vor der Oma.« Lukas lachte. Sie fügte hinzu: »Ich liebe dich auch.« Dann legte sie auf.

Es war ein komisches Gefühl. Zum ersten Mal auf einer Mission hatte sie jemanden, der zu Hause auf sie wartete. Menschen, die sich darauf verließen, dass sie heil wiederkam. Sicher, früher war da ihr Vater gewesen. Doch da er selbst erwachsen und Soldat war – und nicht zuletzt ihr Vater –, zählte das nicht so richtig.

Sie ging hinüber zu der Matratze, die ihr als Bett dienen würde und versuchte, es sich auf den Kissen so bequem wie möglich zu machen.

Einen Augenblick gestattete sie sich noch, an ihre Tochter zu denken, doch dann verschloss sie die Bilder wie in einem Kästchen in ihrem Kopf. Auf dieser Mission konnte sie sich keine Ablenkung leisten. Denn Ablenkungen führten zu Fehlern und so unbewaffnet, allein ohne ihr Team und echte Rückendeckung vor Ort, durfte sie sich die schlicht nicht erlauben. Nein, hier konnte jeder Fehler tödlich sein.

XIII.

Schon auf der pakistanischen Seite hatten sie diverse Kontrollpunkte passiert, doch das war nichts im Vergleich zu der Anzahl der Posten, die ihnen auf den afghanischen Straßen begegneten.

Sara spielte brav ihre Rolle als unverständige Europäerin, lächelte und schwieg mit großen Augen und züchtig zurechtgerücktem Kopftuch. Natürlich kostete jede Passage mehr Bestechungsgeld als üblich, weil sie keine Einheimische war. Doch diese Art der »Inflation« war vorhersehbar gewesen und sie achtete penibel darauf, dass sie zwar genug Geld, aber eben nie viel auf einmal griffbereit hatte, um es Murad zusammen mit einer weiteren Ausweiskopie zuzustecken.

Murad war während des ganzen Transfers einsilbig und konzentrierte sich auf die Fahrbahn vor ihnen. Sara wusste, dass die Straßen zwar eigentlich frei und gesichert waren, aber die jahrzehntelangen kriegerischen Auseinandersetzungen in diesem Land machten es unmöglich, zu erahnen, wo eventuell noch alte IEDs, sprich selbst gebastelte Sprengsätze, vergraben waren. Gelangweilt sah sie aus dem Fenster und sah die fremde und doch so vertraute Landschaft an ihr vorbeiziehen. Viele Westler stellten sich Afghanistan als ein einziges braungraues Wüstenloch vor. In Wahrheit gab es neben diesen kargen Landstrichen grüne Oasen und wunderschöne Gebirgszüge, die immer mal wieder am Horizont auftauchten. Auch wenn sie wusste, dass heute gar nichts Spannendes zu erwarten war – denn schließlich fuhren sie gerade absichtlich einen ganzen Tag weg von ihrem Ziel, um mögliche Verfolger abzulenken, war sie angespannt und nervös. Das Kribbeln in ihrem Nacken hatte zwar nachgelassen, dafür hatte sie so ein flimmerndes Gefühl in der Magengegend und schaute sich permanent auf der Fahrt um.

Am frühen Nachmittag erreichten sie endlich Masar-e Sharif und eine Stunde später standen sie vor dem Haus, das der Familie Hafizulla gehörte und die Praxis von Casim beherbergt hatte. Sara war nicht entgangen, dass auf der anderen Straßenseite vor dem hellen Gebäude, das Gitter vor einigen Fenstern im Obergeschoss hatte, ein weißer Truck geparkt war, um den drei bewaffnete Männer der Terrormiliz herumlungerten.

»Bleib im Auto«, raunte ihr Murad zu und stieg aus. Doch nach dem stundenlangen Stillsitzen konnte Sara nicht anders. Sie zog ihren Schal zurecht und öffnete die hintere Autotür. Murad fuhr herum und warf ihr einen düsteren Blick zu, den sie mit einem Lächeln konterte und ihm einen Karton mit einem gut sichtbaren roten Kreuz darauf reichte. Er schüttelte leicht den Kopf, nahm ihr aber das Paket ab und ließ zu, dass sie mit einer weiteren Kiste im Arm ausstieg. Zusammen gingen sie um den Wagen herum in Richtung des Eingangs.

Sofort ertönten ein Pfiff und ein Ruf in ihrem Rücken und Murad blieb mitten auf dem Weg stehen. Sara hatte einen Schritt hinter ihm angehalten, senkte den Blick und bemühte sich, weniger groß zu wirken. Ein alberner Versuch, da sie die herannahenden

Männer alle um einen halben Kopf überragte. Sie begannen, ohne sie eines Blickes zu würdigen, auf Murad einzureden. Der verkaufte ihnen ihre Coverstory, was Sara nur aus wenigen Worten, die sie aufschnappte und vor allem seinen Gesten verstand. Immer wieder deutete er mit dem Paket in Richtung Haus. Casims Name fiel und einer der Taliban, der die Befragung führte, spuckte voller Verachtung vor sich in den Schmutz. Sara versuchte vergeblich, ihr Gesicht unter Kontrolle zu behalten und sich den Ekel nicht anmerken zu lassen. Was leichter fiel, da ihr ohnehin niemand Beachtung schenkte.

Die Diskussion wurde hitziger und Sara verstand, dass die Männer sie unter keinen Umständen zum Haus lassen wollten. Das war dämlich. Sie musste auf jeden Fall einen Blick hineinwerfen, um sicherzugehen, dass hier nichts zu finden war.

Murad hatte bereits unter Nicken den Rückzug angetreten. Da sie sich aber nicht vom Platz gerührt hatte, lief er fast in sie hinein. Er machte eine Bewegung mit dem Kopf. Doch Sara sah ihm in die Augen und flüsterte: »Sag ihnen, ich müsse auf die Toilette. Wir haben eine weite Fahrt hinter und vor uns. Spiel die Karte mit der dummen Europäerin.«

Etwas in seinem Blick flackerte als hätte er sich gewünscht sie würde schweigen. Und Sara dachte schon, er würde ihre Ausrede nicht unterstützen. Doch dann drehte er sich doch noch einmal um und begann mit den drei Soldaten zu diskutieren. Nach einer gefühlten Ewigkeit wandte er sich wieder zu ihr und nahm ihr das Päckchen ab.

»Er wird dich begleiten. Tu nichts Dummes.«

Sie nickte und beeilte sich dem Kämpfer, der am weitesten weg gestanden hatte von der Gruppe –

sprich, der Underdog im Team war – zu folgen, der nun zügig Richtung Haus ging.

Sie trat vorsichtig über die Schwelle der eingetretenen Tür und nahm das gesamte Ausmaß des Chaos in sich auf, während er sie zum Badezimmer führte. Aufmerksam sah sie sich um und konnte nichts entdecken, was darauf hingewiesen hätte, dass es als Versteck für etwas hätte dienen können. Im Vorbeigehen erhaschte sie einen Blick in die Praxis, in der alle Aktenschränke von den Wänden abgerückt und ausgeleert mitten im Zimmer lagen – unter der umgekehrten Behandlungsliege und inmitten zahlreicher medizinischer Instrumente.

Sie schluckte. Die Talis hatten das Unterste zuoberst gekehrt. Selbst wenn sie mehr Zeit gehabt hätte, um sich umzusehen, bezweifelte sie, dass hier noch etwas zu finden war. Die Frage war nur, hatten sie gefunden, was sie gesucht hatten oder zeugte das Ausmaß der Verwüstung von ihrem Frust, mit leeren Händen wieder abgerückt zu sein?

Der Typ vor ihr blieb plötzlich stehen und wies nach vorn in einen dunklen Raum. Sara wusste von ihrem vorherigen Besuch, dass es sich um das Bad handelte. Der Typ wagte nicht, ihr ins Gesicht zu sehen und sie machte es ihm nicht unnötig schwer, sondern eilte an ihm vorbei und schloss die Tür.

Auch hier herrschte das Chaos. Sie zählte langsam bis zehn, scharrte dabei etwas mit den Füßen und öffnete dann wieder die Tür. Ihre Wache hatte sich nicht gerührt, sondern trat bei ihrem Auftauchen sofort den Rückweg an.

Noch einmal sah Sara sich um, doch hier war wirklich nichts zu holen. Ärger wallte in ihr auf. Im Grunde war das vorhersehbar gewesen. Warum hatten sie Befehl gehabt, überhaupt hierherzukommen? Nur ob der Tarnung? Das war doch Zeitverschwendung. Sara hasste solche Aktionen. Hatte sie schon immer. Auch als sie noch bei der Bundeswehr gewesen war, hatte es Observationen und Erkundungen gegeben, die aufgrund von schlechten Infos von vornherein ein überflüssiges Risiko und Zeitverschwendung dargestellt hatten. Sie grummelte innerlich. Aber Befehle waren nun einmal Befehle.

Wieder auf der Straße erwartete sie Murad hinter dem Steuer. Sie beeilte sich, auf der Rückbank des Kleinbusses Platz zu nehmen. Der Kämpfer kehrte zu seinem Wagen zurück und sprang auf die Ladefläche. Sara konnte mühelos erkennen, dass im Inneren der Fahrerkabine der Anführer des Trios telefonierte.

Grimmig lächelnd konstatierte sie: »Unser Besuch wird gemeldet. Scheint also soweit funktioniert zu haben.«

Murad warf ihr einen dunklen Blick im Rückspiegel zu.

»Was denn?« Sara funkelte herausfordernd zurück.

»Du kannst hier nicht einfach so aus der Reihe tanzen … du bringst schließlich nicht nur dich in Gefahr … ich bin für dich verantwortlich.«

In seiner Stimme schwang unterdrückter Zorn mit und Sara runzelte die Stirn.

»Entschuldige mal, wenn wir schon hier sind, müssen wir doch wenigstens ein bisschen Aufklärung betreiben. Und es ist doch interessant, dass, obwohl sie das Haus völlig auf den Kopf gestellt haben, hier immer noch ein Wachtrupp herumlungert.«

Murad brummelte etwas zwischen den Zähnen, was Sara nicht verstand, und gab Gas. Sie ließ sich in den

Sitz zurücksinken und verschränkte die Arme. Es war spät und sie fuhren zu einem weiteren entfernten Cousin Murads, der sie heute Nacht beherbergen würde.

Dieses Mal hatte Sara kein Zimmer für sich und so trat sie nach dem Abendessen hinaus auf den Hof, um eine Nachricht an Max zu senden.

»Praxis verwüstet vorgefunden, wird bewacht. Fahren morgen zurück nach Kabul«, tippte sie und sandte die Nachricht rasch ab. Es dauerte keine dreißig Sekunden und das Satellitentelefon klingelte.

»Hi Max.«

»Wo bist du«, erklang die sehr distanziert klingende Stimme ihrer Führungsperson am anderen Ende der Welt. Sara stutzte.

»In Masar-e Sharif, wo sollte ich sonst sein? Wir waren im Haus, wo die Praxis ist, und ich konnte mich trotz der Bewachung kurz drinnen umsehen, aber da ist niemand und auch kein Hinweis darauf, dass sie gefunden hätten, was sie suchen.«

»Was zum Geier macht ihr da? Wir haben euch doch die Koordinaten gegeben, wo Jaleela jetzt ist.«

Max' Ton war schon fast herrisch und gefiel Sara so gar nicht.

»Hallo? Komm mal runter, das waren doch deine Befehle, dass wir hier hergefahren sind.«

»Nein, ich habe angeordnet, dass ihr möglichst unauffällig Kontakt aufnehmt und den Exit vorbereitet. Mehr nicht.«

Max' Tonfall wurde immer gepresster.

Sara verstand die Welt nicht mehr.

»Aber Murad hat gesagt ...« Sie schwieg und versuchte zu verstehen, was hier falsch gelaufen war.

»Wie konnte er das so missverstehen?«, fragte sie misstrauisch und in ihrem Nacken prickelte es sofort.

»Das war sicher keine Absicht. Er ist ein verlässlicher Verbündeter. Wenn er denkt, dass dieser Umweg für eure Sicherheit nötig war, dann vertrau ihm.«

Immer noch dieser Ton, der Saras Widerspruch triggerte. Doch sie biss sich auf die Lippe. »Ist das jetzt ein Befehl?«

Max zögerte und explodierte überraschend.

»Ja, das ist es. Tu was dir gesagt wird, keine Extratouren und melde dich, wenn du das Paket hast. Und du weißt noch, was zum Paket gehört, oder?«

Jetzt wurde Sara sauer.

»Also hör mal, ich hab doch gar nichts gemacht. Er hat gesagt, wir hätten Befehl, erst herzukommen, um unsere Tarnung aufrechtzuerhalten und genau das haben wir gemacht. Ich hab nur ganz kurz einen Blick …«

»Ich sag es dir noch mal: keine Extra-Touren! Wir wissen, was wir tun und euer Exit ist geplant. Also halt dich an den Plan.«

Die Leitung war tot, ehe Sara etwas erwidern konnte. Kopfschüttelnd sah sie das Telefon in ihrer Hand an. So hatte sie Max noch nie erlebt. Also wenn von ihnen jemand mit dem Druck dieser Mission nicht so gut klarkam, dann war das eindeutig nicht sie.

Ein weiteres Detail nagte in ihrem Hinterkopf, aber sie konnte den Gedanken nicht recht greifen. Nur das ungute Gefühl, noch etwas mehr auf sich selbst gestellt zu sein, machte sich in ihrem Magen breit.

XIV.

Unauffällig trat Jaleela einen Schritt vom Fenster zurück. Auf der Straße unten vor dem Haus parkte ein weißer Pick-up mit der Flagge der Taliban. Sadeq war auf der Beifahrerseite ausgestiegen und stand jetzt vor Tarmiel. Gerade stieß er ihm den Zeigefinger auf die Brust und ihr Schwager taumelte einen Schritt zurück. Sadeq setzte nach und seine gesamte Körpersprache war so aggressiv, dass Jaleela, obwohl sie kein Wort verstehen konnte, was unten auf der Straße gesprochen wurde, die Knie weich wurden und sie die Augen für ein stummes Gebet schloss.

Als sie sie wieder öffnete, waren die Männer immer noch da. Der Fahrer, ein großer Typ, der jetzt ebenfalls ausgestiegen war, hatte Sadeq an der Schulter gepackt und sich zu seinem Ohr gebeugt. Er stand halb hinter ihm und sprach eindringlich auf ihn ein.

Irgendwie kam er ihr bekannt vor. Jaleela kniff die Augen zusammen. Ja, der Mann war eindeutig auch auf dem Marktplatz gewesen. Dann wurde es ihr mit einem Schlag bewusst und ihr stockte der Atem vor Schreck: Er war nicht nur anwesend, sondern er war es, der den tödlichen Schuss auf Casim abgegeben hatte. Mit klopfendem Herz und brennenden Augen starrte sie auf die Straße und zwang sich zu beobachten, wie die fünf Männer sich abwandten und sich wieder in Richtung ihres Wagens bewegten. Sie konnte Tarmiel nicht mehr sehen, weil er zu dicht an der Hauswand stand.

Am ganzen Körper zitternd sank sie zu Boden und endlich flossen die Tränen. Stumm weinte sie und unterdrückte es, ein Geräusch zu machen. Auf keinen Fall wollte sie die Kinder beunruhigen oder Sahar. Also biss sie sich auf den Knöchel ihrer Hand und ließ ihre Verzweiflung lautlos aus sich herausfließen.

Was sollte sie nur tun? Natürlich wusste sie genau, was Sadeq wollte und sie überlegte fieberhaft, wie es jetzt weitergehen würde. Sie saß in der Falle. Tarmiel würde sie vielleicht noch einen kleinen Moment abschirmen und beschützen – wenn er das denn überhaupt wollte –, aber danach? Was wäre dann? Sie wagte nicht, sich auszumalen, was sie und ihre Kinder erwartete – und natürlich hatte sie auch Angst ob der Auswirkungen auf den Rest der Familie. Noch einen Augenblick ließ sie zu, dass die Furcht sie erzittern ließ. Dann straffte sie die Schultern und wischte sich die Tränen vom Gesicht. Es ging nicht um sie. Es ging um Casim und darum, dass er nicht umsonst gestorben war. Sie brauchte Hilfe und sie musste die Informationen so schnell wie möglich weitergeben – doch wem konnte sie nach Casims Hinrichtung überhaupt noch trauen?

Der gerade erst aufwallende Mut verflüchtigte sich direkt wieder und sie sank matt zurück gegen die Wand. Sie war eine Frau … und allein. Was sollte sie schon ausrichten?

Später am Nachmittag saß Jaleela im Wohnzimmer am Boden mit Darya und den drei Töchtern von Tarmiel und machte mit ihnen Hausaufgaben. Darya half ihr, denn sie hatte ihre eigenen Aufgaben bereits fertig. Jaleela war stolz auf sie und gleichzeitig brach es ihr das Herz, ihrer klugen Tochter keinen adäquateren

Unterricht bieten zu können als mit den vergilbten Unterlagen von Tarmiels beiden ältesten Söhnen. Immerhin hatte Tarmiel erlaubt, dass sie auch seine Töchter mit unterrichtete.

Ihr Schwager war wirklich ein guter Mann. Auch wenn er nicht Casims Herzlichkeit hatte, so hatte er ihr doch einen angenehmen Raum im Haus für sie und die Kinder zugewiesen und begegnete ihr mit einer respektvollen Neutralität, wenn sie zu den Mahlzeiten zusammentrafen.

Jaleela hatte trotzdem seit ihrer Ankunft im Haus eine Distanz gespürt, die sie sich nicht erklären konnte, und die zu Lebzeiten von Casim nicht bestanden hatte. Vielleicht war es die Trauer um seinen Bruder. Vielleicht allerdings auch etwas anderes. Ihre Gedanken wanderten zurück zu der Begegnung am Vormittag und die Angst ließ ihr kalten Schweiß über den Rücken laufen. Sie erschauerte, denn sie wusste, dass sie ein Sicherheitsrisiko für ihn und seine Familie darstellte. Sie hatte bereits zuvor versucht, ihm so wenig wie möglich unter die Augen zu kommen, um ihn nicht unnötig daran zu erinnern, dass sie existierten. Seit heute früh hätte sie sich jedoch am liebsten unsichtbar gemacht. Doch sie konnte gar nichts tun. Schon gar nicht, solange ihre Kinder nicht beide bei ihr waren.

Gegen ihren Willen hatte Tarmiel Bari gleich am ersten Tag mit seinen beiden Söhnen in die Schule geschickt. Jaleela wäre es lieber gewesen, wenn sie ihren Jungen hätte bei sich behalten können, doch sie hatte nicht gewagt zu widersprechen, um den zerbrechlichen Frieden im Haus nicht zu stören. Jetzt erwartete sie ungeduldig die Rückkehr der Jungen, denn wenn sie schon sonst nichts tun konnte, wollte sie zumindest glauben, dass solange sie hier bei ihr waren, ihren Kindern nichts geschehen konnte.

Ihre Schwägerin Sahar bemühte sich nach Kräften, sie vergessen zu lassen, dass sie eine Last oder gar unerwünscht sein könnte. Die junge Frau war seit ihrer Hochzeit Jaleela immer zugetan gewesen und hatte in der nur zwei Jahre älteren Schwägerin vom ersten Tag an ein Vorbild gesehen.

Beide hatten nach afghanischen Standards eine gute Ausbildung genossen und während Sahar Tarmiel im Geschäft zur Hand gegangen war, hatte Jaleela das Gleiche mit Casim in der Praxis getan. An besseren Tagen waren sie bei Besuchen in Kabul zusammen mit Sahars Cousinen in einem Schönheitssalon gewesen. Mittlerweile war der geschlossen. Damit war seit der Rückkehr der Taliban auch Sahars Leben das letzte bisschen Autonomie genommen worden. Und ihre Schwägerin war froh, in Jaleela wenigstens eine Gesprächspartnerin und Verbündete zu haben, bei der sie nicht dauernd befürchten musste, denunziert zu werden.

Auch wenn Sahar sich bemühte, Jaleela immer wieder ins Vertrauen zu ziehen und die guten alten Zeiten heraufzubeschwören, blieb Jaleela zurückhaltend und vorsichtig. Es wäre nicht das erste Mal, dass eine Frau durch ein Familienmitglied und vor allem durch eine andere Frau in Misskredit bei den Besatzern gekommen wäre. Es war eine traurige Wahrheit, dass aufgrund der vielen Kriegsjahre und langen Besatzungszeit Misstrauen und Bespitzeln jedem Afghanen in die Wiege gelegt waren. Und da selbst für kleinste Verstöße immer gleich die ganze Familie bis in die entferntesten Verästelungen des Stammbaums in Sippenhaft genommen wurde, war es wenig verwunderlich, dass sich selbst Frauen untereinander verrieten, um vermeintlich die Familienehre zu schützen.

Jaleela blieb nur zu hoffen, dass man ihr zurückhaltendes Schweigen als Teil ihrer Trauer verstehen würde und nicht als Zurückweisung. Denn ohne Tarmiels Schutz wäre sie nie mehr und vor allem nirgends sicher. Weder sie noch ihre Kinder. Und das bedeutete nun einmal, dass sie nie wieder achtlos sein durfte, in wessen Gegenwart sie den Mund aufmachte. Selbst wenn das schmerzhafterweise sogar die liebe Sahar einschloss.

Sie seufzte und Darya sah von dem Heft auf, das sie gerade kontrollierte.

»Mama?«, fragte sie und ihre Mutter erwiderte ihren Blick. Sofort straffte die Ältere ihre Schultern und warf dem jungen Mädchen ein tapferes Lächeln zu.

»Schon gut, meine Blume, wir sind fertig für heute.« Aufs Stichwort sprangen die Kinder vom Boden auf, sammelten ihre Hefte und Stifte zusammen und liefen laut schnatternd hinaus, um im Hof ein wenig zu spielen, bevor es Zeit wäre, das Abendessen zuzubereiten.

Jaleela blickte auf, als jemand den Raum betrat. Instinktiv hatte sie Sahar erwartet oder deren Mutter, doch tatsächlich war es Tarmiel, der ins Zimmer gekommen war. Sie hatte ihn seit dem Morgen nicht mehr gesehen. Nach Sadeqs Auftauchen war er in die Stadt ins Hauptgeschäft gefahren und war eben erst zurückgekehrt. Sein Blick war ernst und verschlossen. Er sah sich um und nachdem er sich vergewissert hatte, dass sie allein waren, schloss er die Tür.

Jaleelas Herz klopfte sofort bis zum Hals. Nervös zupfte sie ihr Kopftuch zurecht und senkte den Blick zum Boden. Er räusperte sich und kam noch einen Schritt näher.

»Ich hoffe, es ist alles bequem für euch?«

»Natürlich, wir sind dir sehr dankbar, dass du uns aufnimmst. Ich werde alles tun, damit wir eine so kleine Last wie möglich sind.«

Er stand nur da und sah auf sie herab, ohne sie jedoch zu sehen.

»Wo ist dein Telefon?«

Die Frage traf sie unvermittelt, und sie blickte überrascht auf. Als sie den harten und abweisenden Blick in seinen Augen sah, beeilte sie sich, aufzustehen und es aus ihrer Tasche zu ziehen. Sie reichte ihm das Klapphandy.

Er flippte es auf und durchsuchte es. Wonach, wagte sie nicht zu fragen. Auch wenn ihr Herz noch immer in ihrer Brust flatterte, wusste sie doch, dass ihr Handy keine Geheimnisse enthielt. Die Anrufliste war sauber, die Kontakte entsprachen Nummern ihrer Angehörigen und einiger Freundinnen. Nachrichten gab es keine. Dieses musste auch Tarmiel aufgefallen sein, denn nach wenigen Augenblicken warf er das Gerät achtlos auf den Boden und trat einen Schritt dichter an sie heran.

»Wo ist das, was Casim gewagt hat, zu entwenden?«

Sie zuckte zusammen wie unter einem Schlag und wagte nicht, zurückzuweichen, um ihn nicht zusätzlich zu reizen.

»Ich verstehe nicht …«, stammelte sie. Ihre Hände wrangen einander und sie fixierte ihren Blick mit gesenktem Kopf auf ihren Füßen.

Damit konnte sie die Ohrfeige nicht kommen sehen und wurde von der Härte des Schlages völlig überraschend zu Boden gerissen.

Sie schrie auf und hob eine Hand an ihr Gesicht. Ihre Augen füllten sich unwillkürlich mit Tränen und sie sah flehentlich zu Tarmiel auf, der sie jetzt mit unverhohlener Wut ansah.

»Wage es nicht, mich in meinem eigenen Haus anzulügen, du wertlose Frau.«

Noch nie war Jaleela geschlagen worden. Weder ihr Vater noch Casim hatten ein einziges Mal die Hand gegen sie erhoben und auch von Tarmiel hatte sie das nicht erwartet. Doch die Erklärung folgte auf dem Fuße.

»Sadeq sagt, Casim habe Niaz Mohammad bestohlen, als er das letzte Mal bei ihm gewesen sei, um ihm seine Vitamine zu spritzen.«

Jaleela hatte ehrlich Angst und doch gelang es ihr, den Kopf vehement zu schütteln und zu flüstern.

»Das hätte Casim niemals getan. Das ist eine gemeine Lüge ...« die Luft entwich mit einem Pfeifen aus ihr, als Tarmiel ihr mit voller Wucht in den Bauch trat. Jaleela wimmerte und krümmte sich, die Arme schützend um ihren Leib geschlungen. Doch ihr Schwager beugte sich vor und zerrte sie am Oberarm wieder in den Sitz, um sie ansehen zu können.

»Sag die Wahrheit!«, herrschte er sie an. »Sadeq hat mir gesagt, dass Casim es zugegeben hat.«

Jaleela liefen die Tränen über die Wangen. Sie war nicht zum Widerspruch erzogen worden, doch wenn eines klar war, dann, dass Casim selbst unter schwerster Folter niemals die Sicherheit seiner Familie mit solch einem Geständnis riskiert hätte.

»Das ist nicht wahr ...« Eine Faust sauste auf sie nieder und erwischte sie halb am Nacken und halb an der Schulter, weil sie sich rasch abgewandt hatte. Doch Tarmiel zielte gar nicht auf ihr Gesicht, das einzig unverschleierte. Er ließ ein Dutzend weiterer Faustschläge auf ihren Oberkörper prasseln, den er immer noch mit einer Hand an ihrem Oberarm in Position hielt. Er war wie von Sinnen und völlig außer sich.

»Du undankbares Stück Dreck. Für wen hältst du dich? Du wagst es, mir zu widersprechen und mich für dumm zu verkaufen? Und glaubst, ich würde dich nicht mit Freuden an Sadeq übergeben?« Schwer atmend ließ er sie los und richtete sich auf. Tarmiel ging wütend im Raum auf und ab und blitzte sie immer wieder böse an.

»Ich habe dich in mein Haus aufgenommen, du isst an meinem Tisch, du unterliegst meiner Gnade. Aber ich schwöre dir – und Allah ist mein Zeuge –, dieses Benehmen dulde ich nicht. Was auch immer in meinen Bruder gefahren ist, dieses Unrecht muss gesühnt werden, ehe diese Familie völlig in Ungnade fällt.«

Jaleela hatte ihre Knie an den Körper gezogen und mit den Armen umschlungen und blinzelte unter Tränen zu ihm auf. Intuitiv ging sie davon aus, dass er von Casims Tod sprach, doch mit seinem nächsten Satz wurde sie eines Besseren belehrt.

»Dieses Mal ist nur einer meiner Marktstände mit einem Brandsatz niedergebrannt und mein Cousin Abdul verletzt worden. Aber was, wenn sie uns als nächstes das Haus anzünden? Nur weil mein werter Bruder sich anmaßt, Niaz Mohammad zu bestehlen. Und was denn eigentlich? Sag mir sofort, was er gestohlen hat!«

Wieder war er an sie herangetreten und ließ eine Salve Faustschläge auf ihren Hinterkopf und Nacken regnen, den sie verzweifelt mit den bloßen Armen zu schützen versuchte. Jaleela schrie erneut auf und rollte sich auf dem Boden in embryonaler Stellung zusammen. Doch anstatt ihr zu helfen, führte es nur dazu, dass Tarmiel sie nun trat – gegen die Schienbeine, in den Rücken und den Bauch.

»Gib es zurück. Sag mir, wo es ist und gib es zurück. Ich muss Sadeq bis Morgen Abend das Eigentum von Niaz Mohammad aushändigen, oder ...«

Seine Stimme brach. Die Angst hatte ihn der Gewalt über sich komplett beraubt. Wie ein Berserker prügelte er weiter auf Jaleela ein, die immer wieder beteuerte, nicht zu wissen, was er wolle oder worum es ginge. Schließlich ließ er keuchend von ihr ab.

»Du wirst schon sehen, was du davon hast, wenn du mir den Gehorsam verweigerst. Ich lasse nicht zu, dass mein Bruder diese Familie entehrt ... und du wertloses Stück Vieh schon gar nicht«, drohte er ihr und stürmte aus dem Raum.

Jaleela blieb weinend am Boden liegen. Ihr ganzer Körper bestand nur aus Schmerz. Sie konnte kaum atmen, weil jedes Mal Luft holen die malträtierten Rippen strapazierte. Die Gliedmaßen schmerzten so sehr, dass sie es nur in Zeitlupe wagte, sich zu bewegen. Ihr Kopf hämmerte. Trotzdem konstatierte ihr Verstand, dass nichts gebrochen war und sie keine sonstigen bleibenden Schäden davontragen würde. Ihr Gesicht war tränenüberströmt, jedoch völlig unangetastet. Es war also anscheinend okay gewesen, sie zu schlagen, aber sichtbare Beweise seines Aktes hatte Tarmiel dann doch nicht erzeugen wollen.

Sahar sah durch die Tür herein und blieb im Türrahmen stehen. Auch ihre Augen waren voller Tränen. In ihrem Blick lag eine Härte und Verachtung, die Jaleela nie zuvor gesehen hatte. Wortlos ging die jüngere Frau wieder weg.

Darya stürzte ins Zimmer und warf sich neben ihrer Mutter auf die Knie. Hemmungslos begann sie zu weinen.

»Mama, Mama, was ist denn passiert? Onkel Tarmiel durchwühlt alle unsere Sachen.«

Es gelang Jaleela, sich mit der Hilfe ihrer Tochter so weit aufzusetzen, dass sie das Mädchen in den Arm nehmen konnte.

»Es ist schon gut, meine Blume«, flüsterte Jaleela und strich über den Kopf des Kindes, der sich schmerzhaft gegen ihre Schulter drückte.

»Das ist sein gutes Recht. Es ist sein Haus.« Sie schloss die Augen und betete, dass ihr Versteck clever genug gewesen war.

Sie saß noch immer am Boden, als plötzlich ihr Handy klingelte. Darya sah sie ängstlich an. Auch Jaleela hatte keine Ahnung, wer sie anrufen könnte. Das Klapphandy lag mitten im Raum auf dem Teppich,wo es gelandet war, als Tarmiel es hatte achtlos fallen lassen.

Jaleela machte eine winzige Kopfbewegung und Darya sprang behände auf die Füße, um ihrer Mutter ihr Telefon zu holen. Anschließend kauerte sie sich wieder neben sie.

Jaleela klappte das Handy auf und stellte fest, dass die Rufnummer des Anrufenden unterdrückt war. Sie schluckte und nahm den Anruf an.

»Ja?«, flüsterte sie.

»Jaleela Hafizulla?«

»Ja«, bestätigte sie und ein kalter Schauer lief ihr über den Rücken.

»Du wertlose Ziege, gib heraus, was dein Mann gestohlen hat, sonst wird es dir und deiner Familie schlecht ergehen.«

Sie schluckte trocken und wechselte unter stechenden Schmerzen das Handy von einem zum anderen Ohr, damit Darya nicht mithören konnte.

Die Stimme des Anrufers war schwer zu verstehen, so als spräche er durch Stoff oder hätte etwas anderes über das Mikro gelegt.

»Wer ist da?«, stammelte sie.

»Das ist egal. Du bist eine wertlose Frau. Wertlos und schutzlos. Wir, die Krieger Gottes, werden dir entreißen, was dein Mann unrechtmäßig genommen hat. Du wirst dafür bezahlen. Ihr alle werdet dafür bezahlen. Du als erste und deine Brut genauso. Deine Tochter wird eine gehorsame Ehefrau werden … vielleicht eine Zweitfrau für einen verdienten Kämpfer … sie wird lernen, was der Koran für eine Frau gebietet und dein Sohn … Bari wird eure Schuld sühnen müssen als Kämpfer Allahs … er wird eine Bombenweste tragen zur Ehre von Allah des Allmächtigen.«

Die Stimme am anderen Ende hielt inne. Jaleela war viel zu zerschlagen und überrascht, als dass sie hätte irgendwas zu den Anschuldigungen und Drohungen sagen können.

Bei der Nennung des Namens ihres Sohnes und mit dem Gedanken an ihre Tochter im Arm wurde ihr schlecht. Wie um alles in der Welt sollte sie sie nur beschützen?

»Oder«, fuhr die Stimme leiser und noch bedrohlicher fort. Jaleela presste das Klapphandy so heftig an ihr Ohr, dass sie drohte, es zu zerbrechen. »Oder wir verkaufen sie beide. Darya ist hübsch. Sie würde sicher viel Geld bringen als Hure und auch Bari hat so ein zartes Gesicht … das würde einem Scheich garantiert gefallen.«

»Nein!«, schrie Jaleela jetzt auf, denn die Bilder einer ganz neuen Dimension von Horror erschienen vor ihrem inneren Auge.

Der Anrufer lachte und es knisterte in der Leitung, als wäre der Stoff verrutscht, der die Stimme maskieren sollte. Es war ohnehin unnötig, denn Jaleela wusste, dass nur einer es wagen konnte, sie anzurufen und ihr derartig zu drohen. Er wurde rasch wieder ernst und zischte: »Gib zurück, was du gestohlen hast. Bis morgen und der Tod soll dir gnädig sein und deine Familie verschonen.«

Die Leitung war tot. Das Handy entglitt Jaleela und mit ihm auch das letzte bisschen Widerstandskraft. Der körperliche und seelische Schmerz raubte ihr die Sinne. Ohnmächtig sank sie zu Boden.

XV.

Sadeq zog den Lappen von der unteren Hälfte des Handys und steckte es wieder in seine Hosentasche. Er lächelte zufrieden.

Natürlich war es eigentlich ein Verstoß gegen die heiligen Gesetze, dass er eine Frau anrief. Es war völlig unangemessen, dass er mit einer Fremden sprach. Aber verzweifelte Umstände erforderten entsprechende Maßnahmen. Und er hatte keine andere Wahl.

Tarmiel war ein Schwächling, das wusste er. Ein ebenso liberaler und verweichlichter Idiot, wie sein Bruder Casim es gewesen war. Sadeq fürchtete, dass er nicht einmal in der Lage wäre, Jaleela zum Reden zu bringen. Aber das wäre kein Problem. Er hatte ihm großmütigerweise die Chance gegeben, die Ehre der Familie wieder herzustellen, indem er Niaz Mohammads Eigentum wiederbeschaffte und zusammen mit Jaleela an ihn übergab. Sollte er versagen, würde er mit dem größten Vergnügen ein Exempel an der gesamten Familie Hafizulla statuieren. Ihm konnte es nur Recht sein, dass Tarmiel versagte, damit er ein Ventil für seine aufgestaute Wut hätte.

Und selbst wenn es ihm gelingen sollte, wäre immer noch alles gewonnen. Er würde seinem Anführer sein Eigentum zurückbringen können und endlich wieder in dessen Gunst stehen – und damit seinem Ziel, die nördlichen Provinzen zu befehligen, einen guten Schritt näherkommen. Außerdem würde er persönlich

147

Jaleela ihrer gerechten Strafe zuführen. Sehr langsam, sehr schmerzhaft und sehr öffentlich. Niemand würde es danach mehr wagen, sich ihm zu widersetzen Er war das Gesetz, der Arm Allahs. Er war es, den alle fürchten würden. Wieder lächelte er.

Sein Telefon klingelte und sein Lächeln erstarb.

Er räusperte sich und nahm das Gespräch an. Ehe er eine Begrüßung aussprechen konnte, schlug ihm die Frage entgegen:

»Hast du mein Eigentum beschafft?«

»Morgen, Ehrwürdiger. Bis morgen Abend wird es in meinen Händen sein. Ich …«

»Ich habe deine Ausreden satt, Sadeq – und, vertröstet zu werden. Morgen Abend und keine Minute später … oder du weißt, was dir droht.«

Niaz Mohammad legte auf, ohne ein weiteres Wort zu sagen. Frust, Wut und Angst bildeten eine eiserne Schlinge um Sadeqs Magen und zogen zu.

Er ließ sein Telefon sinken. So weit würde es nicht kommen. Im Gegenteil!

XVI.

Sie hatte es nach einer gefühlten Ewigkeit mit Daryas Hilfe geschafft, die Treppe hinauf und ins Bad zu kommen, um die Abschürfungen, Blutergüsse und Prellungen zu untersuchen. Wie ihre erste Einschätzung bestätigte, war nichts gebrochen und vermutlich hatte sie keine nennenswerten inneren Verletzungen davongetragen.

Als sie hörte, wie von unten im Haus Stimmengewirr und Lachen nach oben hallten, beeilte Jaleela sich, sich wieder herzurichten. Darya schüttete die Wasserschüssel aus und hängte den Lappen, mit dem Jaleela das Blut von den aufgeschürften Bereichen gewaschen hatte, zum Trocknen auf.

Ehe sie den winzigen Raum verließen, legte Jaleela ihre Hand an Daryas Wange.

»Kein Wort zu deinem Bruder.«

»Aber …«, setzte das Mädchen an und verstummte, als sie die Bestimmtheit im Blick ihrer Mutter las. »Natürlich, Mama, wie du willst.«

Sie traten in den Flur im gleichen Moment, als Bari die Treppe hinaufgeschossen kam. Er strahlte seine Mutter an und warf sich ihr an die Brust.

Jaleela konnte nicht anders und stöhnte vor Schmerzen auf. Sofort wich Bari einen Schritt zurück und musterte sie aufmerksam.

»Mama, was ist denn?«

»Gar nichts, Liebling, ich bin nur gestürzt, es ist nichts.«

Seine Augen weiteten sich vor Schreck.

Sie strich ihm über das Haar und versuchte, ihn abzulenken.

»Wie war es in der Schule? Hast du fleißig gelernt und machst mich stolz?«

Er nickte zwar, doch sein kindliches Gesicht blieb ernst.

Sie winkte ihn zu sich und nahm ihn sanft in den Arm. Mit ihm auf der einen Seite und auf der anderen von Darya gestützt humpelte sie hinüber in das Zimmer.

»Was ist denn hier passiert?«, fragte Bari und sah sich fassungslos in dem kleinen Raum um, in dem nichts mehr an seinem Platz war. Schubladen waren aus der Kommode gerissen und ihre wenigen Habseligkeiten lagen verstreut auf dem Boden herum.

Jaleela zwang sich zu einem Lachen.

»Ach, deine verwirrte Mutter hat nur etwas gesucht und vergessen, wieder aufzuräumen.«

Bari sah sie mit gerunzelter Stirn an und dann weiter zu seiner Schwester, die ihren Blick starr auf den Boden gerichtet hielt. Er verstand offensichtlich die Welt nicht mehr und Jaleela hasste es, dass er das hier alles überhaupt mitbekommen musste. Als ob ihre Kinder in der letzten Woche seit dem Tod ihres Vaters nicht genug erduldet hätten. Sie blinzelte die Tränen zurück und scheuchte die beiden aus dem Raum.

»Husch, husch, geht ein bisschen in den Hof. Darya, frag Tante Sahar, ob sie Hilfe mit etwas braucht. Ich räume hier nur rasch auf und dann komme ich auch gleich hinunter.«

Die Kinder wagten nicht zu widersprechen und wandten sich gehorsam zur Tür. Jaleela schloss sie sanft hinter ihnen und gestattete sich, einen Augenblick von innen dagegen zu sinken.

Neben dem Türrahmen lehnte die Ledertasche, die Casim Bari zur Einschulung geschenkt hatte und in der er stolz vom ersten Tag an seine Hefte und Stifte zur Schule getragen hatte. Jedem erzählend, dass er nun auch bald Arzt wäre so wie sein Vater.

Die Erinnerung trieb Jaleela Tränen in die Augen. Sie legte eine Hand auf das Leder und strich sanft darüber. Und wenn es das Letzte wäre, was sie täte, aber niemand würde ihren Kindern auch nur ein Haar krümmen.

XVII.

Sara trat von einem Fuß auf den anderen und rollte ihre Schultern. Es knackte in ihrem Nacken und sie atmete erleichtert aus. Dann wandte sie sich wieder Murad zu.

Sie waren in seinem Büro, das von der Halle abgetrennt war, in der Medikamente und Hilfsgüter sortiert und für die Weitertransporte verpackt wurden. Es war später Nachmittag und die Sonne hatte den ganzen Tag das Wellblechdach aufgeheizt, sodass jetzt in der Halle Temperaturen herrschten wie in einer Sauna. Alle Fenster waren geöffnet, aber statt eines Luftzuges drang nur das Hupen und Schreien von der Straße herein. *Help for Afghanistan* war ein gut organisiertes und funktionierendes Hilfswerk und Sara war froh, unter diesem Cover hier zu sein. Die Organisation lief um sie herum, während sie sich in Ruhe damit befassen konnte, Kontakt zu Jaleela aufzunehmen.

»Okay, ich fasse also noch mal zusammen: Wir passen sie morgen auf dem Markt ab, inszenieren einen Aufruhr und eine Schießerei mit Explosion eines Kleinbusses. Zeugen werden bestätigen, dass sie hinter diesem Schutz gesucht hatte und zerfetzt wurde.«

Murad starrte ins Leere, nickte abwesend, ganz so als wäre er in tiefer Meditation versunken.

Sara fuhr fort: »Und dann sehen wir zu, dass wir sie zusammen mit dem Hilfsgüterkonvoi Richtung Masar-e

Scharif schicken, um dann von dort aus Richtung Norden nach Usbekistan weiterzufahren. Richtig?«

Murad nickte wieder, sah sie aber nicht an.

»So lauten die Befehle.«

»Und Pakistan ist wirklich keine Option? Die Grenze ist so viel näher …«

Er schüttelte den Kopf mit Nachdruck.

»Sie ist näher, aber die Taliban kommen von dort. Die Wahrscheinlichkeit, dass Jaleela auch jenseits der Grenze nicht in Sicherheit wäre, ist viel zu groß. Nein, wir nehmen die Grenze zu Usbekistan.«

Er öffnete die Schublade an seinem Schreibtisch, zog einen grünen Pass hervor und warf ihn in Saras Richtung auf die Schreibtischplatte vor sich. Über Kopf las sie O'ZBEKISION RESPUBLIKASI – Republic of Usbekistan – Passport.

Sie nahm den Pass auf und erkannte beim Aufschlagen auf dem Foto Jaleela. Ihr Name lautete anders.

»Ist der gut genug, um sie über die Grenze zu bringen?«

Jetzt richtete sich sein rabenschwarzer Blick auf sie, als hätte sie ihn persönlich beleidigt. »Natürlich.«

Sara hob beschwichtigend die Hände.

»Gut … « Sie kaute an ihrer Unterlippe.

»Und was ist, wenn sie die Kinder dabei hat … oder nicht die Informationen …?«

»Das ist nicht unser Problem. Unsere Befehle lauten, sie zu exfiltrieren – und genau das werden wir tun. Dann wird sie uns schon sagen, wo wir im zweiten Schritt die Informationen herbekommen.« Sein Blick wurde eine Nuance härter. »Die Familie ist nicht unser Problem.«

Etwas flackerte in seinen Augen. Mitgefühl? Zweifel? Sara konnte es nicht greifen, so schnell fing er sich, räusperte sich und stand auf.

»Du solltest dich jetzt ausruhen. Die Aktion auf dem Markt morgen wird heftig und die Reise danach lang und unbequem für euch. Hast du gepackt?«

Sara nickte in Gedanken. Abgelenkt von seiner abweisenden Haltung war ihr ihre letzte Frage entglitten. Sie wusste, dass es etwas Wichtiges gewesen war, doch es wollte ihr partout nicht wieder einfallen. Sie trat ans Fenster und sah hinaus. Auf der anderen Straßenseite war ein Mann dabei, ein Loch in der Straße mit seinen bloßen Händen auszubessern. Den Zement, oder was auch immer er dafür verwendete, hatte er in einem schmutzigen 10-Liter-Eimer mitgebracht, in dem früher einmal Farbe gewesen war. Sara beobachtete ihn fasziniert und ließ ihren Blick weiterwandern zu dem Haus gegenüber, das dringend einer Renovierung, wenn nicht einer Sanierung bedurfte. Die Fassade wurde von langen bambusartigen Stangen und Netzen davon abgehalten, in sich zusammenzufallen. Sara schüttelte den Kopf. Sie drehte sich wieder um und blickte noch einmal auf den Pass in ihren Händen. Wie alles in diesem Land schien auch ihr Plan irgendwie nur mit Kaugummi und Hoffnung zusammengehalten zu werden. Das passte ihr so gar nicht – jedoch hatte sie keine andere Wahl.

Zum Glück waren sie bereits vor dem Morgengrauen aufgebrochen, sonst hätten sie es nie rechtzeitig zu dem Markt geschafft, auf dem Tarmiel seine Obst- und Gemüsestände hatte und wo die Familie täglich einkaufte. Die Sonne schien schon wieder gnadenlos aus wolkenlosem Hellblau auf die zahllosen Stände. Im Gegensatz zu einigen Basaren war der Markt offen und unter freiem Himmel. Die Verkaufsstände standen dichtgedrängt und ließen kaum genug Platz für eine zentrale Gasse. Es wimmelte von Menschen, die hier alles für das Essen des Tages oder vielleicht auch der Woche einkaufen wollten. Direkt vor ihr lag eine Decke mit einer beachtlichen Menge an Nüssen. Gleich daneben wurde frischer Granatapfelsaft angeboten und auf der anderen Seite stand ein Lastenfahrrad, von dem aus Energydrinks in allen Farben verkauft wurden.

Sara selbst saß noch hinten in dem schmuddeligen Kleinbus, mit dem Murad sie vom Flughafen abgeholt hatte und beobachtete ungesehen das Geschehen um sich herum.

An die Hitze hatte sie sich mittlerweile notgedrungen wieder einigermaßen gewöhnt, an diesen Höllenlärm jedoch noch immer nicht. Es brüllte, hupte, Motoren ratterten und überall schwirrten Stimmen. Die Kakofonie von Geräuschen, die den Alltag auf den Straßen Kabuls begleitete, war ohrenbetäubend. Gebannt sah sie dem Treiben zu und endlich fiel ihr die Frage wieder ein, die ihr gestern Abend entfallen war: Wie zur Hölle sollte sie Jaleela in diesem Meer aus Blau erkennen?

Seit der Machtübernahme der Taliban war es mittlerweile normal geworden, dass nicht nur vereinzelt, sondern alle Frauen auf dem Markt in eine blaue Burka gehüllt waren. Von Kopf bis Fuß mit einem vergitterten Fensterchen vor den Augen. Wenn überhaupt sah man nur hier und da ihre Hände, Hennatätowierungen oder einzelne Schmuckstücke als mögliche Unterscheidungsmerkmale.

Sara knirschte mit den Zähnen.

»Wie soll ich sie da drin finden? Die sehen alle gleich aus.«

»Ja, das stimmt«, gab Murad unumwunden und einen Hauch zu schnell zu, »vielleicht sollten wir doch einen Alternativplan erwägen …«

Sara runzelte die Stirn. Gestern war er es doch gewesen, der auf der Richtigkeit des Planes bestanden hatte. Wieso klang er jetzt so, als wollte er am liebsten einen Rückzieher machen?

Sie taxierte den Rückspiegel, doch er sah sie nicht an. Also war es an Sara, eine Entscheidung zu fällen.

»Nein«, sagte sie mit Nachdruck. »Mit jedem Tag, den wir warten, wird es wahrscheinlicher, dass die Taliban auch sie aufgreifen und zum Verhör holen – und wir beide wissen, was das bedeutet.«

Sie schob ihren Ohrstöpsel zurecht und schlang den Schal um ihren Kopf.

»Gib mir dein Smartphone.«

Nun blickte Murad doch überrascht auf. In Saras grünen Augen lag Entschlossenheit und so reichte er ihr mit gerunzelter Stirn sein Smartphone, das er neben einem zweiten altertümlicheren Handy immer bei sich trug.

»Ich werde sie finden. Folge mir und spiel einfach mit, ich hab einen Plan.«

Sie wusste nur zu gut, dass ihr die Geheimpolizei auf den Fersen war. Dass sie permanent unter Beobachtung stand, seit sie die Grenze passiert hatte. Außerdem fiel sie allein schon mit ihrer Haltung und dem blonden Haar auf wie ein Kaktus in einer Kiste voller Pfirsiche. Aber genau das konnte sie sich zunutze machen.

Sie öffnete die hintere Tür, ehe Murad etwas hatte erwidern können und trat auf die Straße.

Demonstrativ beschattete sie ihre Augen mit der Hand und strahlte in die Sonne.

»Das ist ja der Wahnsinn!«, rief sie übertrieben fröhlich und setzte ihre Sonnenbrille auf. »Unglaublich, wie viel hier los ist.« Sie hatte ihre Stimme gehoben und drehte sich einmal um sich selbst. Sofort begann sie Bilder zu machen und posierte für Selfies. Die Umstehenden musterten sie mit einer Mischung aus Verachtung und Neugier. Sie hielten sie für eine Touristin – natürlich. Es funktionierte. Wenn sie schon nicht unsichtbar war, dann war sie wenigstens unauffällig im Schutz ihrer westlichen Erscheinung. Sie richtete ihren Schal und lief los.

Murad folgte ihr mit einem dunklen Blick und konnte nicht verhindern, dass sie ihn nötigte, immer wieder Männer anzusprechen und zu bitten, die individuell bemalten Hände ihrer Frauen fotografieren zu dürfen oder gar ein Selfie mit ihnen zu machen. Sara spielte übertrieben euphorisch die dumme Westlerin und bewegte sich so langsam aber zielstrebig durch die Menge.

Natürlich hatte sie die bewaffneten Gotteskrieger am Eingang des Marktes bemerkt, ebenso wie die Stelle, wo der Wagen geparkt war, der mit einem Sprengsatz bestückt war. Überall im Gewimmel begegnete sie immer wieder Kämpfern, denen sie allerdings in gebührendem Abstand auswich. Dabei bemühte sie sich, vorübergehend ein unsicheres und ängstliches Gesicht zu machen und erst wieder zu lächeln, wenn sie am nächsten Stand mit Granatäpfeln und frischem Obst und Gemüse angekommen war. Hier und da kaufte sie einige Teile und akzeptierte die von Murad ausgehandelten Preise, die natürlich viel zu hoch waren.

Schließlich kam sie an dem Stand von Tarmiels Geschäft an. Ein Dutzend Frauen drängten sich darum, Männer in traditioneller und westlicher Kleidung dabei, die mit dem Verkäufer lauthals verhandelten. Sie sog die Szenerie unauffällig auf, ohne zu interessiert zu wirken. Noch hatte sie nicht gefunden, was sie suchte.

In diesem Moment tauchte aus der Menge eine weitere Gruppe auf: drei Burkaträgerinnen, ein Mädchen mit einem Schal über dem Kopf und ein für afghanische Verhältnisse hochgewachsener Mann. Tarmiel. Sie hatte Fotos von Casims Bruder von Murad gezeigt bekommen und auf den zweiten Blick erkannte sie in dem Mädchen Darya wieder. Eine von den Burkaträgerinnen war also mit großer Wahrscheinlichkeit Jaleela. Doch welche? Die Frauen waren alle gleich groß mit ihren ungefähren 1,55 m. Sara tat so, als würde sie die Auslagen am Stand gegenüber begutachten und beobachtete dabei angespannt die sich langsam nähernde Gruppe. Die Frau, die zuletzt ging, lief irgendwie unrund, als habe sie Schmerzen beim Gehen und jetzt erkannte sie auch, dass Darya selbige nicht nur an der Hand hatte, sondern sie regelrecht stützte. Das musste ihre Mutter sein.

Sofort kribbelte es in Saras Nacken. Sie hatte sie gefunden und sich unbewusst der Gruppe zugewandt. Im selben Augenblick fiel der Blick des Mädchens auf Sara. Ihre Augen weiteten sich vor Erstaunen und sie blieb wie angewurzelt stehen. Sara wurde gleichzeitig klar, dass sie jetzt alle in akuter Gefahr schwebten. Darya hatte angehalten und damit ihre Mutter zum Stehen gebracht, die nun dem Blick der Kleinen folgte und ebenfalls in Saras Richtung sah. Auch ohne hinter den Schleier der Burka blicken zu können, wusste sie, dass auch Jaleela sie wiedererkannt hatte. Schweiß trat Sara auf die Stirn. Auf keinen Fall durften die beiden sie verraten, sonst wären sie alle in Lebensgefahr.

Rasch schob sie ihre Sonnenbrille von der Nase und gab vor, etwas auf ihrem Smartphone zu überprüfen.

Mit der anderen Hand verbarg sie ihre Augen halb und fixierte doch Jaleela und ihre Tochter. Sie flüsterte »No« und schüttelte kaum merklich den Kopf. Dann drehte sie sich wieder andersherum und machte ein weiteres Selfie. Aus dem Augenwinkel gewahrte sie, dass Jaleela sich zu ihrer Tochter beugte, vermutlich um ihr etwas zuzuraunen, und beide dann Tarmiel hinterher eilten. Darya fixierte den Boden und wagte nicht mehr, den Kopf zu heben.

Das war knapp gewesen. Sara wartete noch einen Moment, bevor sie sich auch dem Stand hinter sich zuwandte und sich geschickt neben Jaleela drängelte.

»Oh, sieh nur, Murad, diese Granatäpfel sehen fantastisch aus, kannst du welche für uns kaufen? Die Kollegen würden sich freuen, oder?«, rief sie eine Nuance zu laut.

Er schob sich nach vorn und folgte ihrer Bitte.

Sara nutzte die Zeit, um die Auslage weiter zu studieren. Dabei raunte sie Jaleela zu: »Jaleela, ich bin's wirklich, Sara, ich bin hier, um dich herauszuholen.«

Jaleela wollte sich umwenden, doch Sara sprach leise weiter.

»Nicht umdrehen. Wir kennen uns offiziell nicht. Aber es wird gleich etwas passieren und dann bringe ich dich hier weg.«

»Nein«, flüsterte Jaleela, »das geht nicht, Bari ist nicht hier.«

Saras Herz zog sich zusammen. Sie blickte sich rasch in alle Richtungen um, nahm einen Apfel und roch daran, um ihn dann zurückzulegen.

»Jaleela, wir holen nur dich. Deine Kinder werden sicher sein …«

»Nein. Ich gehe nicht ohne meine Kinder.«

Sara schluckte und schloss kurz die Augen.

Murad war dabei, zu bezahlen und gleich wären sie fertig und müssten weitergehen.

»Bittest du den Mann, ob ich die Frau und das Mädchen fotografieren darf?«, rief sie wieder für alle Umstehenden gut hörbar und Murad warf ihr einen finsteren Blick zu. Trotzdem wandte er sich an Tarmiel, der zwar überrascht die Augenbrauen hob, jedoch trotzdem nickend zustimmte. Sara positionierte sich also schnell in die Mitte von Darya und Jaleela und flüsterte ihr zwischen den Zähnen wieder zu.

»Jaleela, jetzt. Wir holen Bari später, ich verspreche es.« Jaleela ergriff fest die Hand ihrer Tochter und durch das Gitter der Burka blickte sie Sara kurz aber eindringlich in die Augen.

»Nicht ohne meine Kinder.«

Sara wusste, dass sie hier und heute gar nichts erreichen würde. Blitzschnell disponierte sie um. Während sie sich übertrieben laut bedankte und die gemachten Bilder herumzeigte, ließ sie unauffällig die Linke unter ihre Bluse gleiten. Aus der Tasche ihrer Hose angelte sie ihr eigenes Telefon, das Murad ihr vor ein paar Tagen gegeben hatte.

Sie verbarg es in ihrem Ärmel und tat dann so, als würde sie einer Eingebung folgend, die Hände von Jaleela und Darya noch einmal schütteln, dabei schob sie ihr Telefon in Jaleelas Ärmel.

Deren Augen weiteten sich hinter dem Schleier und dann zog sie sich rasch zurück. Tarmiel trat dazu und begann Sara freundlich, aber bestimmt aus dem Weg zu schieben. Die spielte perfekt ihre Rolle. Entschuldigte sich für ihre Aufdringlichkeit und wandte sich dann lächelnd Murad zu, um weiter über den Markt zu schlendern. Unauffällig zog sie ihren Schal zurecht und berührte dabei ihren Ohrstöpsel.

»Abbruch«, flüsterte sie, »ich wiederhole, Abbruch, Ziel ist nicht bei uns.«

Murad erreichte sie und packte sie am Ellbogen.

»Wir gehen«, herrschte er sie an. Er schob sie mehr oder weniger unsanft zurück zur Straße und in den Van.

»Was zum Teufel sollte das, wie kommst du dazu, die Mission einfach abzubrechen? Wir hatten Jaleela, wir hätten loslegen können ... wie konntest du diese Chance vertun?«

Sara nahm ihren Schal ab und struwwelte durch ihren verschwitzen Undercut.

»Sie wäre nicht mitgekommen.«

»Was, wieso denn nicht?«

»Weil Bari nicht bei ihr ist.«

»Aber die Kinder sind doch nicht Teil des ...«

Rüde unterbrach sie ihn und funkelte ihn von der Rückbank aus an.

»Für sie sind sie aber alles, was sie noch hat. Ich hab euch gleich gesagt, wir können sie nicht ohne die Kinder da rausholen.«

Frustriert drehte Murad sich wieder nach vorn und schlug mit beiden Händen auf das Lenkrad. Er fluchte irgendwas, das Sara nicht verstand.

»Wir müssen die Zentrale anrufen, wir brauchen neue Befehle.«

Sara ließ sich in den Sitz zurückfallen und verschränkte die Arme vor der Brust. Sie hatte ihren eigenen Plan und ja, den würde sie mit Max besprechen und mit niemandem sonst.

XVIII.

Die ganze Rückfahrt grübelte sie über das weitere Vorgehen. War es leichtfertig gewesen, die gut vorbereitete Operation abzublasen? Den dunklen Blicken nach zu urteilen, die Murad ihr immer wieder im Rückspiegel zuwarf, ja. Trotzdem sagte ihr ihr Bauchgefühl eindeutig, dass sie richtig gehandelt hatte. Es wäre ihnen niemals gelungen, Jaleela ohne Aufsehen und gegen ihren Willen vom Markt wegzuschaffen. Und Murad wäre ja nicht einmal bereit gewesen, Darya mitzunehmen.

Wie groß die Kleine geworden war, seit Sara sie das letzte Mal gesehen hatte. Damals hatte sie ihren zehnten Geburtstag gefeiert und war noch so ein richtiges kleines Mädchen gewesen. Nunmehr mit fast dreizehn hatte Sara schon einen Eindruck davon bekommen, wie sie einmal als Erwachsene aussehen würde. Unglaublich, wie schnell das ging. Unwillkürlich musste sie an ihre eigene Tochter denken. Renée war jetzt ein halbes Jahr.

Sieben Monate, korrigierte sie sich selbst in Gedanken. Und nun war sie schon eine Woche getrennt von ihr, so lange, wie noch nie zuvor. Selbst Sara musste sich eingestehen, dass sich das komisch anfühlte. Unbewusst hatte sie mit ihrem Ehering spielen wollen, doch sie hatte den schmalen Goldring in Vorbereitung für ihre Reise abgelegt und im Hauptquartier bei ihren anderen persönlichen Sachen gelassen.

Sie war so auf die Mission konzentriert, dass es ihr die meiste Zeit ziemlich gut gelang, in ihr altes Ich zu schlüpfen und sich auf das Hier und Jetzt zu konzentrieren. Doch hatte sich in den letzten zwei Jahren einfach so viel verändert, dass sich dieser Spagat zwischen ihren beiden Seiten stellenweise eben nicht nur ungewohnt, sondern regelrecht unangenehm anfühlte. Wie in diesem Moment.

Kurz wanderten ihre Gedanken zurück zu dem Unfall, der ihr Leben so nachhaltig verändert hatte. Weiter zu der zufälligen Begegnung mit Lukas in Paris und dem daraus entstandenen Wunder. Renée hätte bestimmt schon wieder so viel gelernt, bis sie nach Hause käme. Ob sie dann vielleicht sogar schon allein sitzen können würde? Sie vermisste ihren Sonnenschein plötzlich so sehr, dass sich ihr Herz zusammenkrampfte. Wider Willen musste Sara hart schlucken. Ihre eigenen Gefühle drohten sie zu überwältigen, wie immer wenn es um ihr Kind ging, und sie zwang sich rasch, nach draußen zu sehen und sich wieder auf das zu konzentrieren, was vor ihr lag.

Sie war noch nie so allein auf einer Mission gewesen und deshalb wollte sie es um jeden Preis hinbekommen. Welche andere Wahl hätte sie? Aufgeben ja kaum. Sara schnaubte und zog damit unfreiwillig Murads Aufmerksamkeit auf sich, doch sie schüttelte nur den Kopf und er konzentrierte sich direkt wieder auf die chaotischen Straßenverhältnisse vor sich.

Nein, sie musste das hinbekommen. Natürlich für Jaleela und ihre Kinder und weil sie es damals versprochen hatte. Aber wenn sie ganz ehrlich war, war das nicht alles. Sie wollte es auch der Sisterhood beweisen. Sie war noch so frisch in ihrem neuen Job und an vielen Stellen hatte sie das Gefühl, komplett zu schwimmen in den zu großen Schuhen. Sie würde das nicht verhauen. Niemals. So hatte ihr Vater sie nicht erzogen. Nein. Sie würde ihn stolz machen. Indem sie durchzog, was sie sich vornahm und selbst vor den größten Herausforderungen nicht zurückgeschreckte. Der Erfolg würde ihr Recht geben. Nein, sie würde nicht aufgeben oder sich rausreden. Sie würde die Mission durchziehen – koste es, was es wolle. Sie musste nur etwas umdisponieren.

XIX.

»Verdammt, Sara, ich hatte dir gesagt, keine Extratouren. Weißt du, wie viel Arbeit und Vorbereitung in dem Szenario heute gesteckt hat?«, bellte Max und Sara konnte die Stimme trotz der etwas rauen Verbindung mit dem Satellitentelefon nur allzu deutlich verstehen. »Wie konntest du einfach abbrechen, wenn das Ziel vor Ort war?«

Sara blieb ganz ruhig. Mittlerweile war sie sich sicher, dass Max' Nervosität und damit die neuerdings auftretenden und uncharakteristischen Wutanfälle von der neuen Rolle als Führungsperson herrührten, und sie gestattete sich, darüber hinwegzusehen.

Gelassen entgegnete sie: »Ich habe nichts am Plan geändert und bin auch nicht abgewichen. Ich habe lediglich auf die geänderten Rahmenbedingungen reagiert – und Jaleela wäre auf keinen Fall freiwillig mitgekommen, wenn wir nicht Darya auch mitgenommen hätten. Sie hat sich ja nicht einmal darauf eingelassen, als ich ihr versprach, Bari nachzuholen.«

»Dazu hattest du kein Recht.«

»Ich hab getan, was nötig war, aber sie wäre nicht mitgekommen.«

»Verdammt, Sara – und jetzt?«

»Und jetzt werde ich sie anrufen und mit ihr etwas anderes ausmachen.«

Max lachte gut hörbar am anderen Ende auf.

»Natürlich, klar, Sara, dass ich da nicht gleich darauf gekommen bin, du rufst sie einfach an und ihr verabredet euch zum Tee oder einer kleinen Flucht, das wird super … Ist dir klar, dass ihr Telefon mit großer Wahrscheinlichkeit überwacht und abgehört wird? Du kannst auf keinen Fall …«

Sara fiel ihr ins Wort: »Ich hab ihr mein Handy gegeben. Das ist garantiert sauber, denn ich hab es von Murad und wir müssen die Exfiltration einfach nur um 24 Stunden verschieben. Allerdings werden wir dann drei Personen über die Grenze bringen müssen.«

Überraschtes Schweigen am anderen Ende der Leitung.

»Hast du verstanden? Ich brauche zwei weitere Pässe für Darya und Bari …«

»Nein, brauchst du nicht«, zischte Max.

»Verdammt, Max, hörst du mir eigentlich zu? Das hab nicht ich mir ausgedacht. Jaleela wird niemals kooperieren, wenn wir nicht auch für die Sicherheit der Kinder garantieren können. Du hast keine Kinder, du verstehst das nicht, aber als Mutter lässt sie die zwei um keinen Preis der Welt zurück. Finde dich endlich damit ab.«

Wieder schwieg Max eine Weile. Dann kam das Verdikt: »Ich werde sehen, was ich tun kann. Halte mich auf dem Laufenden, wenn du sie gesprochen hast. 24 Stunden. Dann muss sie da raus sein. Wir brauchen diese Informationen.«

Max legte auf. Sara nahm ebenfalls das Telefon vom Ohr.

Das war eindeutig keine Zusage gewesen. Sie knirschte mit den Zähnen. Das Ganze gefiel ihr immer weniger. Max stand offenbar zu sehr unter Druck, um ihr den Rücken freizuhalten, und Murad verhielt sich, als wäre sie es, die absichtlich die Aktion torpediert hätte. Saras Nackenhaare sträubten sich. Wie sehr vermisste sie ihr altes Team. Niemals hätten die sie mitten in einer Mission so im Regen stehen lassen.

Bevor sie Murads Büro verließ, in das sie sich zurückgezogen hatte, um das Gespräch mit Max ohne Zuhörer führen zu können, ließ sie sich auf seinen Stuhl hinter dem Schreibtisch fallen. Sie kaute auf ihrer Unterlippe und grübelte kurz, was jetzt ihre weiteren Schritte sein konnten.

Vor ihr auf dem Tisch lagen sowohl Murads Schlüssel wie auch beide Telefone. Ohne zu zögern, griff sie nach dem Handy, flippte den Deckel auf und wählte die Nummer ihres eigenen Telefons aus dem Kopf. Sie hatte das kleine Gerät auf Vibration gestellt, bevor sie es Jaleela zugesteckt hatte und betete, dass sie ihr keinen Ärger damit bereiten würde.

Nach dem dritten Klingeln wurde abgehoben.

»Ja?« Eine Frauenstimme.

»Jaleela?«, fragte Sara vorsichtig.

»Sara!« Die Stimme am anderen Ende klang gedämpft und Sara lauschte angestrengt. »Sara, wie kann das sein, was machst du hier? Die Bundeswehr ist doch längst abgezogen ...«

Sara unterbrach sie sanft.

»Ich bin nicht mehr beim Bund. Das ist eine lange Geschichte. Ich bin hier, um dir zu helfen. Ich weiß, was Casim getan hat ... also was er und du getan habt. Ich bin hier, um dich rauszuholen.«

Jaleela schwieg kurz und musste diese Information offenbar erstmal verarbeiten.

»Aber wie ...«

»Die Organisation, an die ihr die Informationen weitergeben wolltet? Ich bin in ihrem Auftrag hier.«

»Die Sisterhood«, flüsterte Jaleela und Sara glaubte, Tränen in ihrer Stimme zu hören.

»Aber wir müssen uns beeilen. Wir haben ein sehr enges Fenster an der Grenze, um dich wegzuschaffen.«

»Ich gehe nicht ohne meine Kinder.«

»Ich weiß«, beschwichtigte Sara sie sofort. »Das hab ich verstanden und wir sind dabei, alles in unserer Macht stehende zu tun, um euch alle drei sicher außer Landes zu schaffen.«

Jaleela war erstaunlich sachlich.

»Wann und wie?«, fragte sie.

»Geht ihr morgen wieder auf den Markt?«

»Vermutlich ja, wir gehen jeden Tag. Aber Tarmiel will, dass ich ihm noch heute Abend die Informationen übergebe ...«

»Du musst ihn hinhalten.«

»Allah steh mir bei ...«

»Kannst du das schaffen?«

Leise aber entschlossen flüsterte Jaleela.

»Ich werde tun, was nötig ist.«

Saras Nackenhaare sträubten sich. Sie konnte nur ahnen, was Tarmiel Jaleela antun würde, wenn sie ihm die Stirn böte. Sie schluckte und fragte trotzdem weiter: »Wo sind die Informationen?«

»Das werde ich nicht sagen. Ihr bekommt alles, wenn meine Kinder und ich in Sicherheit sind.«

Damit konnte Sara leben, auch wenn sie sich gewünscht hätte, dass Jaleela ihr mehr vertraute, aber das war unter den Umständen vielleicht etwas viel verlangt.

»Okay«, stimmte sie zu und erläuterte Jaleela rasch den Plan für den kommenden Tag. Jaleela versicherte, dass sie dafür sorgen würde, dass Bari nicht zur Schule gehen und auch mit auf den Markt kommen würde, damit sie alle drei von dort flüchten konnten.

Sara bestätigte und hängte auf. Innerlich wappnete sie sich für die anstehende Diskussion mit Murad. Sie wusste, dass sie damit zumindest einen Teil des Plans ernsthaft in Gefahr brachte. Aber vorher musste sie noch etwas anderes klären.

Sie griff erneut zum Satellitentelefon und betete, dass sie die Nummer korrekt in Erinnerung hatte. Es klingelte. Nach dem zweiten Mal wurde abgehoben.

»Was willst du denn?«

»Ich brauche deine Hilfe.«

»Nein.«

»Nun hör mir doch erstmal zu.«

»Scheiße, nein.«

Ohne auf den Widerspruch einzugehen, formulierte Sara, was sie brauchte, und fügte dann hinzu: »Du hättest dann wirklich was gut bei mir.«

Als die Person am anderen Ende nicht reagierte, setzte sie noch einmal nach: »Bitte, ich …«

»Ja ja, ist ja schon gut, ich mach's – wann?«

»Am besten gestern.«

»Verstanden. Aber das wird ein Mega-Gefallen, den du mir da schuldest.«

172

XX.

Wütend legte Sadeq auf. Um ein Haar wäre sein Temperament mit ihm durchgegangen und er hätte sein Handy gegen die Wand geschleudert.

Yusef trat augenblicklich in den Raum, als er den unterdrückten Frustschrei vernahm, die Hand an der Waffe. Sadeq warf ihm einen finsteren Blick zu und schüttelte nur mit dem Kopf.

Sein Vertrauter sah über die Schulter zurück durch den Türrahmen und trat dann richtig ins Zimmer, um die Tür hinter sich zu schließen. Er sagte nichts, sondern stand einfach da wie der Fels in der Brandung.

Sadeq lief auf und ab und versuchte, seine nächsten Schritte zu planen. Ohne es zu merken, begann er, vor sich hin zu murmeln: »Was ist eigentlich im Moment los? Macht hier neuerdings jeder, was er will? Erst stiehlt dieser Ungläubige vom Ehrwürdigen, dann bekommt sein nichtsnutziger Bruder dieses Stück Vieh von einer Frau nicht unter Kontrolle und jetzt mischt sich auch noch diese Touristin ein.«

»Was hast du erfahren?«

Sadeq machte eine wegwerfende Geste und verzog das Gesicht. Dann antwortete er: »Unser Spitzel hat mich gerade angerufen. Diese Touristin wird jetzt doch zum Problem. Sie hat sich über alle seine Befehle hinweggesetzt und Kontakt mit Jaleela aufgenommen. Wo soll es mit diesem Land nur hingehen, wenn die Weiber alle nur noch machen, was sie wollen?«

Er lachte auf, doch es hatte nichts Fröhliches. Genau genommen klang es mehr danach, als ob jemand mit Rachitis seinen Auswurf hochhusten würde.

»Wir haben keine Zeit mehr zu verlieren«, schloss er seine Überlegungen. »Wir holen Jaleela – jetzt.«

Yusef sagte immer noch nichts, sondern sah nur auf seine Armbanduhr und nickte.

»Ich trommle die Männer zusammen.«

XXI.

Jaleela stand in der Küche und wusch den Reis. Seit Saras Anruf hatte ihr Herz nicht mehr aufgehört zu klopfen und ihre Finger zitterten.

Sahar war dabei, Brotteig zu kneten und wischte sich immer wieder mit dem Handrücken den Schweiß von der Stirn. Wenn sie etwas von Jaleelas Unruhe mitbekommen hatte, ließ sie es sich nicht anmerken.

Überhaupt hatte sie kein einziges Wort mit ihr gewechselt seit … ja, seit Tarmiel derart die Fassung verloren hatte. Auch Darya war mit in der Küche und putzte still Zwiebeln. Immer wieder warf sie ihrer Mutter verstohlene Blicke zu. Diese schüttelte kurz nachdrücklich den Kopf, bevor sie ihn rasch wieder senkte und den Reis mit einem geübten Schwung eine weitere Runde durch die Schüssel kreisen ließ. Sie wollte die Schüssel aus dem Waschbecken heben und stöhnte auf. Die geprellten und vermutlich gebrochenen Rippen sandten stechende Schmerzen durch ihren ganzen Körper. Darya sprang ihr sofort zur Seite, um ihr zu helfen, während Sahar nicht einmal aufgesehen hatte.

Sie füllten den Reis um und setzten den riesigen Topf auf dem Gasherd auf.

Tarmiel war zwar noch nicht von seinen Geschäften zurückgekehrt, jedoch hatte er am Morgen verkündet, dass fortan kein Unterricht für die Mädchen mehr nötig wäre. Darya hatte anschließend still auf dem

Schoß ihrer Mutter geweint, ehe sie auf den Markt gegangen waren. Erneut warf Jaleela einen Blick auf die Uhr, die über der Tür hing. Es war später Nachmittag und normalerweise hätten die Jungen längst von der Schule zurück sein sollen. Sofort begann Jaleelas Herz heftiger zu schlagen. Wenn Bari nur schon wieder bei ihr wäre … Genau in dem Moment wurde vorn im Haus die Tür geöffnet. Erleichtert trat Jaleela in den Flur, doch ihr Lächeln erstarb auf ihren Lippen, als sie statt ihres Sohnes nur ihren Schwager sah, der sie kaum eines Blickes würdigte. Mit gesenktem Kopf zog sie sich rasch wieder in die Küche zurück.

Erst als das Essen fast fertig war, kamen die Jungen durch die Tür geschossen. Vor Erleichterung traten Jaleela Tränen in die Augen. Sie wollte ihren Sohn in den Arm schließen, doch er schoss lachend an ihr vorbei in den Hof.

»Es gibt Essen«, rief sie ihm nach.

Im gleichen Augenblick hämmerte es an der Haustür. Jaleela blieb wie angewurzelt stehen und sah zurück in die Küche. Sahars und ihr Blick trafen sich und in beiden stand nackte Angst. Sahar blinzelte als erste und sah rasch wieder auf ihre Finger.

Jaleelas Hand wanderte zum Türrahmen, um daran Halt zu suchen. Tarmiel kam aus dem Wohnzimmer. Wieder schaute er nicht einmal in ihre Richtung, sondern öffnete selbst die Haustür.

Auf der Schwelle stand niemand Geringeres als Yusef. Sofort trat er einen Schritt zurück und ließ Sadeq vortreten.

Jaleelas Knie wurden weich und sie drohte auf der Stelle ohnmächtig zu werden, doch in der Sekunde erblickte sie Darya und heißer Zorn durchflutete ihren ganzen Körper.

Ihre Tochter wollte zu ihr in den Flur treten, Jaleela schüttelte fast unmerklich aber mit Nachdruck den Kopf. Mit ihrer freien Hand machte sie ein Zeichen, dass Darya auf der Stelle stehen bleiben sollte. Die Augen des Mädchens weiteten sich vor Schreck, doch sie rührte sich keinen Millimeter mehr.

Jaleela zwang sich, ihr Gesicht wieder zur Tür zu wenden.

Die Zeit schien sich zu verlangsamen. Wie in Zeitlupe trat Tarmiel beiseite und senkte den Kopf. Wortlos schob Sadeq die Tür ganz auf und trat in den Flur. Er richtete sich zu voller Größe auf und funkelte Jaleela direkt an. Ihre Gedanken überschlugen sich. Sie wollte wegrennen, so schnell sie nur konnte. Schreien, sich wehren … und dann setzte sich die Erkenntnis durch: Sie konnte überhaupt nichts tun. Sie musste sich in ihr Schicksal ergeben, denn nichts, was sie täte, würde an der Situation irgendwas ändern. Also ließ sie langsam den angehaltenen Atem entweichen und holte ein letztes Mal Luft. Ein letztes Mal als freie Frau. Dann machte sie einen mutigen Schritt mit erhobenem Haupt Sadeq entgegen, sodass der erstaunt stehen blieb. Schon eine Sekunde später war die Wut in seinen Blick zurückgekehrt und er trat beiseite, um Yusef, der direkt hinter ihm das Haus betreten hatte, vorbeizulassen, um Jaleela zu ergreifen. Sie war fast dreißig Zentimeter kleiner als der Mann und genauso viele Kilo leichter und sie versuchte nicht einmal, sich zu widersetzen. Im Gegenteil. Sie zwang sich, ihm einen weiteren halben Schritt entgegenzugehen – alles nur, damit keiner der Männer auf ihre Tochter in der Küche aufmerksam wurde.

Sie gewahrte noch, wie weitere Männer von Sadeq nach oben geschickt wurden, um ihr Zimmer zu durchsuchen. Ihr tränenverschleierter Blick fiel auf die Schultaschen neben der Haustür, die Bari und seine drei Cousins achtlos dort hatten fallen lassen. Sie schloss die Augen und um ihre Lippen spielte ein winziges Lächeln.

XXII.

Als Sara und Murad am nächsten Tag wieder auf dem Markt ankamen, war alles unverändert. Die bewaffneten Männer patrouillierten an den Eingängen, auf dem Platz wimmelte es von blauen Burkas und Männern in traditioneller Tracht ebenso wie in westlicher Kleidung. Es war genauso heiß, genauso laut und genauso unübersichtlich.

Sara rollte ihre Schultern aus und begab sich auf die dritte Runde über den Markt. Sie hatte als Tarnung zusammen mit Murad ein halbes Dutzend Stände aufgesucht und angeblich Lebensmittel für die Kollegen eingekauft. Jetzt schlich sie brav mit gesenktem Kopf hinter ihm her.

Murad war den ganzen Tag einsilbig gewesen, doch sein Groll vom Vortag schien verflogen zu sein.

Zum dritten Mal gingen sie an Tarmiels Stand vorbei und endlich erblickte sie ihn mit seiner familiären Entourage. Sie musterte aufmerksam die Burkaträgerinnen, die bei ihm waren. Doch beide waren so mit dem Einkauf beschäftigt, dass sie die große Europäerin gar nicht bemerkten. Sara reckte unauffällig den Hals, ohne jedoch erkennen zu können, welche Jaleela sein könnte … und die Kinder sah sie auch nicht.

Gerade wollte sie diese Beobachtung mit Murad teilen, als Darya hinter ihrem Onkel hervortrat und einer der beiden Burkaträgerinnen eine Tüte mit Datteln abnahm. Mit gesenktem Kopf trat sie wieder zurück. Die Augen des Mädchens waren rotverweint und verquollen. Saras Herzschlag setzte aus.

Wieso war Darya nicht in Begleitung ihrer Mutter? Und wo steckte Bari?

Sara trat einen Schritt nach vorn und zupfte Murad am Ärmel. Er wandte sich ihr mit fragendem Blick zu.

»Kannst du sie sehen?«

Er sah sich einmal kurz über die Schulter um und schüttelte dann den Kopf.

»Nein, sie scheint nicht da zu sein.«

Sara suchte noch einmal angestrengt den Marktplatz ab und hoffte inständig, dass Jaleela jeden Moment irgendwo aus der Menge auftauchen würde, doch ihre Hoffnung wurde enttäuscht.

»Ich muss mit Darya sprechen«, flüsterte sie Murad zu und war bereits unterwegs, bevor er sie aufhalten konnte. Sie behielt die Bewaffneten im Blick und arbeitete sich unauffällig bis zu dem Mädchen vor. Dann ließ sie wie zufällig ihre Sonnenbrille fallen und tauchte in der Menschenmenge ab. Erst jetzt fokussierte Daryas Blick und ihre Pupillen weiteten sich vor Überraschung.

»Sara«, flüsterten ihre Lippen lautlos. Von unten zwinkerte Sara ihr zu und legte dann den Finger an die Lippen.

Rasch fragte sie aus der Hocke: »Wo sind deine Mutter und Bari?«

»Mama ist fort. Sie haben sie geholt.« Sofort wallten wieder Tränen in ihren Augen auf.

»Sch, sch, sch«, machte Sara und drückte kurz und unauffällig ihre Hand.

»Und Bari?«

Irritiert runzelte die Kleine die Stirn. »In der Schule.«

»Okay«, flüsterte Sara und einem Impuls folgend

fügte sie hinzu: »Ich hole sie da raus. Ich hole euch alle hier raus.«

Wieder sah sie die Kleine kurz überrascht an ... doch dann wich das letzte bisschen Hoffnung aus ihrem Blick und etwas noch viel Schmerzhafteres und für Sara Unerträgliches schlug ihr entgegen: Resignation.

Murad stieß sie mit dem Stiefel an und machte eine Kinnbewegung, dass sie sich erheben sollte. Sie folgte der Anweisung und ging rasch mit gesenktem Blick weiter in Richtung ihres in der Nähe geparkten Kleintransporters.

Dass sie die Fäuste vor Wut geballt hatte, merkte sie erst, als sie die Schiebetür des Kleinbusses aufriss. Sie warf sich auf die Rückbank und zerrte den Schal von ihrem Kopf.

Murad war vorn eingestiegen und steckte den Schlüssel ins Zündschloss.

»Verdammte Scheiße!«, explodierte Sara.

Murad verharrte mit der Hand am Hebel der Gangschaltung. Er sagte nichts.

Sara hingegen fluchte laut weiter.

»Jetzt sind uns die beschissenen Talis doch zuvorgekommen. Mist, damit hab ich nicht gerechnet ... die hatten doch bis jetzt die Füße still gehalten, warum denn nun plötzlich doch ... Ich versteh das nicht.«

Sara raufte sich die Haare. Murad fixierte sie im Rückspiegel.

»Tja, dann sind die Informationen wohl verloren. Da können wir nichts machen ...«

»Was? Nein! Das wissen wir doch gar nicht!«

»Sara, im Ernst, sie werden sie foltern. Das dauert keinen Tag und sie haben, was sie wollen. Das ist doch nur eine Frau.« Wieder triggerte der abwertende Kommentar Sara extrem, doch in ihrem Kopf war bereits alles auf eine mögliche Lösung fokussiert und sie ließ sich nicht ablenken.

»Wenn Casim dafür in den Tod gegangen ist und das Leben ihrer Kinder in Gefahr ist, wird Jaleela den Teufel tun und die Infos leichtfertig preisgeben. Wir müssen sie nur einfach schnell genug da rausholen. Noch haben wir eine Chance ...«

»Wir? Wer ist denn bitte wir? Sara, sei doch mal realistisch. Du bist hier nicht mehr mit einem Bataillon von Soldaten und wir von *Help for Afghanistan* sind keine Kämpfer. Wer sollte sie denn da rausholen?«

Sara stählte ihren Blick und sah Murad, der sich mittlerweile zu ihr umgedreht hatte, fest ins Gesicht.

»Dann werde ich es allein machen.«

Um seine Lippen zuckte ein spöttisches Lächeln.

»Ach ja? Du und welche Armee?« Er lachte auf. »Du allein gegen die Taliban. Ich bitte dich, das ist doch lächerlich. Du bist eine Frau ...«

Jetzt platzte Sara der Kragen.

»Ich bin eine Soldatin und mein Auftrag lautet, Jaleela und die Informationen sicher außer Landes zu schaffen. Und genau das werde ich tun. Ich lasse sie und ihre Familie nicht im Stich ... nicht noch einmal.« Den letzten Teil hatte sie so leise hinzugefügt, dass Murad ihn kaum verstanden haben konnte.

Er zog nur mit einem Ausdruck tiefsten Missfallens die Augenbrauen und Schultern hoch und drehte sich wieder nach vorn.

»Vielleicht sollten wir das mit Max besprechen.« Sein Tonfall klang eine Spur zu herablassend.

Sara kochte innerlich, ließ sich jedoch nach hinten in den Sitz sinken und während er den Motor anließ, begann sich in ihrem Kopf ein Plan zu formen.

»Abbruch. Abort Mission. Sofort.«

Saras Augen brannten, während sie das Satellitentelefon an ihr Ohr presste. Seit einer Viertelstunde diskutierte sie mit Max herum und kam kein Stück voran.

»Max, aber wir können sie doch nicht einfach im Stich lassen … sie ist unseretwegen in Gefahr.«

Max räusperte sich und sprach weiter, als habe Sara gar nichts gesagt.

»Es ist zwar katastrophal, dass wir die Informationen verloren haben, aber ich werde die volle Verantwortung übernehmen und gleich mit dem Management …«

»Es ist noch nicht vorbei und noch ist Jaleela am Leben, noch können wir sie und die Kinder retten und die Info …«, rief Sara einfach dazwischen.

»Genug!«, brüllte Max zurück.

Sara zuckte zusammen.

»Hör endlich auf, meine Befehle in Frage zu stellen. Ich mache das hier schon sehr viel länger als du. Wenn du dich beim ersten Mal an den Plan gehalten hättest, dann wäre das alles gar nicht passiert. Die Mission ist zu Ende! Schluss, aus und vorbei!« Sara hörte, wie Max durchatmete und gepresst aber leiser fortfuhr: »Du packst jetzt deinen Kram zusammen und dann bringt Murad dich über die Grenze wieder zum Flughafen. Ich erwarte dich in 48 Stunden zurück in Hamburg und dann – und zwar genau dann – werden wir deinen Bericht besprechen. Verstanden? Es ist vorbei.«

Jetzt explodierte Sara: »Und wenn es dir etwas weniger darum gehen würde, was für eine Figur du als Führungsperson gerade machst und du stattdessen mal an die Menschen denken würdest, um die es hier geht, dann hätten wir immer noch eine Chance …«

»Es reicht!« Max Stimme überschlug sich und es dauerte einen Moment bis Sara deutlich gepresster vernahm: »Die Mission wird abgebrochen. Ich kann nicht noch mehr Verluste riskieren.«

Sara schwieg und kaute an ihrer Unterlippe.

»Hast du das verstanden?« Wieder dieser übertrieben autoritäre Ton, der so an Saras Nerven zerrte.

»Sara?«

»Ja«, gab sie leise zurück.

»Gut, melde dich, sobald du über die Grenze bist, dann kümmern wir uns um deinen Rückflug.«

Max legte auf. Sara hatte nicht damit gerechnet, dass Max jetzt kneifen würde. Natürlich war hier gerade nichts nach Plan gelaufen und vielleicht hatte sie durch ihr Zögern gestern das auch nicht unbedingt besser gemacht. Aber jetzt aufgeben? Nein, das wäre wirklich der schlimmste Fehler. Was auch immer da gerade in Max' Kopf abging, die Mission war noch nicht zu Ende. Nicht, solange sie hier war und es weitere Optionen gab … okay, eine Option. Eine wirklich wagemutige, aber sie musste es wenigstens versuchen.

Murad kam durch die Tür seines Büros wieder herein und blieb mit vor der Brust verschränkten Armen vor dem Schreibtisch stehen.

»Und, was hat Max gesagt? Wann soll ich dich zum Flughafen fahren?« Er sah sie so herausfordernd an, dass sich ihre Nackenhaare sträubten.

Sara blickte auf und Härte trat in ihren Blick ob seines überlegenen Getues.

»Nein«, erwiderte sie und stand ebenfalls auf. Zu voller Größe aufgerichtet sah sie ihn mit ihrem speziellen Blick aus den stechend grünen Augen an: »Nein, wir haben einen Plan, um sie zu befreien.«

Rasch umriss Sara, was sie sich auf der Fahrt hierher überlegt und nach dem missglückten Telefonat mit Max eben auf eigene Faust entschieden hatte.

»Was?« Murad war der Kiefer aufgeklappt und er starrte sie an als habe sie den Verstand verloren. »Das kann doch nicht dein Ernst sein.«

»Doch, mein voller. Also finde heraus, wo Jaleela jetzt ist und dann fahr mich zu unserer Unterkunft. Ich muss kurz etwas holen.«

Das Satellitentelefon steckte sie vorsichtshalber ein.

XXIII.

»Wo sind Niaz Mohammads Unterlagen?«
Bevor Jaleela Luft holen konnte, hatte er ihr eine weitere
Ohrfeige verpasst.

Sie hatte irgendwann aufgehört zu zählen – ebenso,
wie sich die Mühe zu machen, überhaupt zu antworten.
Er wiederholte immer die gleiche Frage und sie würde
ihm keine Antwort geben. Konnte es nicht, wenn sie
das Leben ihrer Familie und ihr eigenes retten wollte
… wobei ihr eigenes ihr bereits völlig egal war. Die
Angst um ihre Kinder überwog alles.

»Was hat Casim dir gegeben?«

Klatsch. Blut rann aus der geplatzten Unterlippe über
ihr Kinn. Ihre Wangen waren feuerrot und brannten.

»Nichts«, flüsterte sie und schloss die Augen in
Erwartung des nächsten Schlages.

Sie wehrte sich längst nicht mehr gegen die starken
Hände, die ihre Oberarme wie in Schraubstöcken
hinter ihrem Rücken festhielten. Der nächste Schlag
jedoch war keine Ohrfeige mehr, sondern ein
Fauststoß.

Ihr Kopf schnappte nach links und sie spürte, wie
nun auch warmes Blut von ihrer Schläfe über diese
Seite ihres Gesichtes lief. Benommen schüttelte sie den
Kopf, um den Schwindel zu vertreiben. Der Schmerz
hielt sie davon ab, ohnmächtig zu werden. Schon
knallte der nächste Schlag an ihren Schädel und
zerschmetterte ihr das Jochbein. Jaleela stöhnte auf.

»Wo ist ...«

»Genug, Yusef!«

Jaleela wagte es, die Augen einen Spaltbreit zu öffnen und in Richtung Tür zu blinzeln. Sadeq stand dort, breitbeinig und mit einem grausamen Lächeln im Gesicht. Er sah sie nicht an, sondern nur zu ihrem Folterknecht.

Sie hatte in ihm den gleichen Mann erkannt, den sie zuvor wiederholt an Sadeqs Seite gesehen hatte. Er war dabei gewesen, als sie in Masar-e-Scharif Casim gedroht hatten. Er war es, der auf Sadeqs Befehl hin ihren Mann erschossen hatte und er war es auch gewesen, den sie auf der Straße vor Tarmiels Haus gesehen hatte. Und nun hatte sich auch sein Name auf ewig in ihr Gehirn gebrannt. Yusef.

Der Schläger wischte sich die blutigen Hände achtlos an dem Schal ab, den sie um das Haar getragen hatte, und schüttelte an Sadeq gewandt den Kopf als Antwort auf dessen stumme Frage.

»Werft sie wieder ins Loch.«

Jaleela wurde auf die Füße gestellt. Weil sie sich allein nicht aufrecht halten konnte, fassten Yusef und der zweite Mann, der sie fixiert hatte, sie je unter einer Achsel und schleppten sie wie einen Sack Kartoffeln aus der Zelle und über den Gang hinüber zu einer anderen. Sie hatte nicht die geringste Ahnung, wo sie sich befand.

Als die Männer gestern am späten Nachmittag bei Tarmiel eingedrungen waren, hatte man ihr am Auto direkt eine Kapuze über den Kopf gezogen und sie in den Kofferraum geworfen, sodass sie ab da von der Reise nichts mehr mitbekommen hatte. Sie waren eine gefühlte Ewigkeit unterwegs gewesen, was jedoch in Kabul, wo eigentlich jede Fahrt durch die Stadt mindestens einen halben Tag dauerte, keine verlässliche Referenz für eine Distanz war.

Einzig, dass es leiser gewesen war bei ihrer Ankunft, gab ihr einen Hinweis darauf, dass sie die Stadt vermutlich verlassen hatten.

Man hatte sie in eine winzige Zelle gesperrt, in der es kein Fenster gab, sondern nur einen Schlitz unter der schweren Holztür, durch die immer das gleiche elektrische Licht fiel.

Sie hatte weder Wasser noch etwas zu Essen bekommen und da auch in dieser Zelle kein Eimer oder Ähnliches war, am Ende ihre Notdurft in einer Ecke verrichtet. An Schlaf war nicht zu denken gewesen. Am Anfang hatte sie um Hilfe geschrien, doch da ihre Schreie nur von einem Echo von Schmerzensschreien und anderer geflehter Ausrufe beantwortet wurde, hatte sie es beizeiten aufgegeben. Mit dem Rücken an die Wand gelehnt hatte sie sich so weit wie möglich weg von der Tür gesetzt, die Knie angezogen und darauf gewartet, was als Nächstes passieren würde.

Sie hörte Peitschenschläge auf Fleisch knallen und die Agonie der Gepeinigten hallte von den rohen Wänden wieder.

In den frühen Morgenstunden wurde sie von einem Knall geweckt und einem Aufschrei, der ihr das Blut in den Adern gefrieren ließ. Sie konnte noch immer nichts sehen und im Dunkeln brauchte es einige Sekunden, bis sie begriff, wo sie war.

Sie konnte nicht fassen, dass sie überhaupt eingeschlafen war. Rasch zog sie ihre Knie wieder an sich und stopfte sich etwas Stoff in den Mund, der ihren angsterfüllten Aufschrei und das folgende Schluchzen weitestgehend erstickte.

Kurze Zeit darauf wurde sie aus ihrer Einzelhaft gezerrt und hatte sich das erste Mal in einem Raum mit Yusef und dem zweiten Mann wiedergefunden.

Der andere hatte sie auf die Knie gezwungen und ihre Hände auf einen Holzblock gefesselt. Dann hatte Sadeqs rechte Hand wieder und wieder mit einem Kabel auf ihre Handflächen eingeschlagen. So lange, bis sie kein Gefühl mehr in ihren Fingern hatte und ihre Hände blutverschmiert waren. Dann hatte man sie zurück in ihre Zelle gebracht und wieder allein der Dunkelheit überlassen.

Ihre Angst und der Schmerz gerieten jedoch schnell in den Hintergrund, als sie hörte, wie auf der anderen Seite der Mauer ein schreiender Mensch angepflockt wurde. Sie konnte nur aus seinem wimmernden Flehen erfahren, was ihm geschah. Seine Bitten um Gnade stießen nicht nur bei den Taliban, sondern auch bei Allah auf taube Ohren. Das ganze Ausmaß an Grausamkeit wurde ihr bewusst, als sie das tiefe grollende Knurren vernahm und danach hysterisches Bellen und Kreischen. Sie presste ihre schmerzenden und wunden Handballen auf ihre Ohren und hätte am Liebsten den Kopf gegen die Wand geschlagen, um nicht mit anhören zu müssen, wie der Mann bei lebendigem Leib von den Hunden zerfetzt wurde. Irgendwann hatten seine Schreie aufgehört, aber die Bestien hatten noch eine gefühlte Ewigkeit weiter den Körper zerschunden.

Jaleela gab sich keine Mühe mehr, ihre Tränen zurückzuhalten. Im Angesicht solchen Grauens brachte sie die Aussicht auf das, was ihr noch bevorstand, fast um den Verstand.

Dann war die Tür plötzlich wieder aufgerissen worden und die Silhouetten von zwei Männern hatten sich gegen das blendende Licht abgezeichnet. Jaleela hatte sich mit Händen und Füßen gewehrt, gefleht, gekämpft, doch es half nichts. Sie war wieder in dem Raum gelandet, an dessen Wänden diverse Folterinstrumente aufgereiht lagen. Dieses Mal hatte man sie an ein Gestell gespannt aufgehängt und ihre Füße und Waden entblößt. Dann war sie mit einem Plastikrohr so oft geschlagen worden, dass sie irgendwann die Besinnung verloren hatte.

Wieder war sie in der dunklen Einsamkeit erwacht vom konstanten Stöhnen, Jammern und Schreien um sich herum. Sie hatte jegliches Zeitgefühl eingebüßt. Der Durst ließ sie trocken husten und ihr Magen knurrte, doch das waren neben den Schmerzen in ihren Gliedmaßen wirklich die kleinsten Probleme.

Immer wieder hatte sie sich die Frage gestellt, wie lange ihre Kinder bei Tarmiel noch in Sicherheit wären. Tarmiel. Casim hätte sich im Grab umgedreht, wenn er gewusst hätte, dass sein Bruder zugelassen hatte, was man ihr antat. Und doch wusste sie tief in ihrem Herzen, dass er keine andere Wahl gehabt hatte, weil er seine eigene Familie schützen musste.

Sie schluchzte auf. Und dann hatten sie sie schon wieder geholt – und das erste Mal befragt. Doch sie war stark geblieben. Für Casim. Aber vor allem für Darya und Bari.

Nun wurde eine andere Tür aufgeschlossen und sie mit einem Stoß hineinbefördert. Sie stürzte stolpernd zu Boden und jemand anders ächzte. Im Halbdunkel hatte sie nicht gesehen, dass noch weitere Personen in dem winzigen Raum hockten – und einer war sie offensichtlich auf die Beine gefallen. Sie zog sich, so schnell sie konnte, auf ihre eigenen Knie zurück.

Vor ihr in einer Ecke des Raumes zusammengekauert saßen sieben Gestalten. Jaleela kniff die Augen zusammen und erkannte, dass es sich um zwei Frauen und fünf Mädchen – im Alter zwischen acht Jahren bis ins Teenager-Alter – handelte. Alle sahen sie mit bloßem Terror in den Augen an. Die Gesichter der Älteren waren mindestens ebenso von Schlägen und Folter gezeichnet wie ihr eigenes.

Es stank so sehr nach Schweiß, Urin und Exkrementen, dass Jaleela die Luft wegblieb und sie kurz dachte, man hätte sie in eine Kloake geworfen. Doch tatsächlich war es die Zelle, deren Boden nur aus festgetretener Erde bestand und die wieder nicht einmal einen Eimer für die Toilettengänge bereithielt.

Mühsam richtete Jaleela sich auf und blickte zurück in Richtung Tür. Dort stand Yusef. Sadeq trat ins Blickfeld und befahl, ohne sie anzusehen, jedoch laut genug, damit sie es gut hören konnte: »Holt die Kinder.«

»Nein!«, schrie Jaleela heiser auf und streckte einen Arm Richtung Tür aus, die im gleichen Moment zugeschlagen und abgeschlossen wurde.

»Allah, steh uns bei.«

XXIV.

Sara hatte lange darüber nachgedacht, wie sie ihre Coverstory dazu nutzen konnte, um ihren Plan umzusetzen. Die ganze Sache gefiel ihr nur mäßig, denn es war, wie Murad und auch Max richtig festgestellt hatten: Sie war komplett allein. Kein Team, keine Deckung und kein Backup. Sie schluckte und warf mit einer knappen Kopfbewegung ihren verschwitzen Pony aus dem Gesicht. Wenn das hier schiefgehen würde, könnte es gut sein, dass sie nicht nur Jaleela nicht retten konnte, sondern auch selbst nicht lebend aus der Sache rauskäme. Was würde dann aus ihrer eigenen Familie?

»Scheiße«, fluchte sie leise und fuhr sich vor dem fast blinden Spiegel, der in dem Bad ihrer Unterkunft hing, mit nassen Händen durch die Haare. Ihre Finger zitterten. Das war alles viel leichter gewesen, als zu Hause niemand auf sie gewartet hatte.

Nun stand sie hier und rang mit sich. Sie verstieß gegen einen direkten Befehl. Zusätzlich riskierte sie es, dass sie ihre Familie nie wieder sah – und doch konnte sie nicht anders.

Renées lachendes Gesicht taucht vor ihrem geistigen Auge auf und aus der Erinnerung sah sie ihr beim Baden im Planschbecken auf der Terrasse zu. Es war im Frühsommer gewesen und sie hatte ihren Vater dabei patschnass gespritzt, sogar ihre Nachbarin Monika hatte mit ihnen darüber gelacht ... was für ein friedliches Bild. Aber würde sie solche Situationen je wieder so frei genießen können, wenn sie jetzt einen Rückzieher machte? Wie sollte sie das vor sich selbst und irgendwann einmal vor Lukas und Renée rechtfertigen? Nein, es gab keine Alternative. Sie war die letzte Bastion. Die einzige Chance, die Jaleela und ihre Kinder hatten – und sie würde sie nicht im Stich lassen. Egal, was alle anderen sagten. Das war sie einfach nicht. Sie schloss die Augen und schob die Bilder ihrer Familie in ein kleines mentales Kästchen, das sie tief in ihrem Herzen verschloss. Der Gedanke an sie gab ihr Kraft – aber er machte ihr auch eine Höllenangst. Und die konnte sie nicht gebrauchen, bei dem, was sie als Nächstes vorhatte.

Sie hatte sich zurückgezogen unter dem Vorwand, sich frisch machen zu wollen, doch in Wirklichkeit hatte sie ihre Barbestände durchgezählt. Knapp 15.000 Dollar waren übrig von den beiden Bündeln, die Max ihr mitgegeben hatte, und sie würde alles auf eine Karte setzen müssen. Sie schluckte erneut trocken. Ein letztes Mal zögerte sie. Sie konnte Murad einfach sagen, dass er sie an die Grenze bringen solle … dann könnte sie versuchen, einen Rettungseinsatz zu koordinieren und wiederzukommen … erneut schüttelte sie den Kopf. Nein, diese Überlegungen waren Quatsch. Ihr Bauchgefühl sagte ihr eindeutig, dass sie dafür nicht die Zeit hatte.

Wenn Jaleela nicht schon ausgepackt hatte, wusste sie, dass es jeden Moment so weit sein könnte. Niemand hielt ewig unter Folter stand. Es war immer nur eine Frage der Zeit – oder des Einsatzes. Und wenn Sadeq die Kinder bedrohen würde … Sara biss sich so fest auf die Unterlippe, dass sie einen metallischen Geschmack auf der Zunge spürte.

Spätestens dann würde Jaleela alles tun oder sagen, das wusste Sara nur zu gut.

Sie sah sich selbst im Spiegel an und atmete tief durch. Dann richtete sie sich auf und straffte ihre Haltung.

»Es tut mir leid, Casim«, flüsterte sie, »aber zumindest deine Familie lasse ich nicht im Stich.«

Murad hatte tatsächlich in Erfahrung gebracht, wohin man Jaleela zum Verhör verschleppt hatte. Er hatte nur noch einmal kurz versucht, Sara ihr Vorhaben auszureden, aber dann hatte sich sein Gesicht verschlossen und seither schwieg er meistens. Sie waren umgehend aufgebrochen.

Sara richtete ihren Schal und zupfte an ihrem Gewand herum, unter dem sie zumindest ein Messer verbarg. Lieber wäre ihr eine Schusswaffe gewesen, aber Murad behauptete hartnäckig, dass er dazu keinen Zugang habe. Sara zweifelte an dieser Geschichte, hatte aber keine Zeit, sich ihn zur Brust zu nehmen. Außerdem vertraute sie ihren Fähigkeiten, dass wenn sich der Bedarf ergeben würde, sie in der Lage wäre, sich eine Waffe zu beschaffen. In diesem Moment zählte jede Sekunde und was auch immer der Grund für seine mangelnde Kooperation war, würde er später mit Max ausdiskutieren müssen. Sara hatte dazu keine Lust. Sie fokussierte sich voll auf ihre Mission. Wenn alles gut ging, würde sie ohne Waffe auskommen und wenn man eine bei ihr fände, würde das im schlimmsten Fall nach hinten losgehen. Vielleicht war es sogar besser so, redete sie sich ein. In ihrem Nacken standen längst alle Haare zu Berge und das Kribbeln hatte auch nicht mehr aufgehört, seit sie vom Hauptquartier losgefahren waren.

Die Sonne stand bereits tief, als sie das verlassen wirkende Dorf erreichten, in dem Jaleela angeblich gefangen gehalten wurde.

Sara blickte sich aufmerksam durch die getönten Scheiben um, während sie über die staubige Straße fuhren, die hier den Hauptverkehrsweg darstellte.

Um sie herum waren Grundstücke, die allesamt von hohen Mauern umgeben waren. Die meisten waren mit hellem Lehm verputzt oder einer Schicht aus Eselsdung. Ihr Nacken prickelte aufdringlich. Sie hatte diese Art von Bebauung schon damals als beklemmend empfunden. Afghanen hingegen liebten ihre Privatsphäre und es war völlig normal, dass sich jeder gegen die Blicke von Nachbarn und Passanten mit diesen über zwei Meter hohen Wänden schützte. Sie hingegen hatte immer das ungute Gefühl, dass in diesen unübersichtlichen Verhältnissen hinter jeder Ecke eine Gefahr lauern könnte – und oft genug gelauert hatte, wenn ihre Erinnerungen sie nicht trogen. Sie konzentrierte sich und fokussierte wieder die Straße, die im Lichtkegel der Scheinwerfer beleuchtet wurde.

Noch war ihr nichts Außergewöhnliches aufgefallen. Hier und da saßen Männer bei Tee und einer Öllampe zusammen. Wenn die Stromversorgung in den Städten schon instabil war und häufig halbe Tage ausfiel, so gab es hier draußen überhaupt keinen Strom, es sei denn, man besaß einen dieselbetriebenen Generator. Sie fuhren an einem Brunnen vorbei – richtig, stellte sie fest, fließendes Wasser gab es in diesem Dorf sicher auch keines.

Sara schüttelte innerlich den Kopf. Sie konnte nicht fassen, wie wenig sich seit ihrem Weggang verändert hatte – und jeder mikroskopische Fortschritt, für den sie und ihre Kameraden so lange verzweifelt gekämpft hatten, war über Nacht zunichtegemacht worden.

»Wie im Mittelalter, nur mit Handys«, murmelte sie vor sich hin, als sie an einer weiteren Straßenecke einen Wächter mit Kalaschnikow und Handy am Ohr erblickte.

»Was?«, fragte Murad und sah sie zum ersten Mal seit Stunden im Rückspiegel an.

Sie schüttelte den Kopf.

»Nichts.« Doch dann fragte sie: »Welches ist es?«

Er deutete mit einem Finger über das Lenkrad und den Lichtkegel von ihren Scheinwerfern hinaus.

»Da hinten auf der linken Seite.«

Es dauerte einen Moment, bis Sara das Anwesen bei dem wenigen Licht richtig erkennen konnte. Optisch unterschied es sich nicht vom restlichen Dorf. Nur, dass es etwas am Rand stand und direkt vor dem Tor ein Truck mit der typischen weiß-schwarzen Flagge parkte, an dem zwei Männer gelangweilt lehnten und rauchten. Als sie den Kleinbus heranfahren sahen, warfen sie ihre Kippen weg und griffen nach ihren Gewehren, die vorher achtlos an der Fahrertür gelehnt hatten. Sie fingen sofort an, hektisch zu gestikulieren und Murad anzuschreien.

Murad hielt an und hob die Hände gut sichtbar. Er antwortete in gleichbleibend neutralem Tonfall, reichte Saras Papiere und seine durchs Fenster und sprach insgesamt so wenig, dass Sara schon befürchtete, er würde nicht an ihrem Plan festhalten. Die wenigen Worte, die sie aufschnappte, hörten sich jedoch korrekt an.

Und tatsächlich löste sich nach dem Palaver einer der beiden Männer und fuhr den Truck drei Meter zurück, um Platz zu machen. Dann schlug er mit der

Faust gegen die Blechplatte, die als Tor diente und sie wurde von innen zur Seite geschoben. Der andere gebot Murad, in den Hof zu fahren.

Murad folgte der Anweisung und parkte in der Mitte des Hofes, auf dem noch zahlreiche andere Wagen herumstanden

Sara sah sich rasch um und prägte sich aufmerksam alles ein. Es standen insgesamt fünf Fahrzeuge auf dem Hof und dieser war sehr viel größer, als sie erwartet hatte. Die Gebäude, die sich an der hinteren und rechten Mauer entlangzogen, waren eingeschossig und schmucklos. Bei dem an der rechten Seite hatte man sogar die Fenster vermauert. Aus einem Zwinger in der vorderen Ecke zur Straße bellten mehrere Hunde so aufgeregt, dass Sara mit Sicherheit ihr eigenes Wort nicht verstanden hätte, hätte sie etwas gesagt. Unwillkürlich sah sie hinüber und erkannte, dass die Hunde um etwas in ihrer Mitte kämpften.

Sara gefror das Blut in den Adern, als sie einen menschlichen Arm erblickte und begriff, dass auch der Rest von dem Haufen in der dunklen Lache ein Kadaver war. Galle schoss ihr in den Hals und sie musste sich abwenden und schnell mehrmals schlucken, um sich nicht zu übergeben.

Murad war ausgestiegen und öffnete die Tür. Er musste deutlich gesehen haben, wie blass sie war, doch sein Gesichtsausdruck blieb unbeteiligt. Er ließ sie aussteigen. Sie richtete sich auf und sog gierig die frische Nachtluft ein. Wobei, frisch war anders. Es roch nach allem Möglichen, doch Sara ging dem nicht mehr weiter nach, sondern konzentrierte sich auf ihre Mission. Von irgendwoher schrie eine Frau auf, ohne dass Sara sicher ausmachen konnte, von wo die Schreie kamen.

Ein weiterer Mann mit Turban und dichtem Bart kam auf sie zu und sprach Murad erneut zu laut an. Im Näherkommen erkannte Sara, dass es sich eher um einen Teenager handelte. Wenn überhaupt war er höchstens 18. Doch seine Haltung mit dem Gewehr zeigte, dass er bereits Erfahrung im Umgang mit der Waffe hatte. Sie sondierte ihre Umgebung. Bislang hatte sie fünf Männer gesehen plus die Hunde.

Der Menge an Autos nach zu urteilen war es wahrscheinlicher, dass drei- bis viermal so viele Männer anwesend waren. Sie schluckte. Das waren viel zu viele potenzielle Gegner.

Sie zog ihren Schal enger um den Kopf und versuchte, sich hinter Murad kleinzumachen, um weniger bedrohlich zu wirken.

Murad sagte leise, aber bestimmt, dass sie da wären, um mit Sadeq Abduli über ein Geschäft zu sprechen.

Der jüngere linste um ihn herum und musterte Sara von oben bis unten. Dann besann er sich und entgegnete, dass jetzt keine Zeit wäre, um mit seinem Anführer zu sprechen, sie sollten morgen wiederkommen.

Murad widersprach leise, trat einen Schritt weiter an den Jungen heran, dessen Blick sich erst verhärtete und dann in Erstaunen verkehrte und flüsterte ihm etwas zu.

Sara hatte ihn nicht aus den Augen gelassen, hatte jedoch nicht hören können, was gesprochen wurde.

Der junge Mann gebot ihnen, zu warten, und lief los.

Mittlerweile hatte Sara noch mindestens drei weitere Gestalten ausgemacht, die sich in der dunklen Ecke zwischen den beiden Gebäudekomplexen herumdrückten. Sie sammelte so unauffällig wie möglich alle Eindrücke des schlecht beleuchteten Hofes ein. Sie vernahm unterdrücktes Wehklagen aus den Baracken am anderen Ende, die näher beim Hundezwinger lagen und vermutete, dass wenn sich Gefangene auf dem Gelände befanden, sie wohl in diesen vermauerten Verschlägen ohne Fenster vor sich hin vegetierten. Vorsichtig scannte sie das weitere Umfeld, konnte allerdings weder weitere Feinde noch andere mögliche Bedrohungen feststellen.

Murad vor ihr hatte seine Position nicht verändert. Noch immer stand er mit beiden Händen offen neben dem Körper baumelnd da und wartete ab.

Kurze Zeit später kehrte die junge Wache mit zwei weiteren Männern im Schlepptau zurück.

Saras Herz begann, vor Aufregung zu klopfen. Im Näherkommen erkannte sie in dem vorderen eindeutig Sadeq von dem Video wieder. Unbewusst ballte sie ihre Fäuste. Als der zweite Mann, der ein paar Schritte hinter Sadeq blieb, in den Lichtkegel ihres Wagens trat, konnte sie auch ihn einwandfrei identifizieren. Der Kerl hatte Casim erschossen. Saras Synapsen waren kurz vorm Übersprung. Mit schier übermenschlicher Kraft zwang sie sich, auf der Stelle stehen zu bleiben und den Kopf gesenkt zu halten. Mit zitternden Fingern hob sie ihren Schal halb vor ihr Gesicht. Das hatte weder etwas mit femininer Zurückhaltung zu tun noch mit ihrem religiösen Respekt vor diesen Fanatikern, sondern war schlicht ein kläglicher Versuch, ihren zügellosen Zorn zu verbergen.

Sadeq trat zu Murad – und die Männer schüttelten sich die Hände. Sara schluckte einen Schwall bittere Galle, die ihr spontan erneut hochkam, runter und versuchte mit langsamen Atemzügen, ihr Temperament unter Kontrolle zu bringen.

»Das ist nur Teil des Plans, das ist nur Teil des Plans ...«, murmelte sie vor sich hin, blieb stur stehen und beobachtete weiter.

Murad und Sadeq wechselten mit gesenkten Stimmen ein paar Worte, die sie nicht verstand.

Sie konnte nur hoffen, dass Murad sich an den Plan hielt. Behutsam legte sie die Hand auf ihren Bauch, wo sie die Gürteltasche mit dem Geld gebunden hatte. Es musste ihm gelingen, Sadeq davon zu überzeugen, dass es sich für ihn lohnte, über Jaleelas Freilassung zu verhandeln. In diesem Zusammenhang war es eine nützliche Fügung, dass Casim und seine Frau beide im Gesundheitssektor tätig gewesen waren. Ein glaubhaftes Cover, damit *Help for Afghanistan* sich jetzt für ihre Freigabe einsetzte und sogar Mittel zur Verfügung stellte, um sie freizukaufen. Sie schluckte. Ihre Nackenhaare standen ihr schon seit Minuten wieder zu Berge und das Kribbeln zog sich vom Nacken bis runter in den Rücken.

Jetzt wandte sich Sadeq um und ging zurück ins Haus. Der andere Mann, der ihn begleitet hatte, streckte einen Arm aus und gebot Murad und ihr, ihm zu folgen. Saras ungutes Gefühl verstärkte sich. Irgendetwas stimmte hier nicht.

Im Vorbeigehen sah sie dem anderen Taliban provokant direkt ins Gesicht. Sie ging langsamer und fixierte ihn mit ihrem glasklaren Blick aus den kalten grünen Augen und die Sekunden zogen sich hin zu einer kleinen Ewigkeit. Sie legte alles in diesen wortlosen Austausch, doch der Mann erwiderte ihren Blick komplett emotionslos. Er zog kurz die buschigen Augenbrauen zusammen, was wohl mehr eine Geste der Überraschung war ob ihrer Frechheit, ihn so anzustarren als ein Hinweis auf Unsicherheit oder

Angst. Ansonsten blieb er völlig unbeeindruckt – was wiederum Sara nur umso mehr auf die Palme brachte. Sie beschleunigte ihre Schritte wieder und schloss zu den Männern auf.

Sadeq hatte Murad in einen Raum geführt, in dem zwar in jeder Ecke Waffen und überfüllte Kisten lagerten, der jedoch auch mehrere Matratzen und Kissen an den Wänden hatte und mit einem Teppich ausgelegt war. Es war frisch ob der Tageszeit, aber die Lehmwände strahlten genug gespeicherte Wärme ab. Sadeq setzte sich auf die eine Seite und Murad ihm schräg gegenüber. Sara war an der Tür stehen geblieben und sah sich aufmerksam um.

Murad beachtete sie gar nicht mehr.

Ehe Sara sich setzen konnte, fragte Sadeq an Murad gerichtet: »Wo ist das Geld?«

Das verstand sogar Sara mit ihrem begrenzten Vokabular in Paschtu. Keiner der beiden Männer sah sie an. Murad zuckte nur seitlich mit dem Kopf und wies auf sie.

Wenn Saras Alarmglocken lauter hätten schellen können, hätten sie vermutlich einen Hörsturz erlitten. Hier war etwas so ganz und gar nicht in Ordnung. Sie zögerte den Bruchteil einer Sekunde und schluckte. Eben war sie im Begriff, wider besseren Wissens einen Schritt in den Raum zu machen, als sie aus dem Nichts von hinten einen heftigen Hieb gegen den Kopf erhielt. Schlagartig gingen ihr die Lichter aus.

Als sie wieder zu sich kam, war sie an Händen und Füßen gefesselt und lag auf dem Boden etwas abseits von den Männern, die mittlerweile in aller Seelenruhe Tee tranken und eine Wasserpfeife rauchten. Zwischen ihnen auf einem Tablett lag ihr Geldgebinde. Sara stöhnte und versuchte, sich verzweifelt aufzurichten. Ihr Schädel dröhnte und ihre Augen hatten Mühe, den Fokus wiederzufinden.

Falls die Männer bemerkt hatten, dass sie zu sich gekommen war, schenkte man ihr keinerlei Beachtung. Still machte sie eine Bestandsaufnahme ihrer Situation. Sie bewegte den Kopf und der einsetzende Schwindel bestätigte, dass sie wohl eine Gehirnerschütterung haben würde – kein Wunder, denn vermutlich hatte sie ein Gewehrstock mit voller Wucht im Nacken getroffen. Allerdings hatte sie sonst keine Schmerzen, was sie positiv bewertete. Dass sie nunmehr vollends unbewaffnet war, war hingegen weit weniger optimal. Denn ihr Messer entdeckte sie unweit der Geldtasche am Boden. Was zum Teufel ging hier nur vor? Es war zwar offensichtlich, dass Murad sie verraten haben musste, aber sie konnte sich beim besten Willen nicht erklären, warum ... er war ein Informant für die Sisterhood. Max hatte ihm vertraut. Und sie auch. Aber wenn sie sich die Lage jetzt so ansah, musste sie sich eingestehen, dass sie sich wohl beide gründlich in ihm getäuscht hatten.

Sie wurde aus ihren Gedanken gerissen, weil die Männer vor ihr in Bewegung gerieten. Sadeqs Begleiter war aufgestanden, ebenso wie Murad. Der machte eine kleine Verbeugung in Richtung Sadeq und wollte dann, ohne sie noch einmal anzusehen, an ihr vorbeieilen und den Raum verlassen.

»Warum?«, zischte Sara. »Warum hast du das getan? Zahlt der Tali besser?«

Murad blieb wie angewurzelt stehen und blickte auf sie herab. In seinen Augen stand blanker und völlig unverstellter Hass.

»Ihr arroganten Westler, was wisst ihr denn schon? Nichts habt ihr verstanden. Kommt hierher und spielt euch als die großen Retter auf.«

Er trat einen weiteren Schritt auf sie zu und schleuderte ihr die Worte mehr entgegen, als dass er sie aussprach. »Dieses Land ist im Krieg, so lange ich denken kann. Ich habe meinen Vater, zwei Brüder, vier Cousins und zahllose Freunde verloren. Durch Kugeln, durch Bomben, durch Drohnen … Mir doch scheißegal, wessen es waren – sie sind tot. Und daran seid ihr Schuld mit eurer überheblichen Arroganz. Ihr Ungläubigen! Ihr habt nicht verstanden, warum wir die Taliban gefeiert haben, als sie 2021 zurückgekommen sind. Dabei sind sie unsere einzige Chance, damit diese Kriege und das Töten endlich aufhören …«

»Und das glaubst du wirklich, dass diese fanatischen Mörder irgendwas besser machen?«, entgegnete sie hitzig.

Er trat einen Schritt näher an sie heran und spuckte ihr voller Abscheu ins Gesicht. Sara zuckte reflexartig zusammen, als der Speichel sie an der Wange traf und Richtung Hals rann.

»Nein, aber meine Familie ist sicher, solange ich kooperiere, und das ist das einzige, was für mich zählt.« Er drehte sich auf dem Absatz um und verließ ohne ein weiteres Wort das Gebäude. Der andere Taliban folgte ihm, würdigte sie allerdings nicht einmal eines Blickes.

Sara dämmerte es, dass sich hier tatsächlich einiges verändert hatte seit ihrem Abzug. Doch genau genommen musste sie sich gestehen, dass dieser unterschwellige Hass ihr schon früher begegnet war. Nun verstand sie das Dilemma auf einmal – und begriff, dass ihre Lage noch viel schlimmer war als befürchtet. In ihrem Kopf überschlug sich das Szenario: Auch wenn sie keine Soldatin mehr war, würde man sie bei einem Schauprozess als Spionin verurteilen und dann hinrichten. Auf jeden Fall öffentlich und nach der Tradition der jüngsten Talibangeneration wohl auch sehr brutal und medienwirksam. Die einzige Frage, die sich stellte, war wann – und wie viel Folter sie bis dahin erleiden würde.

Ihr lief es gleichzeitig heiß und kalt über den Rücken.

Sadeq hatte sich nicht gerührt. Er hatte in aller Seelenruhe seinen Tee ausgetrunken und erhob sich nun. Übertrieben penibel klopfte er sich die Hosen ab und rieb sich dann die Hände, als würde er sie waschen. Für einen Augenblick schloss er sogar die Augen.

Sara entging keine seiner Bewegungen und sie machte sich auf das Schlimmste gefasst. Im Moment hatte sie tatsächlich überhaupt keine Angst. Sie hatte ihre Lage analysiert und vollkommen akzeptiert. Denn durch ihr jahrelanges Training wusste sie, dass wenn sie jetzt nicht konzentriert blieb, sondern von Emotionen wie Angst oder Panik überwältigt würde, sie die letzte Chance verlöre, sich zu befreien und zu fliehen. Also zwang sie ihre Atmung, sich zu beruhigen und fokussierte unauffällig ihren Blick auf Sadeq.

Der trat jetzt auf sie zu, ging sogar unweit vor ihr in die Hocke und musterte sie von oben bis unten. Dann sagte er plötzlich leise und in sehr verständlichem Englisch:

»Du hast also geglaubt, dass du mir einfach ungestraft in die Quere kommen könntest? Nein, du hast geglaubt, du hast es mit einem idiotischen Bauern zu tun, den du einfach überlisten kannst?«

Sara reagierte blitzschnell, blinzelte mehrfach und verzog das Gesicht, in der Hoffnung, dass er Angst in ihren Zügen lesen würde.

»Das ist alles ein Missverständnis. Ich hab keine Ahnung, was Murad Ihnen erzählt hat, aber ich kenne Sie ja überhaupt nicht. Ich bin doch nur hier, um über das Leben dieser Frau zu verhandeln, die für *Help for Afghanistan* tätig war. Ich …«

»Schweig!« Er beugte sich etwas weiter zu ihr und seine Stimme wurde schneidender und noch leiser. »Du hältst dich ja wirklich für unsagbar schlau. Aber das werde ich dir austreiben. Und verlass dich drauf, ich bekomme die Wahrheit aus dir heraus.«

Er ließ einen Blick über ihren Körper gleiten und Sara hätte nicht angeekelter sein können, wenn eine Schlange ihr über die nackte Haut gekrochen wäre. Sie schluckte eine Erwiderung hinunter und senkte den Blick, um ihre darin flackernde Aggression zu verbergen.

»Ich werde herausfinden, wo Jaleela, dieses wertlose Miststück, die Informationen hat und an wen sie sie weitergeben sollte. Und du …« Er machte eine kurze Pause und leckte sich dann gierig über die trockenen Lippen. »Du wirst mir dann verraten, für wen du arbeitest.«

Sara zwang sich, einen weiteren Vorstoß zu unternehmen mit ihrer Coverstory, doch tief in ihrem Innern war sie bereits sicher, dass dies vergebliche Liebesmüh war.

»Bitte, Sie verstehen das ganz falsch. Mein Name ist Sara Schmidt, ich bin eine ehrenamtliche Helferin bei Help for Afghanistan …«

Sadeq war aufgestanden. Sein Gesicht zeigte keinerlei Regung mehr. Ohne jede Vorwarnung trat er

Sara in den Unterleib, sodass ihr auf einen Schlag die Luft wegblieb und sie nicht weitersprechen konnte. Sie hechelte und suchte keinen Augenkontakt mehr. Wie befürchtet. Zwecklos.

»Es wird mir ein Vergnügen sein, dir jeden Knochen einzeln zu brechen, du Ungläubige. Denn so steht es schon in Vers fünf in Sure neun des Korans: Erschlagt die Frevler, wo ihr sie findet. Gepriesen sei Allah.«

Ein weiteres Mal trat er ihr in die Körpermitte und Sara kassierte den Tritt mit zusammengebissenen Zähnen.

»Und das ist erst der Anfang.« Sadeq hatte sich blitzartig auf ein Knie niedergelassen und Saras Kopf an ihren kurzen Haaren zurückgezerrt, sodass sie ihm in die Augen blicken musste.

Das Weiße war von roten Adern durchschossen. Entweder schlief der Kerl nicht genug oder hatte andere ungesunde Angewohnheiten. Sara versuchte, eine weitere unnötige Provokation unbedingt zu vermeiden, auch wenn sie bereits hinnahm, dass ihr Leiden noch nicht zu Ende war. Tatsächlich sah es so aus, als wolle Sadeq gerade seine Hand erheben, als der andere wieder hereinkam und ihm etwas zuraunte.

»Danke, Yusef«, erwiderte Sadeq und für den Bruchteil einer Sekunde streifte dessen Blick Saras Augen und sie sandte ihm ein unausgesprochenes Versprechen: Du bist ein toter Mann, Yusef. Doch wieder blieb sein Gesicht regungslos. Er bellte nur einen kurzen Befehl und eine weitere Wache erschien in der Tür.

Die Männer sammelten Sara auf, als wäre sie ein Stück Fleisch und schleppten sie über den schlecht beleuchteten Hof hinüber zu den Verschlägen. Dort folgte ein langer Gang, von dem beiderseits schwere

Türen einzelne Zellen verriegelten. Hier war das Stöhnen und Wehklagen lauter und deutlicher zu vernehmen. Sara lauschte angespannt, konnte jedoch nichts Genaues oder gar eine bekannte Stimme ausmachen. Trotz allen Trainings klopfte ihr Herz bis zum Hals. Was würde als nächstes geschehen?

Ehe sie es verhindern konnte, blitzte das einzahnige Lachen ihrer Tochter vor ihrem inneren Auge auf. Eine schnelle Abfolge von Momentaufnahmen von vor wenigen Wochen, wo sie zu dritt morgens im Bett herumgetollt hatten. Lukas, wie er sich verschlafen gegen ihre Knuddelattacken gewehrt hatte … und es wurde ihr so eng im Hals, dass sie nicht schlucken geschweige den atmen konnte. Jetzt hatte sie plötzlich wirklich Angst. Angst, wie sie im Leben nie gespürt hatte, bevor sie Mutter geworden war. Doch sie durfte der Panik nicht nachgeben – sonst würde sie die beiden niemals wiedersehen. Sie schloss also die Bilder in ihrem Innersten ein und nutzte ihre Kraft, um sich zu sammeln.

Man brachte sie in einen mittelgroßen Raum am Ende des Flures. Dort stand nur ein Stuhl in der Mitte und in einiger Entfernung davon ein Tisch. Auf der anderen Seite war ein Gestell an der Wand befestigt, auf dem man sie vermutlich ebenso gut Waterboarden wie mit Stromschlägen foltern könnte, wenn sie darauf gespannt war. Sara atmete tief durch. Rechts lehnte ein wackliges Regal an der Wand, dessen Inhalt sie nicht wagte, näher zu mustern. Sie hatte sich noch nie in Gefangenschaft befunden. Auch wenn das an ein Wunder gegrenzt hatte, so war sie dem Feind bislang selbst aus den brenzligsten Situationen immer wieder entkommen. Sie schluckte und zwang sich, ihren Fokus auf das Hier und Jetzt zu richten.

Die Männer setzten sie wortlos auf den Stuhl, fixierten ihre zusammengebundenen Füße zu beiden Seiten gleichzeitig an den Stuhlbeinen und banden ihren Oberkörper an der Lehne fest. Dann zogen sie ihr einen Sack über den Kopf und plötzlich war der Raum voller arabischer Musik in ihrer für westliche Ohren schlimmsten Form. Zerhackt, unmelodisch und unerträglich laut.

»Na, das wird dann auf jeden Fall eine lange Nacht«, murmelte sie zu sich selbst und vertiefte sich in eine Meditation, um den Lärm so weit es irgend möglich war, auszublenden. Sie brauchte dringend einen Plan.

XXV.

Als Sara der Sack vom Kopf gezerrt wurde, hatte sie
jedes Gefühl für Raum und Zeit verloren. War es
Nacht? Oder war es schon Morgen? Wie viele Stunden
hatte sie diesen ohrenbetäubenden Lärm ertragen?
Und was käme jetzt?

Ihr Hals und ihre Lippen waren rau und trocken.
Allein danach zu urteilen, musste sie mehrere Stunden
lang hier gesessen haben. Irgendwann im Laufe der
Zeit waren ihr die Arme eingeschlafen und alles
Durchbewegen der kleineren Gelenke und das
wiederholte Anspannen der Muskelgruppen hatte nicht
verhindern können, dass sie das Gefühl hatte, ihr
ganzer Körper wäre erstarrt und trotz der Hitze auf
dem harten Stuhl festgefroren.

Sie blinzelte mühsam. Die Musik wurde ausgeschaltet
und doch hielt das Rauschen in Kopf und Ohren an.

Sie wurde vom Stuhl losgeschnitten und auf die
Füße gezerrt. Noch immer hatten sich ihre Augen
nicht an das grelle Licht, das jetzt den Raum erhellte,
gewöhnt. Sie konnte auch weder stehen noch sich
allein senkrecht halten, doch das war gar nicht das Ziel.
Sie wurde auf die Knie geschubst und unter Hieben
und Stößen gezwungen, sich aufrecht hinzuknien und
die Hände hinter dem Kopf zu verschränken. So blieb
sie hocken und versuchte, ihre Sinne wieder neu zu
kalibrieren. Bevor sie richtig sehen konnte, bekam sie
plötzlich einen Eimer eiskalten Wassers über den Kopf

geschüttet. Sie schüttelte sich und schnappte nach Luft. Der Schock ließ sie schlagartig hellwach werden.

Sie sah sich um. Sadeq und Yusef standen vor ihr, ebenso wie ein weiterer Mann, dessen Gesicht sie nicht kannte, der jetzt einen leeren Plastikeimer in der Hand hielt.

Bevor auch nur eine einzige Frage gestellt wurde, trat Yusef plötzlich auf sie zu und schlug ihr mit der Faust ins Gesicht. Sara fiel zur Seite um und blieb liegen. Sie ließ bewusst zu, dass sie damit schwächer wirkte, als ihr Körperbau es vermuten lassen würde.

Ihr Kopf arbeitete auf Hochtouren. Sie hatte im Rahmen ihrer Ausbildung bei der Bundeswehr alle Level der SERE-Kurse absolviert: Survival, Evasion, Resistance, Extraction. Wobei ihr in ihrer jetzigen Lage ein Überleben in der freien Natur selbst unter afghanischen Verhältnissen vorgekommen wäre wie ein Spaziergang. Auch für die zweite, Lektion Vermeiden und Entziehen der Gefangennahme, war der Zeitpunkt leider schon verstrichen. So rief sie direkt ab, was über die Themen Widerstand bei der Befragung und vor allem zur Flucht tief in ihrem System verankert war.

Sie musste ruhig und klar im Kopf bleiben, damit sie ihre Chance nutzen konnte, sobald sich ihr auch nur der Hauch einer Fluchtmöglichkeit bot – und der Moment würde kommen, daran bestand für Sara kein Zweifel.

Die Männer bearbeiteten sie weiter mit Tritten und Schlägen, zerrten sie abwechselnd immer wieder auf die Knie und Yusef schlug sie am Ende ein weiteres Mal mit einem mächtigen Faustschlag zu Boden. Ihre eine Gesichtshälfte spürte sie kaum mehr vor lauter Schmerz. Das Auge war zugeschwollen, ihre Unterlippe war geplatzt und sie schmeckte längst ihr eigenes Blut. Trotzdem hielt sie den Kopf weiter gesenkt und sagte gar nichts.

Durch den Schatten, den seine Hand auf ihr Gesicht warf, gewahrte sie, dass Sadeq ihrem Peiniger Einhalt gebot.

Er stellte sich vor sie hin, die Beine hüftbreit geöffnet, und sah auf sie hinab. Sie blinzelte vorsichtig aus ihrem unverletzten Auge zu ihm hoch.

»Wir können noch stundenlang so weitermachen. Aber vielleicht möchtest du es dir auch etwas leichter machen? Sag uns doch einfach, für wen du arbeitest und wir schaffen dich an die Grenze, damit deine Leute dich abholen können.«

Unter all ihren Schmerzen und dem dröhnenden Schädel konnte Sara sich ein Grinsen nicht verkneifen. Sie verzog mühsam das Gesicht, sammelte den letzten Rest Speichel und Blut in ihrem Mund und spuckte ihm vor die Füße.

»Mein Name ist Sara Schmidt, und ich arbeite ehrenamtlich für *Help for Afghanistan* …« Krachend landete die nächste Faust in ihrem Gesicht.

Sadeq machte eine Handbewegung und die anderen beiden Männer zerrten Sara wieder auf die Füße und zu dem nahegelegenen Tisch. Verstreut lagen hier einige Zangen und andere mittelalterliche Werkzeuge, die damals sicher einem Arzt ebenso alle Ehre gemacht hätten wie einem Folterknecht.

Sie stolperte mit den Beinen gegen die Tischplatte und ihr Oberkörper wurde auf den Tisch gepresst. Eine Hand in ihrem Nacken fixierte sie in dieser vornübergebeugten Position. Als sie spürte, wie der Mann, und an der Stimme identifizierte sie ihn sofort wieder als den Anführer, sich von hinten gegen ihre Schenkel und ihren Po presste, wurde ihr kurz schlecht und nackte Furcht überfiel sie.

»Wenn wir dich nicht zum Reden bringen, dann wirst du wenigstens für uns schreien!«

Natürlich hatte sie gewusst, dass eine Vergewaltigung etwas war, das jeder Soldatin in Gefangenschaft drohen konnte. Wie jede andere Rekrutin hatten sie ihre Ausbilder so gut es eben ging psychologisch auf diesen furchtbarsten Ausdruck kriegerischer Macht vorbereitet. Im Training mit ihren Kameraden hatte sie Gegenmaßnahmen geübt ... Jedoch hier zu liegen, mit auf den Rücken gefesselten Händen und hilflos erdulden zu müssen, wie ihr grob an den Hintern gegriffen wurde, war etwas anderes. Sara bemühte sich verzweifelt, sich gegen die anderen beiden Männer zu wehren, die mit eisernem Griff ihre Schultern auf dem Tisch fixierten. Doch ihre Gegenwehr verpuffte, während Sadeq zwischen ihren Beinen stehend die Tunika hochzerrte und die dünne Baumwollhose an der Mittelnaht ergriff und aufriss. Der Stoff der einzelnen Hosenbeine fiel beidseitig um ihre Knöchel zu Boden. Sara wand sich nach Leibeskräften. Es hatte keinen Zweck. Als sie Finger an ihrem Slip spürte, bäumte sie sich mit einem Urschrei und aller verbleibenden Kraft auf, doch der Kerl von links schlug ihr nochmal mit der Faust gegen die Schläfe und alle drei lachten, als sie benommen auf den Tisch sackte.

»Nicht«, flüsterte sie zwischen ihren blutverschmierten Lippen, doch niemand nahm von ihr Notiz. Trotzdem, stellte Sara verwundert fest, machte Sadeq aber auch nicht weiter.

Überrascht gewahrte Sara, deren Gesicht zur Tür gewandt auf dem Tisch fixiert wurde, dass selbige jetzt geöffnet war und die junge Wache von gestern Abend den Raum betreten hatte. Er starrte sie mit offenem

Mund an. Nein, genau genommen gaffte er ihre nackten Oberschenkel und ihren Hintern an, dass es Sara schlecht wurde. Dann riss er sich zusammen und sagte etwas zu Sadeq, von dem Sara nur das Wort Kinder verstand.

Sie spürte, wie der Körper hinter ihr wegtrat und sah dann, dass Sadeq von ihr abgelassen hatte und aus der Tür eilte.

Bari und Darya, durchzuckte es Sara. Das musste es sein. Sie hatten die Kinder hergebracht, um Jaleela brechen zu können. Also hatte sie bisher widerstanden. Und wichtiger noch: Sie war am Leben. Diese Aussicht weckte sofort ganz neue Kraftreserven in Sara.

Mit ihrem guten Auge blinzelnd sah sie, wie der junge Mann im Türrahmen von einem Bein auf das andere trat und immer wieder zu ihr hinüber linste.

Die Männer, die sie hielten, lachten und riefen ihm etwas zu. An der Tonlage und in Anbetracht der Gesamtsituation war nicht schwer zu erraten, dass sie ihn einluden, sich ihnen anzuschließen. Er stieß die Tür zu, die allerdings nicht wieder ins Schloss fiel, sondern angelehnt blieb und kam herüber. Die andere Wache, die ihre Schulter dichter zur Tür gehalten hatte, hatte sie losgelassen und war lachend zur Tür getreten, um den Riegel vorzuschieben.

Yusef klatschte Sara mit der flachen Hand auf den halbnackten Hintern und zerrte dann ihren Slip vom Gesäß. Sara jedoch hatte jetzt komplett in den Kampfmodus geschaltet. Die bevorstehende sexuelle Erniedrigung blendete sie komplett aus. In ihrem Kopf verlangsamte sich plötzlich alles und sie sah den Raum wie in Zeitlupe: Die namenlose Wache zwei Meter von ihr entfernt – unbewaffnet. Yusef auf ihrer linken Seite behindert durch den Tisch, der Junge hinter ihr, der sein Gewehr neben den Türrahmen gestellt hatte und dem jetzt seine Hose zwischen die Knie rutschte und ihn damit so gut wie bewegungsunfähig machte. Er rubbelte hektisch und unter dem Johlen von Yusef an seinem Genital und Sara schloss für eine Sekunde die Augen und holte tief Luft. Bevor er seinen Schwanz in Stellung gebracht hatte, geschahen mehrere Dinge fast zeitgleich.

Sara schnellte vom Tisch hoch und schlug mit ihrem Hinterkopf gegen Yusefs Kinn, sodass dessen Hände von der Wucht überrascht von ihrer Schulter abrutschten. Gleichzeitig warf sie sich mit ihrem Hintern voran gegen den Jungen, der rückwärts zu Boden ging und durch die Hose um die Knie gar nicht wusste, wie er unter ihr wegkommen sollte. Sara hingegen schob ihre gefesselten Hände blitzartig unter ihrem Po durch und zog den Slip hoch, während sie auf die Füße sprang. Den jetzt aufgeschreckten dritten Mann fällte sie mit einem massiven Roundhousekick gegen die Schläfe im Heranstürmen wie einen Baum.

Im Herumwirbeln hatte sie wahrgenommen, dass Yusef um den Tisch auf sie zustürzte und sie ließ sich direkt weiter in die Hocke fallen, um ihn, das Momentum des Roundhousekicks nutzend, mit einem Fußfeger von den Füßen zu holen. Im Vorbeigehen trat sie dem Jungen gegen den Schädel, sodass ihm ebenfalls sofort die Lichter ausgingen, und konzentrierte sich auf Yusef, der sie im Fallen an einer Stoffbahn ihrer Hose zu fassen kriegte und mit sich zu Boden riss. Er warf sich auf sie, doch nicht bevor sie sich wieder auf den Rücken hatte drehen können. Mit noch immer gefesselten Händen krallte sie in sein Gesicht und seine Augen. Er wollte sie schlagen, doch brauchte er seine Hände, um ihre Finger aus seinen

Augenhöhlen zu lösen. Der klägliche Versuch, ihr eine Kopfnuss zu verpassen, endete für ihn mit dem Gesicht im Staub, weil Sara sich blitzschnell weggedreht hatte. An seinem Bart reißend schnellte sie nach vorn und wollte ihm eigentlich in den Hals beißen, erwischte aber stattdessen sein Ohr. Wieder schrie er auf vor Schmerzen und zerrte verzweifelt an ihr. Sie biss so heftig zu, dass ihr ganzer Mund gefühlt voll von seinem Blut war. Erst als er sie losließ und von sich stieß und sie von ihm wegkrabbelnd ausspucken konnte, bemerkte sie, dass sie ihm ein Stück vom Ohrläppchen abgebissen hatte. Ohne zu zögern, sprang sie auf die Füße und setzte nach. Er hob abwehrend die Hände, die Augen wild vor Wut, doch Saras Ferse traf ihn mit einem perfekten Sidekick exakt in der Mitte der Stirn zwischen den Augen und er schlug nach hinten auf den Boden. Bewusstlos, ehe er selbigen berührte.

Hechelnd saß Sara auf dem Boden und blickte sich um. Alle drei Männer rührten sich nicht mehr. Vermutlich nicht tot, aber das war ihr für den Moment egal. Sie musste sich beeilen und vor allem leise sein. Denn wenn sie bislang noch keine Aufmerksamkeit erregt hatte, musste das unbedingt so bleiben, da sie noch immer nicht wusste, mit wie vielen Angreifern sie es eigentlich zu tun hatte.

Rasch überflog sie die Werkzeuge auf dem Tisch und fand eine Klinge, mit der sie ihre Fesseln lösen konnte. Dann rupfte sie die Reste ihrer Hosenbeine von ihren Füßen und zerrte dem Jungen seine Beinkleider von den Knöcheln. Sie waren einen Hauch zu kurz, aber es würde schon gehen. Sie durchsuchte ihn routiniert und gründlich, fand ein Handy und ein Walkie-Talkie und zog ihm auch seine Jacke, Schal und den Turban aus. So schnell sie konnte, verkleidete sie sich damit, verhüllte ihr zerschlagenes Gesicht und filzte die anderen beiden Männer. Ein altes Taschenmesser und weitere Handys – nichts, was ihr wirklich half. Sie steckte das Messer dennoch ein, überprüfte das Gewehr, das neben der Tür gestanden hatte und erkannte mit Schrecken, dass es sich um ein M16 aus ehemaligen amerikanischen Beständen handelte. Nicht unbedingt Saras Lieblingswaffe, denn das Gewehr neigte bei mangelnder Pflege dazu, unzuverlässig zu werden. Und sie hatte weder das passende Reinigungszubehör zur Hand noch konnte sie kurzfristig den Zustand der Waffe überprüfen. Sie entriegelte das Standard-NATO-Magazin, das mit zwanzig 5,56 × 45 mm NATO bestückt war und ebenfalls zumindest funktional aussah. Sie würde es drauf ankommen lassen müssen. Sie setzte das Magazin wieder ein und warf das Gewehr über ihre Schulter, während sie ihr linkes Ohr an die Tür presste. Draußen waren zwar geschäftige Geräusche zu hören, doch sie vernahm keine rennenden Schritte oder Alarmrufe. Also wagte sie es, die Tür einen Spaltbreit zu öffnen und in den schlecht beleuchteten Gang zu spähen. Sie lauschte weiter. Wo sollte sie mit ihrer Suche nach Jaleela beginnen?

XXVI.

Sadeq saß auf dem Boden und goss sich Tee ein. Bari saß ihm gegenüber und hatte die Knie an die Brust gezogen. Er kaute an seiner Unterlippe.

Jaleela hätte ihn so gern zu sich gerufen, wagte jedoch nicht, die Stimme zu erheben.

Nur Minuten zuvor hatten zwei Wachen sie aus ihrem Verlies gezerrt und durch den kurzen dunklen Gang hinüber in Sadeqs Wohnbereich geschleppt. Ihr Herz wäre vor Schreck fast stehen geblieben, als sie neben ihrem entfernten Cousin auch ihre beiden Kinder vorfand.

Ein schriller Aufschrei entrang sich ihrer Brust und sie versuchte verzweifelt, sich von den Wachen loszureißen, doch die hielten sie mit eiserner Faust fest. Einen Augenblick standen sie da. Jaleela weinend und flehend auf der einen Seite, Sadeq mit ihren Kindern an seiner Seite auf der anderen. Bari starrte sie nur blass und mit riesigen dunklen Augen an, während Darya stumm weinte. Dann hob Sadeq das Kinn, sodass seine Männer sie zu Boden fallen ließen und stieß ihre Tochter zu ihr. Er hingegen dreht sich zu Bari um und sagte: »So, mein Junge, du bist jetzt der Mann im Haus, und ich habe eine ernste Sache mit dir zu besprechen. Setz dich.«

Statt zu reagieren warf Bari einen Blick zu seiner Mutter hinüber, den Sadeq auffing und daraufhin zischte: »Setz dich hin.«

Bari senkte den Kopf und tat wie ihm geheißen. Und da saß er. Jaleelas Augen waren voller Tränen, aber sie unterdrückte jedes Geräusch. Sie presste nur ihre Tochter fest an sich.

»Bari, bist du ein gläubiger Muslim?«

Dieses Mal traute sich der Junge nicht mehr, seine Mutter anzusehen.

Er hielt seine Augen auf Sadeq gerichtet und nickte kaum merklich.

»Gut so.«

Sadeq stellte ihm einen Tee hin und machte ein Zeichen, der Junge solle trinken. Langsam und mit zitternden Fingern ergriff Bari sein Teeglas und pustete vorsichtig auf die dampfende Oberfläche.

Sadeq ließ ihn keine Sekunde aus den Augen. Bari nippte und zuckte dann zurück, als sich seine Lippen an dem brühheißen Tee verbrannten.

»Und nun sag mir, Bari, was soll ein Mann machen, wenn eine Frau ihm nicht gehorcht? Du weißt, dass im Koran steht, dass die Frau dem Mann gehorchen muss, nicht wahr?«

Wieder konnte der Junge nicht anders, als zaghaft zu nicken. Sein noch unausgereifter Adamsapfel hüpfte vor Aufregung.

»Eine Frau muss gehorchen. Das gilt auch für deine Mutter. Und sie wird mir wiedergeben, was dein Vater gestohlen hat.«

Baris Blick flackerte, doch er hielt den Blick starr auf Sadeq gerichtet. Er atmete flach und seine Lippen waren leicht geöffnet in Erwartung dessen, was ihm drohte.

»Und du wirst dafür sorgen, dass sie mir gehorcht, denn du bist jetzt der Herr im Hause Hafizulla – und du wirst deiner Familie Ehre machen und die Gebote Allahs befolgen.«

Sadeqs Stimme war immer lauter geworden und Bari war bei den letzten Worten wie unter einem Schlag zusammengezuckt. Er zitterte jetzt so stark, dass Tee über den Rand seines Glases schwappte und er sich die Fingerspitzen verbrannte. Schnell stellte er es ab und wischte sich die Hände trocken.

Sadeq war aufgestanden und zu ihm getreten, um sich neben ihn wieder auf die Matratze sinken zu lassen. Er legte einen Arm um die schmalen Schultern des Kindes.

»Als gehorsamer Muslim wirst du mir doch helfen, nicht wahr? Du willst doch ein wahrer Kämpfer sein, ein guter Krieger?«

Bari blinzelte unsicher zu ihm hoch, doch Sadeq starrte längst ins Leere, während er weitersprach.

»Ja, ihr werdet der Familie die Ehre zurückgeben, die euer Vater mit seinem Verrat verwirkt hat. Deine Schwester wird die Frau eines Kämpfers und so dienen und du …« wieder zog er den Jungen einem Impuls folgend an sich. »… du wirst selbst ein großer Kämpfer. Und als Erstes wirst du deine Mutter, dieses ehrlose Weib, diese Diebin, hinrichten.«

Ein unbestimmter Laut drang aus Jaleelas Brust und auch die Kinder begannen, beide leise zu wimmern. Sadeq ließ von dem Jungen ab, als habe er etwas Schmutziges angefasst. Er sprang wieder auf die Füße und ging hinüber zu den Frauen.

»Letzte Chance, Jaleela, sag mir endlich, wo du Niaz Mohammads Eigentum hast – und ich gewähre dir einen schnellen Tod.«

Sie hob das Kinn nur ein winziges Bisschen, aber in ihrem zerschlagenen Gesicht lag all die Ablehnung, zu der sie fähig war. Augenblicklich verwandelten sich Sadeqs Züge in eine Fratze puren Hasses. Er erhob die

Hand und wollte zuschlagen, als sein Handy klingelte. Es sah aus als beherrsche er sich mit schier übermenschlicher Kraft, doch am Ende ließ er die Hand sinken, holte sein Telefon aus der Tasche und gebot den Männern, vor der Tür zu warten.

Er wandte sich von Jaleela ab, als habe er ihre Anwesenheit schlicht vergessen und ging zurück zu seinem Sitzplatz. Dort wedelte er mit einer Handbewegung den Jungen weg, der sich so schnell er konnte aufrappelte und zu seiner Mutter flüchtete, die ihn in einer engen Umarmung an sich zog.

Er nahm den Anruf an.

»Hast du es?«

Sadeq schluckte und drehte sich weiter von seinen Gefangenen weg.

Leise und gepresst antwortete er.

»Bald, ich habe alles unter Kontrolle …«

»Keine Ausflüchte mehr. Ich brauche es sofort.«

»Ich …«

»Sofort.«

Der Anrufer hatte aufgelegt, ehe er antworten konnte. Sadeq knirschte mit den Zähnen und nahm langsam das Telefon vom Ohr.

»Also noch mal zu euch.«

XXVII.

Sara arbeitete sich lautlos den schummrigen Gang entlang. Die einzige Beleuchtung drang durch die offenstehende Hoftür und einen Fensterschlitz am anderen Ende des Flures. An jeder der drei Türen hielt sie inne und lauschte. Zwei waren nicht verschlossen und als sie in die dunklen Zellen lugte, schlug ihr nur der Geruch von menschlichem Schweiß, Exkrementen und Fäulnis entgegen.

Hinter der dritten Tür fand sie mehrere Frauen und Mädchen, jedoch war Jaleela nicht bei ihnen. Sie bedeutete den älteren, leise zu sein, und verließ die Zelle genauso still, wie sie gekommen war. Sie wusste, dass die Frauen keine Chance hatten. Selbst wenn ihnen die Flucht gelänge, wären sie vermutlich von ihren Familien verstoßen und zu einem Leben in Armut und Verbannung verurteilt. Doch darüber konnte Sara sich jetzt keine Gedanken machen. Du kannst sie nicht alle retten, hallte es durch ihren Kopf. Und ihre Sorge galt allein Jaleela und den Kindern. Sie schlich auf Zehenspitzen weiter.

Am Durchgang zu dem anderen Gebäudeteil blieb sie hinter dem Türpfosten in den Schatten gepresst an der Ecke stehen und sondierte den Hof. Dem Sonnenstand nach zu urteilen, musste es ungefähr Mittag sein. Die Hunde kläfften immer noch und bissen sich gegenseitig von ihrem Futter weg. Der Brunnen stand allein in der anderen Ecke. Das Tor war nicht wieder geschlossen worden und von dem davor geparkten Truck war auch keine Spur. Wer weiß, wohin die Männer verschwunden waren. Am offenen Tor lungerten zwei Gestalten herum und rauchten. Sara konnte deutlich die Rauchschwaden erkennen, die von ihren Zigaretten in die Luft stiegen.

Sie waren nicht an den Vorgängen im Hof interessiert. Dort parkten jetzt nur zwei Wagen. Sara rechnete: die drei Bewusstlosen in der Folterkammer, plus die beiden Männer am Tor, plus Sadeq und vermutlich noch eine bis zwei weitere Wachen. So langsam verschob sich das Glück zu ihren Gunsten. Sie richtete den Turban und ging dann ohne Eile mit gespielt schlurfenden Schritten hinüber zum Haupthaus. Nachdem sie aus der blendenden Sonne wieder in das Halbdunkel des Hauses trat, prallte sie zurück, als sie direkt auf die beiden Wachen an der Tür traf. Da sie den Kopf tief gesenkt hielt und mit der Sonne im Rücken eintrat, erkannten die Männer nicht sofort, dass es sich nicht um die junge Wache handelte, deren Kleider sie jetzt trug.

Sara erholte sich am schnellsten von ihrem Schreck. Mit einem blitzschnellen Ausfallschritt schoss sie nach vorn und schlug der Wache rechter Hand der Tür mit der Faust gegen den Kehlkopf. Mit vor Überraschung weit aufgerissenen Augen und einem röchelnden Geräusch griff er sich an die Kehle und ging auf die Knie. Ehe der Krieger linker Hand reagieren konnte, hatte Sara eine Dreivierteldrehung auf einem Bein vollführt und zerschmetterte mit dem daraus resultierenden Schwung und der anderen Handkante auch ihm die Luftröhre.

Er fiel nach Luft ringend in sich zusammen. Sara riss dem im Fallen Begriffenen seine Handfeuerwaffe –

eine Glock – aus dem Gürtel und machte einen Schritt in den Raum.

Links zu ihren Füßen lag in einem Wirrwarr aus schmutzigen Stoffbahnen ein Knäuel Menschen, aus dem sie drei aufgerissene Augenpaare mit geweiteten Pupillen anblinzelten. Rechts, wo die Matratzen an der Wand lagen, stand Sadeq und sah sie jetzt komplett überrascht an. Im ersten Moment erkannte er sie nicht und fragte auf Paschtu: »Was ist los?«

Doch während sie geschmeidig mit zwei Sprüngen den Raum durchquerte, klappte ihm der Kiefer auf und er stolperte einen Schritt rückwärts, am Bund nach seiner Waffe tastend. Seine Finger hatten sich gerade um den Griff der Pistole geschlossen, als Sara schon bei ihm war, ausholte und mit einem unterdrückten Schrei den Lauf ihrer Glock gegen seine Schläfe knallte. Seine Augäpfel rollten nach hinten und er sank zu Boden. Ein feines Rinnsal Blut sickerte unter seinem Haaransatz heraus.

Sara kniete sich über ihn und legte ihm die Pistole an die Stirn. Ihr Finger krümmte sich um den Abzug, doch sie drückte nicht ab. Ihre Hand zitterte durch das Adrenalin, das noch durch ihren Körper pulsierte und sie hätte nichts lieber getan, als diesen verfluchten Mistkerl direkt vor seinen Schöpfer zu befördern, doch etwas hielt sie zurück.

Als sie den Kopf zur Tür wandte, begegnete ihr Blick dem von Bari und sie ließ hörbar den Atem zwischen ihren Zähnen entweichen.

Langsam richtete sie sich auf und schob den Turban zurück. Sie lockerte den Schal um ihr Gesicht und schenkte Bari ein kleines Lächeln.

Mit einem Schlag trat Erkennen in seinen Blick und er quietschte: »Sara!« Sofort legte sie die Fingerspitze ihres Zeigefingers an ihre noch immer blutigen Lippen und gebot ihm zu schweigen. Sie sank auf die Knie und durchsuchte mit geübten Handgriffen Sadeq. Wieder ein Handy und sonst nichts Nützliches. Dafür lag vor ihr bei der Teekanne noch immer ihr Geldbeutel neben ihrem Messer. Sie nahm alles, was ihr gehört hatte, wieder an sich und eilte dann zu Jaleela.

Sara wollte die Frau untersuchen, um zu sehen, wie schwer ihre Verletzungen waren, doch Jaleela riss sie mit unvermittelter Wucht in ihre Arme und flüsterte: »Danke.« Sara machte sich frei und hielt sie eine Armeslänge von sich entfernt in das durch die Tür fallende Licht.

»Dank mir noch nicht. Wir sind noch lange nicht aus dem Gröbsten raus. Ich muss euch so schnell wie möglich hier wegbringen. Kannst du aufstehen?«

Jaleela hatte Tränen in den Augen und eine Hand an ihre Wange gelegt. Tapfer nickte sie und rappelte sich mühsam auf. Sie hielt sich etwas schief und ihr Gesicht sah schrecklich aus, aber Sara musste einsehen, dass sie auf die Schnelle weder gegen ihr eigenes blaues Auge noch gegen Jaleelas erkennbar gebrochenes Jochbein etwas unternehmen konnte. Sie sah sich noch einmal in dem Raum um und lief zurück, um zwei Plastikflaschen mit Wasser zu holen, die wohl zum Teekochen dienten. Im Vorbeigehen trank sie Sadeqs Tee aus und schnappte sich noch eine Handvoll Äpfel und Datteln, die auf dem Tisch gelegen hatten.

Zwischenzeitlich hatten die Kinder ihrer Mutter auf die Füße geholfen und stützten sie von beiden Seiten. Sara drückte im Vorbeigehen Darya den Proviant in die Arme.

Sie legte ihre Hand auf Jaleelas Arm und sah sie eindringlich an.

»Jaleela, wo sind die Informationen, die Casim versteckt hat?«

Jaleela blickte nacheinander in die Gesichter ihrer Kinder, antwortete jedoch nicht.

»Bitte, du musst mir jetzt vertrauen«, setzte Sara nach.

Jaleela und sie tauschten einen Blick und dann nickte die dunkelhaarige Frau entschlossen.

»Bei Tarmiel.« Sara runzelte die Stirn und presste die Lippen aufeinander.

»Okay.« Sie ging zur Tür.

»Bleibt hier.«

Hinter dem Türrahmen verborgen spähte sie mit ihrem guten Auge in den Hof. Die beiden Wachen am Tor rauchten und scherzten miteinander. Ihre Gewehre hingen locker über ihren Armen. Sara rückte ihren Turban zurecht und ging auf kürzestem Wege zu dem Truck, der der Tür am nächsten war. Sie öffnete die metallisch kreischende Fahrertür, doch die Männer warfen ihr nur einen gelangweilten Blick zu und da sie nicht weiter reagierte, beachteten sie sie gar nicht. Mit klopfendem Herzen beugte sie sich in den Wagen und stellte fest, dass der Schlüssel steckte.

Sara sandte ein kleines Dankgebet in Richtung Himmel.

Sie schwang sich auf den Fahrersitz und startete das Auto. Jetzt schauten die beiden Wachen zwar neugierig, aber bewegten sich noch immer nicht in ihre Richtung. Sara ließ den Motor laufen und die Fahrertür offen.

Rasch ging sie zurück ins Haus und gebot Jaleela und den Kindern, ihr zu folgen. Sie nahm das Gewehr von der Schulter und legte es sich locker in die Armbeuge. Dann trieb sie die drei scheinbar vor sich her in die Fahrerkabine.

Vom Tor aus konnten die Männer nicht genau erkennen, was passierte, aber sie reckten trotzdem die Hälse und einer von beiden hatte zögernd einige Schritte in den Hof gemacht. Jetzt wurde seine Aufmerksamkeit abgelenkt.

Sara nahm aus dem Augenwinkel ebenfalls eine Bewegung wahr und wandte den Kopf seitlich. Hinter ihr im Schatten zwischen den beiden Gebäudeteilen bewegte sich etwas. Die anderen gefangenen Frauen hatten sich nach draußen gewagt.

Die Wache vom Tor rief seinem Kollegen ein paar Worte zu und beide setzten sich schreiend und gestikulierend in Bewegung. Sara und ihre Fracht hatten sie vergessen.

Die reagierte prompt, sprang in den Wagen, würgte den ersten Gang rein und trat das Gaspedal bis zum Bodenblech durch. Die Männer blieben überrascht von dem heranschlingernden Truck stehen und Sara konnte nichts Besseres tun, als das ausgeleierte Lenksystem des Wagens überzukompensieren und das Lenkrad von einer Seite zur anderen zu reißen, um das Vehikel in die Spur zu bringen. Dabei traf es sich gut, dass die Männer erst so spät aus dem Weg sprangen, dass sie sie beidseitig mit den Kotflügeln erwischte. Die Männer gingen zu Boden und hielten sich vor Schmerzen unterschiedlichste Körperteile. Die Frauen hatten ihre Chance gesehen und liefen so schnell wie möglich hinter dem Truck her auf die Straße.

Sara erreichte selbige, riss das Lenkrad nach links und lenkte den Truck sofort raus aus dem Ort. Erst nach etwa einem Kilometer erlaubte sie sich, den Fuß vom Gas zu nehmen und langsamer zu fahren. Jaleela saß auf dem Beifahrersitz und umklammerte ihre Kinder fest.

»Wir brauchen jetzt erstmal ein Versteck, wo wir uns sauber machen und unser weiteres Vorgehen planen können ...«, überlegte sie laut.

Ihre Sachen waren noch bei *Help for Afghanistan*, doch dahin zurückzugehen wäre sicher keine gute Idee, denn Murad würde sie ohne zu zögern direkt wieder ausliefern. Sara knetete das Lenkrad bei dem Gedanken an dieses verräterische Aas so sehr, dass ihre Knöchel weiß hervortraten. Aber auch überall sonst würden sie auffallen wie bunte Hunde und wären permanent in Gefahr, entdeckt und wieder an die Taliban verraten zu werden. Sie mussten von der Straße. Sie mussten sich wenigstens bis zum Einbruch der Nacht verstecken ... aber wo?

»Fahr zu meinem Vater.«

Sara warf Jaleela einen skeptischen Blick zu.

»Dein Vater? Bist du sicher? Würde er nicht auch ...«, sie zögerte, ihren Gedanken auszusprechen, doch Jaleela wusste schon, was sie sagen wollte.

»Nein, mein Vater würde mich nicht verraten. Er ist nicht einverstanden mit den Taliban. Er hat mich nach Casims ... nach Casims Tod auch mit zu sich genommen. Er wird mich beschützen.«

Sara schmeckte diese Option zwar nicht sonderlich, aber in Ermangelung einer besseren Idee nickte sie und ließ sich den Weg beschreiben.

Es gelang ihnen tatsächlich, alle Straßensperren zu umgehen und unerkannt von der Sittenpolizei durch die Stadt zu kommen. Dank der schwarzweißen Flagge am Truck wagte niemand, sie anzuhalten. Vorsorglich hatte Sara die Kinder und Jaleela unter einer Decke im Fußraum der Fahrerkabine verborgen, sodass sich keine Fragen stellten. Sie selbst war bis auf einen

Schlitz für die Augen verhüllt. Auch wenn ihr der Schweiß ständig in das gesunde Auge rann, war sie doch dankbar für den Schutz ihrer Verkleidung.

Als sie das Haus des Vaters erreichten, dämmerte es bereits. Sara parkte auf der anderen Straßenseite in einer Seitenstraße und ließ sich tief in den Sitz rutschen. Den Turban weit in die Stirn und den Schal bis über die Nase hochgezogen beobachtete sie das Haus und die Straße. Nichts Auffälliges. Allerdings war es sicher nur eine Frage von Stunden, bis ihnen die Talis auch hier auf der Spur wären. Sara schluckte und fragte leise: »Bist du sicher?«

Jaleela, die jetzt unter der Decke auftauchte, sah zu ihr hoch: »Haben wir eine andere Wahl?« Sara schüttelte den Kopf.

»Dann los.«

Sie stieß die Fahrertür auf, sah sich noch einmal um und winkte dann den anderen dreien, schnell aus dem Auto zu krabbeln. Zu viert eilten sie über die Straße und um das Haus zur Hintertür. Sie würde es nach Einbruch der Dunkelheit woanders abstellen.

Im Hof war Tante Nadia dabei, Wäsche aufzuhängen. Sie sah aus, als habe sie einen Geist gesehen, als sie Jaleela und die Kinder in der Dämmerung erblickte. Sie fing sofort an zu kreischen. Sara war mit zwei langen Schritten bei ihr, drückte ihr die flache Hand auf den Mund und schob sie rückwärts vor sich her ins Haus.

Alarmiert war Baran herbeigeeilt und starrte fassungslos den Kämpfer an, der seine Schwester so unzeremoniell durch den Flur bugsierte. Mit erhobener Stimme redete er ebenfalls gestikulierend auf Sara ein. Die drängte Nadia aus dem Weg und gab so den Blick auf Jaleela und die Kinder frei. Augenblicklich stieß Baran einen Ausdruck der Überraschung aus, warf die

Hände in die Luft und lief dann zu seiner Tochter und seinen Enkeln.

Sara war mehr als positiv überrascht zu sehen, wie in seinen Augen Tränen glitzerten und er seine Familie in die Arme schloss. Vielleicht war es doch nicht völlig verkehrt gewesen, hierherzukommen.

Die ältere Frau in Saras Arm jedoch kämpfte immer noch gegen sie an. Baran gebot ihr, aufzuhören und sagte etwas zu Sara, das jene nicht verstand.

»Du kannst sie loslassen«, wiederholte Jaleela auf Englisch und Sara tat wie geboten.

Die ältere Frau funkelte Sara böse an. In dem Moment, wo die ihren Turban und Schal abnahm, fiel sie vor Schreck fast in Ohnmacht, als Saras zerstruwwelter blonder Undercut zum Vorschein kam.

Baran musterte die große Frau in seinem Flur aus gütigen Augen und mit einem gewissen Interesse.

Dann wandte er sich an Jaleela und wechselte ein paar Worte mit ihr. Anschließend gab er der Tante einige Anweisungen und deutete mit dem ausgestreckten Arm ins Haus.

»Bitte«, sagte er auf Englisch, »kommt rein.«

Sie alle gingen durch ins Wohnzimmer, bis auf die Tante, die in die Küche abbog und wenig später Brot, Obst, Wasser und Tee für die Familie brachte.

Der Vater hatte einen Erste-Hilfe-Kasten herbeigeholt und sah höflich weg, als Sara sich aus ihrer Verkleidung schälte, um ihre Wunden zu verarzten. Darya half ihrer Mutter und die Tante trug frische Wäsche für alle herein.

Sara war nervös und sah von ihrer Position am Fenster aus immer wieder vorsichtig hinunter auf die Straße, auf der das Leben zwar weiterging, aber niemand dem Haus besondere Beachtung schenkte.

Anschließend sprach Jaleela eine Weile mit gedämpfter Stimme mit ihrem Vater, dessen Gesicht immer ernster wurde. Sara inventarisierte derweil die Waffen und nahm sie für eine gründliche Reinigung auseinander.

Baran war still geworden und die zahllosen Furchen auf seiner Stirn vertieften sich. Nach einer Weile stand er auf und kam zu ihr herüber. Er hockte sich ihr gegenüber auf die Fersen und streckte ihr die rechte Hand entgegen. Sara sah ihn an. Dann wischte sie langsam ihre Hände sauber und ergriff seine Finger. Er drückte sie und sah ihr dabei fest in die Augen.

»Sara, nicht wahr?«

Sara nickte.

»Ich weiß nicht, wie viel Sie über unser Land und seine Kultur wissen, aber ich danke Ihnen von Herzen, dass sie meine Tochter und meine Enkel gerettet haben. Ich stehe tief in Ihrer Schuld.«

Sara presste die Lippen leicht zusammen und behielt ihn im Auge. Sie wusste in der Tat genug, um zu verstehen, dass sein Verhalten eher unüblich war. Nicht nur, dass er seine Tochter schätzte, sondern er gab freiwillig einer Westlerin die Hand. Entweder war Baran ein hervorragender Schauspieler oder er war wirklich ein sehr viel modernerer Mann als die meisten Afghanen.

»Brauchen Sie etwas?« Sara zögerten nicht, sondern nickte. »Der Wagen mit dem wir kommen sind, muss verschwinden.« Der Ältere gab ihr stumm zu verstehen, dass er sich darum kümmern würde.

Sara lud die Waffen durch, steckte die Glock in ihren Hosenbund und lehnte das M16 neben dem Fenster an die Wand. Dann bezog sie wieder ihren Wachposten am Fensterrahmen.

Später gewahrte sie von hier aus, wie Jaleelas Vater aufbrach und das Haus ein weiteres Mal verließ.

Sie runzelte die Stirn.

»Wo will er denn jetzt hin?«

Jaleela, die sich auf einem der Matratzenlager ausgestreckt hatte, antwortete, ohne den Kopf zu heben.

»Er wird zu Tarmiels Haus fahren und verlangen, unsere Sachen herauszugeben – speziell die der Kinder.«

»Okay ...«, machte Sara gedehnt und überlegte fieberhaft, ob das nicht ein unnötiges Risiko war. »Bist du sicher, dass wir Sadeq damit nicht wieder direkt auf unsere Fährte locken?«

»Der wird ohnehin bald hier sein.«

Der Fatalismus in ihrer Stimme ließ bei Sara direkt alle Alarmglocken schrillen.

»Dann müssen wir gehen ...«

Erst jetzt öffnete Jaleela die Augen und hob den Kopf so weit, dass sie Sara ansehen konnte.

»Bitte mach dir keine Sorgen. Wir sind hier sicher. Und wir müssen uns ausruhen. Morgen früh brechen wir auf ... Ich weiß nur nicht, wohin wir sollen ...«

Sara atmete aus.

»Aber ich ...« Jaleela sah sie an und wartete, ob sie weitersprechen würde, doch Sara hatte schon wieder mit entschlossenem Blick aus dem Fenster gesehen.

Baran kam erst weit nach Einbruch der Dunkelheit zurück. Nadia, ihre Enkel und die Kinder schliefen längst.

Sara hatte sich mit einem Glas Wasser in die Ecke am Fenster zurückgezogen. Sie sah, wie sich eine Gestalt dem Haus näherte. Aufmerksam verfolgte sie ihren Weg, bis sie dann endlich direkt vor der Haustür

Jaleelas Vater erkannte. Er blickte sich vorsichtig in alle Richtungen um, ehe er sein Haus betrat.

Sie hörte ihn leise die Treppe hinaufschleichen und wartete, bis er ins Wohnzimmer kam.

Mit einem leichten Kopfnicken grüßte er Sara und trat dann zu seiner Tochter, die noch immer auf dem Lager gebettet wieder zu Kräften kam. Sie richtete sich auf und stöhnte leise. Dann streckte sie die Hand aus und Baran reichte ihr seinen Umhängebeutel. Zum Vorschein kamen eine Puppe, einige Bücher und Baris Schultasche, das letzte Andenken an seinen Vater.

Mit zärtlichen Fingern strich Jaleela über die Ziegenledertasche und ihre Lider flatterten.

Sara hatte sie nicht aus den Augen gelassen. Jaleela öffnete ihre Augen wieder und setzte sich richtig hin. Mit dem Handrücken wischte sie die Tränen weg. Dann trafen sich die Blicke der Frauen. Jaleela neigte den Kopf kaum merklich und Saras Pupillen weiteten sich in einem Ausdruck von Überraschung.

Sie deutete mit dem Kopf auf die Tasche und Jaleela nickte einmal zur Antwort.

Gerade wollte Sara aufstehen und zu ihr gehen, als plötzlich von der Straße Motorengeräusche und Reifenquietschen zu ihnen heraufdrangen. Stimmengewirr wurde laut, Befehle gebrüllt und jemand hämmerte an die Haustür. Sofort waren alle hellwach.

Baran half Jaleela auf die Füße und rief ihr leise etwas zu. Dann half er ihr, die Kinder zu wecken und scheuchte sie alle aus der Tür. Auch Sara gebot er winkend, ihnen zu folgen. Sie schnappte sich das Gewehr, blickte sich noch einmal um, um sicherzustellen, dass nichts ihre Anwesenheit hier verraten würde und folgte dem kleinen Tross Menschen die Treppe zum Hof hinunter. Baran ging zielstrebig in den hinteren Teil des Gartens, wo ein Gatter für die Hühner stand. Er öffnete die Tür zum Verschlag, ging hinein und machte sich dann an der Rückwand, die gleichzeitig die Barriere zum Nachbargrundstück darstellte, zu schaffen.

Zwei Balken lösten sich, schwangen als Tür zur Seite und auf der anderen Seite kam ein Gesicht zum Vorschein, das so alt und zahnlos war, dass Sara die Frau problemlos auf über hundert Jahre geschätzt hätte. Sie machte ebenfalls Platz und ließ Jaleela, Darya, Bari und auch Sara hindurchtreten. Dann wurde die Wand wieder geschlossen und Baran eilte zurück ins Haus.

Während die Familie von der fremden Alten in einen Anbau ihres Hauses geführt wurde und sich in einer Art altem modrigen Stall versteckte, blieb Sara hinter dem Hühnerstall hocken und beobachtete durch einen Spalt, wie Sadeqs Krieger durch Haus und Hof trampelten und alles nach ihnen durchsuchten. Sie wüteten furchtbar, warfen Kleider und Möbelstücke aus den oberen Stockwerken und schrien herum.

Sie sah im Schein einer Öllampe, wie Sadeq auf Baran einredete und ihm mit erhobenem Finger drohte. Der ältere hob das Kinn und begegnete dem Blick seines Neffen, ohne zurückzuweichen. Er ließ die Drohung an sich abprallen und ertrug die demütigende Durchsuchung mit einer würdevollen Gelassenheit, die sein Gegenüber fuchsteufelswild zu machen schien. Doch alles Herumtoben half ihnen nichts. Nach einer Stunde mussten sie unverrichteter Dinge das Haus wieder verlassen.

Baran wies Nadia an, mit ihren Enkeln zurück ins Bett zu gehen und holte Jaleela und ihre Kinder heim. Sara bildete die Nachhut und versicherte sich, dass die

Haustür wieder fest verschlossen war und der massive Holzriegel von innen dagegen gelegt war.

Als sie am oberen Treppenabsatz ankam, tauschten Baran und sie einen Blick.

Sie trat einen Schritt dichter zu ihm und flüsterte: »Baran Abduli, ich kann Ihre Tochter außer Landes bringen. Ich habe Papiere für die Kinder und sie. Aber Sie müssen uns helfen, zur Grenze zu gelangen.«

Er blickte sie an und ein Anflug von Traurigkeit trat in seine Augen. Dann wich dieser Entschlossenheit und er nickte: »Wir brechen vor Sonnenaufgang auf.«

XXVIII.

Die Kinder saßen brav auf der Rückbank und Darya hielt ihren kleinen Bruder an der Hand. Sara lümmelte auf dem Beifahrersitz. Das Gesicht verhüllt, die Glock unter ihrem Hemd und einer weiten Weste verborgen und das M16 unauffällig im Fußraum neben ihrem Knie an die Beifahrertür gelehnt. Jaleela hatte es sich im Kofferraum so bequem wie möglich gemacht und hatte sich zusammengerollt. Sara empfand das als barbarisch, doch Jaleela hatte nur gelacht.

»Du hast ja keine Ahnung, Sara. Das hier ist nichts.«

Es war sengend heiß und die Sonne brannte erbarmungslos auf das Dach der ehemals weißen Limousine, seit sie am frühen Morgen aufgebrochen waren. Sie kamen nur langsam voran. Da sie nach wie vor alle Straßensperren zu vermeiden hatten, mussten sie teilweise abenteuerliche Umwege auf sich nehmen, um überhaupt ungesehen weiterfahren zu können. Sie hielten sich von Kabul nördlich auf der AH76. Bei Pol-e Chomri gabelte sich die Straße und sie folgten ihr nach links weiter Richtung Masar-e Scharif. Hier wurden sie von einer Kontrolle überrascht, die Baran allerdings mit ein paar Dollar aus Saras Bauchgurt bestechen konnte. Sara schnaubte – es gab doch wirklich nichts auf der Welt, wo diese Währung nicht half.

Zum ersten Mal seit Murads Verrat konnte sie wenigstens etwas durchatmen.

Sara sah sich um und erkannte die Ecke mühelos wieder. Würden sie rechts weiter Richtung Norden fahren, kämen sie nach Kunduz. Sie schluckte, denn auf einmal fluteten Erinnerungen ihren Kopf. Sie hatte sich zurückgelehnt und beobachtete ihre Umgebung genau. Die meiste Zeit hielt sie ihre Augen aufmerksam auf die Straße gerichtet. Wie damals während ihrer Einsätze untersuchte sie im Vorbeifahren jeden Dreckhaufen, jedes aufgewühlte Straßenbett nach möglichen selbstgebauten Sprengsätzen. Auch wenn es eher unwahrscheinlich war, jetzt auf einen zu stoßen, nachdem die westlichen Alliierten bereits vor Jahren das Land verlassen hatten, konnte man es doch nie wissen.

Die Landschaft wechselte immer wieder von kargen, staubigen Sandlandstrichen zu grünen Oasen. Nach einer Weile ließen sie die bergigen Ausläufer hinter sich und fuhren weiter nach Norden. In den einsamsten Dörfern, die sie passierten, hielt Baran abseits der Hauptstraße an und besorgte Wasser und Obst für die Reisenden. Sie hielten sich nirgendwo lange auf. Auch Sara konnte sich des unguten Gefühls nicht erwehren, dass selbst wenn sie ihre Verfolger noch nicht sah, sie wohl kaum weit hinter ihnen sein konnten.

Das Kribbeln in ihrem Nacken war jedenfalls wieder omnipräsent.

Allerorts wahrten die hohen Mauern, mal mehr oder weniger verputzt, die Privatsphäre der Grundstücke dahinter. Je bergiger die Gegend wurde, umso weniger Mauern begrenzten allerdings auch die Höfe.

Im Vorbeifahren beobachtete Sara den Alltag der Menschen in dieser ärmlichen Gegend. Frauen gingen am Straßenrand an ihnen vorüber und trugen Eimer und Schüsseln auf dem Kopf.

Entgegen dem einheitlich blauen Bild, das die Burkas in Kabul vermittelt hatten, waren die Frauen hier farbenfroh in Hosen und Tuniken gekleidet mit bunten Schals um die Köpfe und Schultern gelegt.

Kinder spielten in den Straßen und beobachteten ungeniert das Auto. Sie winkten und manche liefen ihnen sogar ein paar Schritte nach, wenn sie an ihren Häusern entlangfuhren.

An einem Fluss wuschen Frauen Reis, Gemüse und Wäsche nebeneinander. Wenn sie es nicht besser gewusst hätte, hätte Sara es idyllisch gefunden. Männer bestellten von Hand und nur mit Schaufeln ihre Felder und Gärten.

Als das Licht zu schwinden begann, hielt Baran an einem einsamen Bauernhof an. Bei dem Zustand der Straßen wäre es zu riskant gewesen, im Dunkeln weiterzufahren. Und die Scheinwerfer des uralten Volvos täuschten mehr Sicht vor, als dass sie die Straße wirklich erhellten.

Baran ging zum Hausherrn und verhandelte etwas mit ihm. Geld wechselte die Hände und die Männer besiegelten ihren Handel mit einem Handschlag. Jetzt wurde es schnell dunkel. Baran kam zurück zum Auto und öffnete den Kofferraum. Er half seiner Tochter heraus und führte sie mit den Kindern zusammen hinüber zu einer Bank am Haus. Die Hausherrin, eine gebückte ältere Frau, saß auf dem Boden auf einer Wachstischdecke und knetete Teig in einer Wanne. Nacheinander formte sie faustgroße Kugeln daraus, die sie dann wiederum zu flachen Pfannkuchen weiterverarbeitete. Im Loch neben ihr im Boden entfachte ihr Mann ein Feuer und sie klatschte die Brotfladen gegen die Wände des Loches, um sie dort fertig zu backen.

Es war extrem leise hier draußen und der Himmel war weit und sternenklar.

Sara saß da und ließ ihre Gedanken schweifen: Zurück zu ihren drei Runden, die sie bereits unter diesen Sternen verbracht hatte. Zu den so anderen Eindrücken, die sie aus dieser Zeit mitgenommen hatte. Abwesend rieb sie ihren Kopf, der unter dem Turban juckte. Mit einem Blick hinüber zu den anderen, von denen niemand von ihr Notiz nahm, begann sie ihren Kopf von den Stoffbahnen zu befreien. Wieder musste sie an ihre alten Kameraden denken. Wie hatte Hannes immer geflucht, war er doch als Nordlicht mit seiner hellen Haut und seinen hellen Haaren der Empfindlichste von ihnen gewesen.

»Ein Schneehase auf dem Mars«, hatten Sara und Alex ihn genannt. Sie grinste in sich hinein. Die Männer fehlten ihr mal wieder. Wie viel einfacher und sicherer wäre die Exfiltration mit ihren Kollegen gewesen. So musste sie den ganzen taktischen Rückzug allein überwachen und für ihre und die Sicherheit ihrer zivilen Begleiter sorgen. Sie seufzte.

Es warteten noch so viele Kilometer auf sie, verbunden mit unzähligen Gefahren. Nicht genug, dass jedes Paar Augen, das sie erblickte, ein möglicher Zeuge und potenzieller Verräter war. Auch das Auto, mit dem sie unterwegs waren, pfiff derart auf dem letzten Loch, dass es nur eine Frage der Zeit war, bis der Keilriemen riss oder der Kühler platzte. Sie konnte es nicht ändern. Also versuchte sie, die Sorge daran zu verdrängen. Müde rieb sie sich über die Augen. Äußerst behutsam betastete sie die Knochen um ihre Augenhöhle.

Die Schwellung auf der linken Seite war dominant, aber erträglich. Ebenso wie ihre übrigen Verletzungen eher oberflächlicher Natur waren. Ganz im Gegensatz zu der im Gesicht von Jaleela, das zwar nicht die charakteristisch abgeflachte Wange aufwies, dafür aber ein umso eindrucksvolleres tiefschwarzes Hämatom. Sara wusste, dass sie nur unter Schmerzen essen konnte und dass der Jochbeinbruch so bald wie möglich von einem Arzt in Augenschein genommen werden musste. Sie hatte die Frau während der ganzen Reise sorgfältig auf Anzeichen einer möglichen Infektion oder einer beginnenden Sepsis ausgehend von einer ihrer anderen Verletzungen im Auge behalten. So weit hielt sie sich gut.

Jetzt kam Jaleela zu ihr mit einem kleinen Kelch und brachte ihr etwas frisches Wasser. Sara nahm es dankbar an und half ihr, sich neben sie an die Hauswand zu setzen. Erst in diesem Moment bemerkte Sara, dass Jaleela Baris Schultasche umgehängt hatte und sie jetzt in ihren Schoss bettete.

Eine Weile saßen die Frauen nebeneinander in der untergehenden Sonne und schwiegen. Dann streckte Jaleela die Hand aus und bat Sara: »Dein Messer.«

Sara sah sie neugierig an und reichte es ihr dann.

»Das war Casims letztes Geschenk an Bari.«

Noch einmal strich sie über die Tasche und Sara schwieg und teilte eine Erinnerung an den Mann, der ihr Freund gewesen war. Dann sah sie zu, wie Jaleela die Lasche der Tasche aufklappte und vorsichtig begann, die Naht an der Innenseite hinter dem Verschluss zu lösen. Als der Schlitz etwa fünf Zentimeter breit war, griff Jaleela hinein und angelte einen flachen USB-Stick aus Metall hervor. Sie drehte ihn kurz zwischen den Fingern und legte ihn dann auf ihre flache Hand. So präsentierte sie ihn Sara. Die zögerte eine Sekunde, ehe sie ihn an sich nahm.

Auch sie drehte ihn zwischen den Fingerspitzen und betrachtete das Gerät von allen Seiten.

»Das ist es?«

Jaleela nickte und Tränen glitzerten in ihren Augen.

»Das ist es, wofür Casim gestorben ist.« Beide Frauen hingen einen Moment ihren Gedanken nach. Dann begann Jaleela leise zu sprechen:

»Hast du schon einmal von Niaz Mohammad gehört?«

Sara schüttelte den Kopf. Der Name war ihr gänzlich unbekannt.

»Er ist ein Emporkömmling. Seine Familie gehört seit jeher dem Haqqani-Terrornetzwerk an. Niemand wagt es, sich diesen Hardlinern in den Weg zu stellen. Er unterhält persönliche Verbindungen zu al-Kaida und wird für zahlreiche Terroranschläge verantwortlich gemacht. Nachdem sie in der Regierung nicht wirklich berücksichtigt wurden, sucht er jetzt nach einem alternativen Weg an die Macht. Der Mullah ist dagegen schon fast als gemäßigt zu bezeichnen ...« Sie versank einen Moment in Gedanken und fuhr dann fort.

»Seitdem der Anbau und Handel mit Opium verboten wurde, mussten die Taliban ihre Armee und alles andere anders finanzieren. Sie kamen schnell darauf, dass unser Land reich an Bodenschätzen ist, die für West und Ost gleichermaßen von Bedeutung sind. Natürlich will aber niemand mit dem Westen konspirieren. Schon gar nicht die Talibanführung. Über einen neuen Kurs ist sich die Führung aber noch nicht einig. Und genau in dieses Entscheidungsvakuum kommt Niaz Mohammad. Er ist vorgeprescht und hat Gespräche mit den Chinesen angestoßen. Die wiederum haben Probebohrungen und Ausgrabungen bezahlt und sind auf Lithium gestoßen – und zwar in bislang ungeahntem Ausmaß.«

»Wow«, machte Sara und versuchte, so schnell wie möglich die neuen Informationen zu verarbeiten. »Aber ich dachte, wenn er nicht in der Regierung ist, hat er da gar nichts zu melden? Und im richtigen Clan ist er auch nicht ...«

Jaleela nickte.

»Das stimmt alles, aber er ist ehrgeizig. Sehr ehrgeizig. Gewalt ist schon immer eine Option gewesen, wenn es darum ging, Dinge zu seinen Gunsten zu entscheiden.«

Sara kniff die Lippen zusammen und runzelte die Stirn. Jaleela schwieg einen Moment, ehe sie noch leiser fortfuhr: »Mein Vater hatte sich mit einigen andren Ältesten zu Gesprächen mit Mohammad getroffen. Casim hatte ihn begleitet. Es war purer Zufall, dass er zugegen war, als Niaz Mohammad einen Herzanfall erlitt.«

»Vielleicht hätte er einfach wegsehen sollen, wenn der Typ so gefährlich ist.«

Jaleela lachte freudlos auf.

»Ja, vielleicht wäre das besser gewesen, aber so ein Mann war Casim nicht.«

»Nein, so ein Mann war Casim nicht«, bestätigte Sara leise und beide Frauen schwiegen kurz.

»Er hat Mohammads Vertrauen gewonnen und wurde sein Leibarzt. So hat er das mit dem Lithiumfund in Erfahrung gebracht.«

Sara hielt den Atem an und lauschte angespannt.

»Und wir dachten, dass bevor er das zu seinen Gunsten nutzen kann, um die Regierung zu beeinflussen, wir diese Informationen besser an die Sisterhood weitergeben ... jetzt, da es keine offizielle Vertretung mehr von Deutschland und so gibt ... ihr wart unsere beste Chance.«

Sie verstummte und Tränen liefen ihr über ihre immer noch verfärbten Wangen.

»Aber sie hatten ihn im Verdacht ... wahrscheinlich war es sogar von Anfang an eine Falle, aber Casim konnte nicht anders. Er hat die Informationen dennoch rausgeschmuggelt ... er wollte um jeden Preis, dass unsere Kinder eine lebenswerte Zukunft in diesem Land haben. Dafür war er bereit, sein Leben zu geben ...« Ihre Stimme erstarb.

Sara schluckte und betrachtete noch einmal den kleinen USB-Stick in ihrer Hand. Unglaublich, welche Macht bestimmte Informationen heutzutage hatten. Wo Drohnenpiloten tausende Kilometer vom Geschehen entfernt über den Ausgang von Schlachten entschieden. Kriege waren schon lange immer abstrakter geworden. War es da wirklich so undenkbar, dass jemand bereit war, die Regierung zu erpressen, um an die Macht zu kommen? Dieser Fund musste Millionen, vielleicht Milliarden Dollar wert sein. Selbstverständlich gingen die dafür über Leichen.

»Es ist unendlich wichtig, dass diese Informationen an die richtigen Stellen kommen. Niaz Mohammad darf nicht über das Wohl dieses Landes entscheiden ... nein, das darf einfach nicht passieren. Dann wäre das Schicksal Afghanistans besiegelt ...«

Sara schloss die Finger fest um den Stick und steckte ihn in die Tasche.

»Und wie passt Sadeq da ins Bild? Der ist doch mehr als politisch motiviert ... und sorry, aber der sieht auch eigentlich überhaupt nicht so aus als habe er höhere Ziele.«

Jaleelas Blick verdunkelte sich.

»Sadeq ...« für einen kleinen Moment wirkte es so, als würde sie nicht weitersprechen, doch dann trat wieder Fokus in ihren Blick und ihre Schultern strafften sich. »Sadeq Abduli ist ein entfernter Neffe meines Vaters. Er hat vor Jahren um meine Hand angehalten und wurde von meinem Vater abgewiesen. Gott sei Dank, denn er war damals bereits ein grausamer Mensch. Er wird sich davon versprechen, dass er zur Verwaltung einer Provinz berufen wird oder so, wenn er sich bei dieser Sache hervortut, vielleicht … ich weiß es nicht. Er ist ein Sadist … vielleicht bereitet ihm das alles auch einfach nur Freude …« Sie verstummte. Dann ließ sie ihren Atem entweichen, als habe sie eine schwere Last ablegen dürfen. Sie wischte sich ihre Tränen ab und sah zu Sara.

»Was wird jetzt aus uns? Aus meinen Kindern, aus mir?« Ihre Stimme war kaum noch zu vernehmen. Die andere erwiderte ihren Blick mit Entschlossenheit.

»Mach dir keine Sorgen. Wir haben es fast geschafft. Ich nehme euch mit nach Deutschland. Ich verspreche es.«

Ihre Augen verhakten sich ineinander und die Frauen sahen sich lange still an. Dann nickte Jaleela und erhob sich wieder. Sie ging zurück zu dem Feuerherd und hockte sich zu ihrem Vater und den Kindern.

Sara hatte ihr nachgesehen und erlaubte sich, sich einen Augenblick zu entspannen. Im Knistern des Feuers und mit der Wärme der Hauswand im Rücken döste sie ein.

Baran berührte sie behutsam an der Schulter und fand sich im nächsten Moment mit einer Hand an seiner Kehle und dem Lauf von Saras Glock an der Schläfe wieder.

Er hatte nicht einmal gezuckt, sondern blickte ihr nur ruhig in die Augen.

So schnell wie sie aus dem Schlaf in Gefechtsposition hochgefahren war, so schnell korrigierte sie jetzt ihre Haltung und senkte die Waffe.

»Komm essen«, gebot er und erhob sich. Sara gab ihrem Herzschlag noch einen Moment, um sich wieder zu beruhigen. Dann folgte sie ihm hinüber zu der Familie und ihren Gastgebern, die sich bereits auf dem Boden im Hauptraum des Hauses zum gemeinsamen Essen versammelt hatten.

An der Tür blieb sie stehen und warf einen letzten Blick in die Gegend, konnte jedoch keine Lichter auf der entfernten Straße erkennen. Noch waren sie sicher.

XXIX.

Sadeq schlug die Tür des Trucks hinter sich zu und der altersschwache Wagen quietschte auf seinen strapazierten Federn.

»Verdammter Mist.«

Sie hatten sie verpasst. Zum wiederholten Male kamen sie jetzt durch ein Dorf, wo ihnen zwar bestätigt wurde, dass die beige Limousine mit einem der ältesten des Durrani -Clans durchgefahren war, aber eben nicht mehr da sei.

Yusef stieg auf der Fahrerseite ein und warf die Tür hinter sich zu.

»Fahren wir weiter oder schlagen wir hier ein Lager auf und warten bis zum Morgengrauen?«

»Nein!« Sadeq sah ihn an und in seinen Augen brannte fiebriger Zorn. »Wir fahren – jetzt.«

Yusef kaute kurz an seiner Unterlippe, lehnte sich dann aber aus dem Seitenfenster und gab den Befehl zur Abfahrt.

»Yallah yallah!«, rief er und die beiden anderen Trucks warfen ebenfalls die Motoren an.

Sadeq trommelte mit den Fingern auf seinen Oberschenkel. Er konnte förmlich spüren, dass sie ihrem Ziel zum Greifen nah waren. Seine Ungeduld war kaum zu zügeln. Und wenn seine Gedanken zu dieser blonden Frau wanderten, dann kochte sein Blut direkt wieder. Wo war diese unverschämte Hure hergekommen, die es gewagt hatte, ihm erst die Stirn zu bieten und dann auch noch die Frechheit besessen hatte, Hand an ihn zu legen? Sie hatte ihn geschlagen. Noch immer hatte er rasende Kopfschmerzen von dem Schlag gegen seine Schläfe. Yusef neben ihm war gleichfalls von ihr gezeichnet, beide Augen blau unterlaufen von der gebrochenen Nase.

Scham und Wut vermischten sich zu einem gefährlich explosiven Cocktail.

Während Yusuf und seine Gefolgsleute über die mit Schlaglöchern durchsetzten Straßen versuchten, so schnell wie möglich voranzukommen, hing Sadeq seinen düsteren Gedanken nach. Er war so kurz davor gewesen. Sein Stern war so kurz vor dem Aufgehen. Aber noch war nicht alles verloren. Wenn es ihm nur gelänge, das Eigentum von Niaz Mohammad wiederzubeschaffen, wären seine Pläne immer noch realisierbar. Er würde seine eigene Provinz bekommen. Der Älteste hatte es versprochen. Doch selbst er wusste, dass ihm etwas gänzlich anderes blühen würde, sollte er versagen.

Er schluckte hart. Sie würde dafür zahlen, dass sie sich zwischen ihn und sein Ziel gestellt hatte. Sie würde es bitter bereuen, jemals ihren Fuß in sein Land gesetzt zu haben.

XXX.

Als Sara aus unruhigem Schlaf erwachte, war der Morgen noch fern. Der Bauernhof lag an einer Anhöhe und sie hatte einen unverstellten Blick auf die Straße, die sich vom Dorf, das ebenfalls nur aus wenigen Hütten bestand, zu ihnen hinaufwand.

Die Straße war unbeleuchtet und auch von der Ansiedlung nahm sie nur vereinzelte Lichter wahr. Doch dann drang plötzlich durch die Stille der frühen Morgenstunden ein entferntes Motorengeräusch an ihr Ohr. Sara richtete sich auf und spitzte die Ohren.

Ja, ganz unverkennbar, mehrere Motoren röhrten um die Wette. Sara war sofort auf den Füßen und mit wenigen Schritten hinter der Mauer, die den Hof begrenzte, in Deckung gegangen.

Jetzt konnte sie Scheinwerfer erkennen, die sich die Straße hinaufschlängelten. Sie machte drei Wagen aus, die sich in zügigem Tempo näherten. Im schlimmsten Fall also zwölf bis fünfzehn Verfolger, kalkulierte sie und überprüfte rasch ihre Munitionsbestände und dass beide Waffen geladen waren. Dann lief sie in gebückter Haltung hinüber zum Haus.

Im Wohnraum lagen Jaleela und die Kinder eng beieinander und ihr Vater rechts neben der Tür. Sara berührte Baran an der Schulter und er fuhr sofort hoch. Seine schnelle Bewegung weckte auch Jaleela und sie streifte die Kinder aus ihren Armen ab, die sich aneinander gekuschelt wieder einrollten.

Sara legte den Finger an die Lippen und bedeutete den beiden Erwachsenen, leise zu sein. Sie folgten ihr aus der Tür zurück und gingen bis zur Mauer. Alle drei schauten hinunter zu der Straße und den herannahenden Trucks, die jetzt schon schemenhaft erkennbar waren.

Jaleela fing sofort an, unkontrolliert zu zittern. Ihr Vater legte beschützend den Arm um ihre Schultern.

»Wir müssen gehen«, sagte er. Sara nickte mit grimmiger Entschlossenheit. Sie sah die Straße entlang nach Norden, den Weg, dem sie zu folgen hatten in Richtung Grenze. Es war völlig klar, dass sie keine Chance hatten, den Trucks davonzufahren.

Wie auch? Es gab keine Verstecke und ihr Wagen war eine fahrende Katastrophe, die nur darauf wartete, zu implodieren. Damit konnten sie auf keinen Fall ihre Verfolger abhängen. Also musste Sara sie aufhalten. Sie musste der Familie einen Vorsprung verschaffen. Ohne zu zögern, lud sie das Gewehr durch und stellte die Schulterstütze auf ihrem Hüftknochen ab.

»Geht«, sagte sie, »ich halte sie auf.«

»Aber das kannst du nicht allein«, protestierte Jaleela.

Sara trat zu ihr und zog den USB-Stick wieder aus ihrer Tasche. Sie legte ihn in Jaleelas Hand und sah ihr fest in die Augen.

»Wir haben keine Zeit, das zu diskutieren. Nimm das. Fahrt nach Termiz. Kontaktiere deinen Verbindungsoffizier bei der Sisterhood ... oder besser noch, kontaktiere direkt meine Verbindungsperson, der vertraue ich. Sie heißt Max. Und sorgt dafür, dass Casims Informationen zu Max gelangen. Die von der Sisterhood werden wissen, was damit zu tun ist. Ich halte die da auf, so lange ich kann.« Sie wies mit dem Kopf auf die herannahende Staubwolke.

Jaleela wollte noch einmal widersprechen. Doch ihr Vater hielt sie zurück.

»Weck die Kinder und steigt ins Auto. Jetzt.«

Seine Stimme duldete keinerlei Widerspruch, und er drehte sie an den Schultern um und gab ihr einen energischen kleinen Schubs.

Sara trat einen Schritt zu Baran und sagte mit gesenkter Stimme: »Ihr müsst euch beeilen, ich hab hier so gut wie keine Feuerkraft. Also verschwindet so schnell und so weit weg wie möglich.«

Baran nickte und kniff die Lippen zusammen.

Er beeilte sich, zum Wagen zu kommen, und startete den Motor. Sara bezog Position und lud das Gewehr durch.

In Ermangelung eines Nachtsichtgeräts oder auch nur eines vernünftigen Zielfernrohrs würde sie die Angreifer verdammt nah rankommen lassen müssen, um überhaupt irgendwas zu treffen. Sie begann damit, ihre Atmung zu kontrollieren und die Herzfrequenz zu senken. Der Wagen hinter ihr startete und sie hörte, wie die Reifen durchdrehten, als sie rückwärtig vom Hof fuhren. Doch Sara ließ sich nicht davon ablenken. Sie war jetzt ganz in ihrer eigenen Welt. In einer Welt, in der sie sich auskannte, einer Welt, deren Gesetze sie beherrschte. Trotz des Adrenalins, das jetzt durch ihre Adern pulsierte, verlangsamte sich um sie herum alles und Atmung und Herzschlag erreichten den Nullpunkt. Der vorderste Wagen erklomm die Anhöhe und ihr erster Schuss zerfetzte nicht nur die Stille der Nacht, sondern auch den Vorderreifen. Der folgende Konvoi kam schleudernd zum Stehen.

Drei Männer sprangen aus dem Wagen, suchten nach Deckung und begannen, wild in ihre Richtung zu feuern. Mit grimmiger Genugtuung stellte Sara fest, dass die Talis immer noch nicht schießen konnten und die Wahrscheinlichkeit, von einer ihrer Kugeln getroffen zu werden, an einen Sechser im Lotto grenzte.

Auch der zweite Wagen hatte jetzt alle Räder im Kiesbett zum Anhalten gebracht, und sie erwischte den Fahrer beim Aussteigen am Bein und einen weiteren mit einem Querschläger, der von der Karosserie abgeprallt sein musste.

Der dritte Wagen schlängelte sich an den beiden stehenden Trucks vorbei und holperte über das Feld, um die Verfolgung der Limousine aufzunehmen. Jetzt stand Sara unter Beschuss, sodass sie nichts dagegen tun konnte. Sie krabbelte rückwärts und um die Hausecke, bevor sie auf die Füße sprang und Richtung Haus lief. Doch anstatt hineinzulaufen, warf sie das Gewehr aufs Dach, trat selbst in den Durchgang, drehte sich um, sodass sie den Hof im Blick hatte, und streckte die Arme über den Kopf. Sie griff nach dem Türbalken und schwang sich mit einer geschmeidigen Bewegung nach oben. Die Füße kamen über ihrem Kopf in die Senkrechte und dann senkte sie ihren ganzen Körper bäuchlings auf dem flachen Dach ab. So schnell wie möglich schob sie sich noch ein paar Zentimeter rückwärts, um von der Dachkante aus nicht mehr gesehen werden zu können. Sie legte wieder an.

Nacheinander streckten drei weitere bärtige Männer ihre Nasen um die Ecken in den Hof.

Die Bauersleute hatten sich glücklicherweise jenseits des Nebengebäudes über ihre kargen Felder davongemacht und so feuerte Sara auf Sicht und nach Bedarf, wann immer ein Turban auftauchte.

Sechs Feinde hatte sie jetzt ausgeschaltet oder zumindest kampfunfähig gemacht, aber sie war sich sicher, dass noch mindestens ein Mann mehr aus dem zweiten Wagen ausgestiegen war. Ihr Magazin war leer und das hohle Klicken hallte unangenehm laut in ihren geschulten Ohren wider.

Rasch sah sie sich um und krabbelte dann über das flache Dach bis zur seitlichen Kante, um zu den Autos spähen zu können. Und tatsächlich – im Schatten des ersten Wagens lauerte noch die junge Wache, die Sara schon einmal außer Gefecht gesetzt hatte.

Sara hielt den Kopf gesenkt und tastete nach ihrem Messer. Von hier aus könnte sie sich vom Dach gleiten lassen und sich von hinten unbemerkt an ihn heranpirschen. Doch ehe sie loskrabbeln konnte, fällte der Junge eine Entscheidung. Er sprang auf, warf das Gewehr weg und lief die Straße zurück in die Richtung, aus der die Wagen gekommen waren. Gute Wahl. Sara musste unwillkürlich leise lachen.

Sobald sie sicher war, dass alle anderen Männer tot oder mit sich beschäftigt waren, sprang sie von dem flachen Dach auf die niedrige Mauer und lief um den ersten Wagen herum, dem sie einen Reifen zerschossen hatte. Der Motor des zweiten Wagens lief noch. Sara trat den Mann davor unsanft beiseite und sprang hinter das Steuer. Sie nahm sich nicht die Zeit, die Fahrertür zu schließen, sondern legte einfach den Gang ein und trat das Gaspedal durch.

Mit dem Schwung des vorschnellenden Wagens schlugen die Türen auf beiden Seiten zu. Sara hielt das schlingernde Lenkrad so fest sie konnte und ließ den Truck über die Wurzeln und Steine springen, die jenseits der Straße das Feld pflasterten. Es dauerte etwas, bis die Scheinwerfer wieder auf der Straße anlangten und sie das Tempo erhöhen konnte, um die Verfolgung des anderen Wagens aufzunehmen. Die beiden Autos hatten einen nicht unbeträchtlichen Vorsprung, doch Sara konnte im aufgehenden Licht der Sonne die Rücklichter noch deutlich erkennen. Sie schonte den Wagen nicht und fuhr wie vom Teufel getrieben.

Langsam, unendlich langsam schienen die Rücklichter näher zu kommen. Dann endlich sah es so aus, als würden die beiden sich verfolgenden Wagen schlingern und zum Stehen kommen. Aus der Ferne beobachtete sie, wie die Bremslichter des Trucks aufleuchteten und zwei Gestalten ausstiegen, die zu dem Volvo stürzten und die Türen aufrissen.

Sara holte das Letzte aus ihrem Wagen heraus und umklammerte krampfhaft das Lenkrad, das von einer Seite zur anderen schlingerte.

Langsam kroch die Sonne über den Horizont und Sara wich gerade einem Steinhaufen aus, als ein Sonnenstrahl ihr genau ins Gesicht schien und sie blendete. Sie riss den Arm schützend vor die Augen und konnte dabei nicht das Schlagloch sehen, in das sie bei voller Fahrt mit dem rechten Vorderreifen knallte. Der Wagen wurde hinten hochgehoben und um 180 Grad herumgewirbelt, ehe die hintere Achse schwerfällig wieder auf den Boden donnerte. Sara hatte sich verzweifelt am Lenkrad festgeklammert, jedoch nicht vermeiden können, böse darauf geschleudert zu werden.

Einen Augenblick lang musste sie sich auf ihre Atmung konzentrieren, so sehr hatte sie die Wucht des Aufpralls getroffen. Der Motor jaulte im Leerlauf. Sie schüttelte die Benommenheit von sich ab und bemühte sich, den Gang wieder einzulegen. Doch als sie Gas gab, ruckelte der Wagen nur noch einmal und erstarb dann. Sie versuchte, die Fahrertür zu öffnen, doch die ganze Kabine schien sich verzogen zu haben und die Tür klemmte fest. Sie zog ihre Beine aus dem Fußraum und wandte sich mit den Füßen zur Tür. Dann trat sie mit voller Wucht gegen die Autotür, die kreischend aufbarst.

Sie war hunderte von Metern von den anderen beiden Wagen entfernt und sprintete los.

Als sie die Autos erreichte, konnte sie immer deutlicher erkennen, dass die Limousine hinten links tiefer hing. Vermutlich hatte sich der Wagen festgefahren oder den Verfolgern war es gelungen, den Reifen zu zerschießen.

Sara pirschte sich in der Deckung des anderen Trucks an die Gruppe heran. Die beiden Taliban standen mit dem Rücken zu ihr über der knienden Familie, die im ersten Wagen gesessen hatte.

Jetzt trat der eine neben Baran, packte ihn am Hemd und setzte ihm eine Pistole an die Stirn. Sara hörte, wie Jaleela aufschrie.

»Gib ihn mir!«, brüllte der andere und Sara hatte jetzt die Bestätigung, dass es Sadeq war, der ihr noch den Rücken zuwandte. Der andere, der sich jetzt zu ihm umgewandt hatte, war seine rechte Hand, Yusef. Sara biss die Zähne zusammen. Die beiden also.

Sie zog lautlos ihre Glock und visierte über die Ladefläche Yusefs Rücken an. Sie hatte freies Schussfeld. Langsam beruhigte sie ihre Atmung und schob ihren Finger über den Abzug.

Sadeq sagte erneut etwas zu Jaleela und die antwortete unter Tränen, doch Sara konnte die Stimmen nicht verstehen. Ihre Konzentration verharrte bei Yusef. Der hatte jetzt noch einmal zu Sadeq gesehen und damit sah er gefühlt auch in ihre

Richtung. Die Zeit verlangsamte sich und Sara spürte, wie das Kribbeln in ihrem Nacken sich so weit verstärkte, bis es in einen kalten Schauer überging.

Plötzlich, mitten in der Hitze der aufgehenden afghanischen Sonne wurde Sara kalt. Eiskalt und vor ihren Augen hüllte sich die Szene in Nebel.

»Nein, nein, nein«, flüsterte Sara und schloss für einen Moment die Augen, während ihr Schweiß über das Gesicht rann. Wenn sie etwas jetzt nicht gebrauchen konnte, dann dass ihr persönlicher Fluch, das Trauma ihres Unfalls, in dieser Sekunde die Führung übernahm. Sie durfte nicht … doch noch bevor sich ihr Bewusstsein entscheiden konnte, die Oberhand zu behalten oder einmal mehr dem Trugbild ihrer alten Schuld zu erliegen, wurde sie durch einen Schuss aus ihren Gedanken gerissen.

Sara befürchtete schon, dass sie es gewesen war, deren Aufschrei jetzt verklang, doch es war Jaleela, die sich seitlich über den Körper ihres Vaters geworfen hatte. Sein lebloser Körper lag dahingefallen neben der Straße.

Gebannt starrte Sara auf das Einschussloch. Wie immer war es unvorstellbar wenig Blut, das aus einer tödlichen Kopfwunde austrat. Sie schluckte hektisch gegen ihren trockenen Hals an. Yusef hatte Baran kaltblütig erschossen. Und sie hatte nichts dagegen unternommen. Die Erkenntnis schnürte ihr den Hals zu und sie begann, am ganzen Körper zu zittern. Langsam rutschte sie hinter den Kotflügel des Wagens. Ihre Ellbogen kamen auf ihren Knien zum Ruhen und die Fäuste, die noch um den Griff der Pistole geschlossen waren, ruhten an ihrer Stirn. Tränen drückten hinter ihren geschlossenen Lidern und sie hatte Mühe, überhaupt zu atmen.

Die Panikattacke hatte sie fest im Griff und für eine Weile bekam sie überhaupt nichts mehr mit von dem, was um sie herum geschah. Sie war komplett verloren in ihrer Schuld – dieser neu auf sie geladenen Schuld, die drohte, sie zu erdrücken.

Dann erklang plötzlich ein weiterer Schrei gefolgt von lautem, zweistimmigem Wehklagen und beides holte Sara zurück ins Hier und Jetzt. Sie setzte sich wieder auf die Knie und spähte vorsichtig über den Rand der Ladefläche.

Jaleela lag immer noch auf den Knien, hatte sich jetzt jedoch zusätzlich bäuchlings vor Sadeq in den Schmutz geworfen. Yusef hatte Bari auf die Füße gezerrt und presste ihm den Lauf seiner Waffe gegen die Stirn. Jaleela und Darya lagen im Staub, weinten und der Stimmlage nach zu urteilen flehten sie die Männer an, Bari nichts zu tun.

Sara versuchte, auf Yusef zu zielen, doch der sich wehrende Junge geriet ihr immer wieder in die Schusslinie. Sadeq brüllte abwechselnd den Jungen und Jaleela an und insgesamt war da so viel Aufruhr, dass Sara keine Chance hatte, einen kontrollierten Schuss abzugeben. Außerdem zitterten ihre Finger noch immer so heftig, dass sie ihre Glock kaum gerade halten konnte. Doch anstatt aufzugeben und zusammenzuklappen, passierte etwas anderes in ihr.

Der Schleier fiel. Eine unbestreitbare Klarheit bemächtigte sich ihrer.

Shit happens.

Sie konnte sie nicht alle retten – das war nie realistisch gewesen.

Aber da stand Bari und kämpfte um sein Leben und das Leben seiner Mutter und Schwester. Und genau jetzt war sie seine beste Chance. Sie war sein Joker –

und nein, sie würde ihn nicht aufgeben. Nicht, solange auch nur noch ein Hauch Kampfgeist durch sie hindurchpulsierte.

Saras Schultern strafften sich. Das Adrenalin setzte jeden Muskel ihres Körpers unter Spannung. Sie holte tief Luft, steckte die Waffe zurück in ihren Hosenbund und sprintete dann geduckt aus ihrer Deckung. Die Männer hatten ihr die Rücken zugekehrt und konnten sie nicht kommen sehen. Jaleela und Darya hatten die Nasen am Boden und sahen sie ebenso wenig. Nur Bari hatte volle Sicht auf sie und erstarrte, als er die Soldatin in der Verkleidung der Talibankämpfer auf sie zustürzen sah. Eine Sekunde später erkannte er sie und obwohl sich jede Faser ihres Körpers gewünscht hätte, dass er still blieb, gab er einen winzigen spitzen Schrei von sich.

Yusef wirbelte in ihre Richtung herum und hob in der gleichen Bewegung seine Waffe. Auch Sadeq hatte sich zu ihr umgedreht – doch zu spät. Er stand näher zu ihr und so rannte sie in gebückter Haltung mit voller Wucht in ihn hinein. Sie umfing seine Körpermitte und trieb ihn rückwärts in Yusef und Bari hinein. Alle vier stürzten zu Boden. Yusef verlor seine Waffe aus der Hand und Bari biss ihn so heftig in die andere, dass er den Jungen mit einem wütenden Aufschrei losließ. Der versuchte sich aus dem Bündel von Armen und Beinen zu befreien und zu seiner Mutter zu gelangen. Sara hatte Sadeqs rechte Hand am Handgelenk auf den Boden gepinnt, um ihn daran zu hindern, seine Waffe wieder hochzubringen und auf sie schießen zu können. Sie saß jetzt auf ihm und schlug ihm mit voller Wucht ins Gesicht. Wieder und wieder, bis seine Nase mehrfach gebrochen war und das Blut ihm beidseitig in die Augen lief und ihn blendete. Er brüllte, doch Saras Zorn war entfesselt und zum ersten Mal in ihrem Leben gestattete sie sich, gänzlich die Kontrolle zu verlieren. Es war ihr egal, was ihre Schläge verursachten. Welchen Schaden sie anrichtete, wie unwiederbringlich sie hier Leid zufügte. Dieser Mann hatte Jaleela gefoltert. Er hatte Sara gefoltert. Er hatte sie vergewaltigen wollen. Sara holte ein weiteres Mal aus und mit einem Schrei, der direkt aus der Hölle und nicht aus ihrer Brust gekommen zu sein schien, wollte sie ihre Faust niedersausen lassen. Doch in diesem Moment erklang ein Schuss und Sara wurde von der Wucht, die sie am Oberarm traf, zurückgerissen.

Sadeq strampelte sich unter ihr frei und sie krabbelte rückwärts. Der Schmerz in ihrem rechten Oberarm pulsierte und sie presste die linke Hand darauf. Jetzt gewahrte sie Yusef, der bei seinem Anführer kniend auf sie zielte. Sara schluckte hart und für einen Moment fürchtete sie, dass es das gewesen sein könnte. Sie würde niemals schnell genug die Waffe ziehen können, die in ihrem Hosenbund steckte.

Ein weiterer Schuss ertönte von irgendwoher und für den Bruchteil einer Sekunde dachte Sara, dass sie jetzt tödlich getroffen wäre. Doch sie spürte keinen Schmerz … oder gerade deshalb nicht? Irritiert ließ sie ihren Blick über ihren Oberkörper wandern, fand aber kein Blut. Überrascht sah sie wieder zu Yusef, der sie ebenso erstaunt mit offenem Mund anblickte. Sein Waffenarm hing schlapp herunter und auf seiner Brust breitete sich ein Blutfleck schnell über das Hemd aus.

Sara sah sich hektisch um und erkannte Bari, der mit weit aufgerissenen Augen und zitterndem Arm Sadeqs Waffe in der Hand hielt. Er schwankte und war so blass, dass Sara Angst hatte, er würde vom Schock ohnmächtig werden. Doch ehe sie sich um den Jungen kümmern konnte, musste sie das hier zu Ende bringen.

Sadeq hatte sich das Blut aus den Augen gewischt und krabbelte jetzt los, um nach der Waffe zu greifen, die Yusef im Sturz fallengelassen hatte.

Sara zögerte nicht, sondern zog ihre Waffe aus dem Bund, steckte sie mit der Mündung nach unten zwischen ihre Schenkel und griff dann mit der linken Hand um. Sie zielte. Sadeq drehte sich zu ihr um und mit einem Aufschrei hob er den Arm mit der Pistole.

Ehe er abdrücken konnte, krümmte sich Saras Finger über dem Abzug und ihre Kugel traf zwischen seinen Augen ins Schwarze.

Langsam, ganz langsam, fast wie in Zeitlupe ließ Sara ihren linken Arm sinken. Ihr Blick fest auf die beiden Körper gerichtet. Nichts rührte sich mehr. Kein Laut. Stille. Der Atem entwich in einem langen Seufzer. Sie hatte es geschafft. Sara Konrad. Sie war zurück.

Langsam erhob sie sich. Den pulsierenden Schmerz in ihrem verletzten Arm spürte sie kaum, sondern stellte zunächst professionell sicher, dass die beiden Männer tot waren. Erst jetzt wandte sie sich zu der Familie um. Jaleela hatte Bari die Waffe aus den Händen gewunden und sie neben sich fallen lassen. Sie weinte und küsste ihre Kinder und die beiden klammerten sich im Gegenzug an ihre Mutter.

Zum ersten Mal ließ Sara den Gedanken zu, dass es vorbei war. Sie würden es schaffen. Die letzten hundert Kilometer. Nach Sadeqs Tod hatten sie eine reelle Chance. Aber dafür mussten sie jetzt sofort aufbrechen, ehe der Junge, der vorhin geflohen war, doch noch Hilfe holte.

Sara checkte ihren Arm und stellte fest, dass sie nur einen Streifschuss am Oberarm hatte. Sie nahm den

Turban vom Kopf und riss mit den Zähnen einen Streifen Stoff so zurecht, dass sie ihn um den Arm legen konnte. Es gelang ihr nicht, einen Knoten zu machen, doch in dem Moment trat Jaleela zu ihr und zog ihn für sie fest.

Mit ihrem Tränen überströhmten Gesicht sah sie Sara an.

»Danke«, flüsterte sie.

Saras Blick wanderte zu Barans Leiche und sofort schlug ihr das schlechte Gewissen kalt in den Nacken.

»Es tut mir so leid, ich konnte nicht ...«

Jaleela war ihrem Blick gefolgt und ihre Augen flossen über. Trotzdem stand Entschlossenheit in ihrem Blick, als sie Sara erneut ansah.

»Nein«, sagte sie bestimmt, »du hast uns gerettet. Ich danke dir.«

Sara nickte stumm und rappelte sich auf die Füße.

»Es ist leider noch nicht ganz vorbei. Wir müssen weiter. Über die Grenze. Hier wird es in kürzester Zeit von Kämpfern nur so wimmeln.«

Jaleela nickte, wischte sich mit beiden Händen vorsichtig über das Gesicht und stand ebenfalls auf. Sie richtete sich zu ihrer vollen Größe auf und wandte ihr Antlitz der Sonne entgegen. Sie hob die Hände und murmelte etwas, das Sara nicht verstand. Dann gebot sie mit einer Armbewegung den Kindern, zu ihr zu kommen.

»Unser Wagen kann nicht mehr fahren«, stellte sie pragmatisch fest.

Sara warf nur einen kurzen Blick auf den platten Hinterreifen.

»Nehmen wir den Truck.«

Unvermittelt blieb Jaleela stehen und blickte auf den Leichnam ihres Vaters. Sara, die spürte, dass sie ihr nicht gefolgt war, hielt ebenfalls inne und sah zurück. Ihr Magen krampfte sich zusammen.

Auch ohne Worte, wusste sie, was in Jaleela vorging. Was würde sie tun, wenn da ihr Vater läge? Sie ging zurück und legte der Afghanin eine Hand auf die Schulter.

»Wir können ihn nicht mitnehmen.«

»Ich weiß.« Sara hörte die Tränen in ihrer Stimme und gegen das Drängen der Vernunft bot sie an:

»Lass uns eine Decke holen und ihn zudecken. Und dann lassen wir den Bauern Geld und eine Nachricht da, damit sie ihn ordentlich bestatten.«

Mit tränenüberströmtem Gesicht blickte Jaleela zu ihr auf und zwang sich zu einem Nicken. Sofort rannte Sara los.

Nur ein paar Minuten später beeilten sich alle vier und sprangen in den Wagen. Sara legte den ersten Gang ein und trat das Gaspedal durch. Der Wagen schlingerte und fuhr dann los.

Die Sonne schien mittlerweile warm durch das Seitenfenster auf die kleine Familie und die blonde Frau, die sich eng auf die Sitzbank gedrängt hatten.

XXXI.

Sie waren von Masar-e Scharif nach Norden gefahren bis nach Tash Gozar. Nachdem sie den Wagen in der Nähe der Moschee abgestellt hatten, wo er zwischen anderen parkenden Autos am wenigsten auffiel, hatten sie sich zu Fuß zum Fluss aufgemacht.

Sara wusste, dass der Grenzfluss nach Usbekistan zu dieser Jahreszeit nur wenig Wasser führen würde. Es hatte seit Wochen nicht mehr geregnet und sie war guter Dinge, dass sie ihn zu Fuß überqueren könnten.

Sie liefen am Ufer entlang Richtung Osten mit Aussicht auf Heyratan und die usbekisch-afghanische Freundschaftsbrücke.

Auf halber Strecke wateten sie unbehelligt durch das erste Flussbett.

Hier war der Amudarja tatsächlich nicht mehr tief. Im schwindenden Licht versuchten sie, nicht auf Steinen und Schlick auszurutschen. Die Überquerung dauerte länger als geplant und am Ende waren sie doch einige Male gefallen und alle klatschnass.

Glücklicherweise fror dank der milden nächtlichen Temperaturen niemand.

Sara hatte sich Sorgen gemacht, wie es auf der usbekischen Seite weitergehen würde, doch dieses Mal war ihre Sorge unbegründet gewesen.

Sie fanden ein Taxi, das sie zu einer Kontaktadresse brachte, die Baran seiner Tochter gegeben hatte. Ein alter Freund, wie sich herausstellte. Und so waren sie wenige Stunden nach ihrer Ankunft im Land offiziell untergetaucht.

Sara nutzte ein geliehenes Smartphone, um eine E-Mail zu schreiben.

Anschließend gestattete sie Jaleela, ihre Wunde vernünftig zu versorgen und zu verbinden.

Die Freunde von Baran waren diskrete Menschen und nachdem die Frauen ihnen Essen und saubere Kleidung gebracht hatten, wurde ein Raum für die vier hergerichtet, in dem sie sich ausruhen sollten.

Sara kämpfte noch mit den Nachwehen des langsam absinkenden Adrenalinspiegels. Sie hatte kaum Appetit und konnte nicht still sitzen, immer wieder ging sie zum Fenster und spähte hinaus, doch von möglichen Verfolgern war keine Spur zu sehen und auch sonst schien sich absolut niemand für sie zu interessieren.

Auf Jaleelas Drängen hin ging sie sich irgendwann waschen und umziehen.

»Du machst den Kindern des Hausherrn noch Angst«, hatte Jaleela ihr eindringlich zugeflüstert. Und tatsächlich drängte sich die Kinderschar der halben Nachbarschaft an der Tür zu ihrem Zimmer, beäugte die blonde Frau neugierig und kicherte. Sara schnitt eine Grimasse und jagte sie davon, gab dann aber nach und ging sich frisch machen.

Anschließend war sie auch endlich in der Lage, etwas Brot und Obst zu sich zu nehmen, ehe bleierne Müdigkeit sie überfiel.

»Legt euch ruhig schlafen«, sagte sie zu Jaleela, die die Kinder bereits zur Ruhe gebettet hatte.

»Du musst auch schlafen.«

»Ich kann nicht … Ich warte noch auf eine Antwort …«

In dem Moment kam ihr Gastgeber durch die Tür und reichte ihr mit einem freundlichen Lächeln das

Smartphone. Eine E-Mail war gekommen und Sara klickte darauf, um sie zu lesen.

Ein erleichtertes Lächeln machte sich auf ihrem Gesicht breit.

»Morgen früh kommt unser Transfer.« Rasch tippte sie eine Antwort und sandte sie ab.

Dann dankte sie dem älteren Mann und reichte ihm das Handy zurück.

Erst jetzt ließ sie ihren angehaltenen Atem entweichen und sich mit dem Rücken gegen die Wand auf eine Matratze gleiten.

»In zwölf Stunden haben wir es hinter uns ...«, murmelte Sara.

Nach dem Frühstück bestand der ältere Mann, dessen Namen Sara sich nicht gemerkt hatte, darauf, sie selbst zum Flughafen zu fahren. Sara blieb auf der Hut, hatte jedoch keine Einwände. Nichts auf der Straße deutete darauf hin, dass das Haus oder das Kommen und Gehen unter Beobachtung stand. Sie wagten also den Trip ins Ungewisse und ließen sich zum Flughafen fahren.

Der Mann verabschiedete sich herzlich von Jaleela und den Kindern. Wie Sara mittlerweile verstanden hatte, war er ein Schulfreund von Baran gewesen, ehe er der Geschäfte wegen – und, um den Taliban zu entgehen – in Usbekistan sein Glück gesucht hatte.

Er lächelte Sara freundlich zu und schüttelte mit Nachdruck ihre Hand. Dann verließ er sie.

Das Flughafengebäude wirkte modern mit seiner gläsernen Fassade und seinen hellen Wänden. Sara atmete tief durch und setzte sich an die Spitze der kleinen Gruppe. Sie hatten dem Mann etwas Geld dagelassen, allerdings belief sich ihr Barbestand immer noch auf über 10.000 Dollar. An sich kein Problem, damit Flugtickets außer Landes zu besorgen – doch fehlten ihnen die nötigen Papiere.

Sara betrat die Abflughalle und blickte sich um. Geschäftig wirkende Menschen, überwiegend Männer in hellen Tuniken und Hosen, eilten umher. Saras Augen gewöhnten sich langsam an das veränderte Licht, das hier drinnen viel sanfter war als der gleißende Sonnenschein draußen.

Jaleela und die Kinder waren dicht hinter ihr stehen geblieben. Bari schob seine Finger in ihre und sah erwartungsvoll zu ihr hoch. Sie erwiderte seinen Blick, drückte seine Hand kurz zur Antwort und ging mit ihm zusammen vor Richtung Schalter.

Bevor sie selbigen erreichte, ertönte ein kurzer Pfiff. Sara hob den Kopf und sah sich nach allen Seiten um. Aus dem Schatten einer Säule löste sich eine schlanke Gestalt und kam auf sie zu.

Um Saras Lippen spielte ein Lächeln. Als die beiden voreinander standen, sagte Sara: »Hätte nicht gedacht, dass ich mich mal freue, dich zu sehen.«

»Tja, Konrad, ist ja nicht das erste Mal, dass ich deinen Arsch aus der Scheiße holen muss.« Doch auch auf Jays Gesicht hatte sich ein Grinsen ausgebreitet.

Einem spontanen Impuls folgend ließ Sara Baris Hand los und zog Jay in eine kurze, aber herzliche Umarmung.

»Danke«, flüsterte sie.

Jay machte sich frei, sah sie jedoch nicht gleich wieder an.

»Quatsch. Komm schon, jetzt werde mal nicht unnötig sentimental. Ich mach auch nur meinen Job.«

Nun grinste Sara auch.

»Und Max?«

Jay lachte auf.

»Stocksauer, aber das klärst du dann, wenn wir wieder zurück sind.«

Sie warf einen Blick an Sara vorbei auf die Familie.

»Und das sind sie also?«

Jaleela hatte den Austausch der beiden Frauen aufmerksam beobachtet, jedoch reichten ihre Deutschkenntnisse nicht, um dem Gespräch folgen zu können. Die Kinder drängten sich eng an ihre Seiten und sie spielte nervös mit ihrem Schal, den sie locker über dem Kopf und um die Schultern trug.

Sara drehte sich halb zu ihnen um und schenkte ihnen ein aufmunterndes Lächeln. Mit einem Kopfnicken bat sie Jaleela herüber.

»Das ist Jay.« Und nach einer kurzen Pause fügte sie leiser hinzu: »Sie arbeitet auch für die Sisterhood.«

»Freut mich, du musst Jaleela sein. Und ihr seid dann Darya und Bari, richtig?« Die Kinder blickten voller Bewunderung zu ihr auf und nickten.

Jay sah wieder zu Sara.

»Haben wir dann alles?«

Sara und Jaleela tauschten einen Blick und die Afghanin hob das Kinn. In ihren Augen schimmerte es feucht, doch dann biss sie sichtlich die Zähne zusammen und nickte.

»Fertig zum Abflug«, bestätigte Sara.

»Dann werdet ihr die brauchen.« Aus der hinteren Gesäßtasche ihrer Jeans zog Jay vier Pässe – alle im Weinrot der Bundesrepublik Deutschland.

Sara nahm sie ihr ab und öffnete den ersten.

Es war der von Jaleela. Sie blätterte zu der Seite mit den Visa und stellte zufrieden fest, dass die Papiere in Ordnung waren. Die weiteren Pässe waren für Darya und Bari und der letzte war ihrer und lautete wieder auf ihren Tarnnamen Sara Schmidt.

»Aber nicht wieder verlieren«, neckte Jay sie. Sara tippte sich mit zwei Fingern an die Stirn.

»Aye aye, Captain.«

Sara stutzte etwas, als Jay die Flugschalter rechts liegen ließ und sie zu einem eher unauffälligen Seiteneingang gingen, von wo aus sie ungehindert weiter über das Rollfeld zu ein paar etwas abseits stehenden Hangars gelangten. Jay hatte nur kurz eine Hand in Richtung eines Wachmannes gehoben, der sie daraufhin kommentarlos durchgewinkt hatte.

Ein schlanker weißer Jet stand davor und glänzte in der Sonne.

»Wow«, entfuhr es Sara und sie blieb erstaunt stehen. »Echt jetzt?«

Jay, die ein paar Schritte vorgelaufen war, drehte sich um und lief locker rückwärts weiter.

»Was denn? Du hast doch nicht gedacht, dass wir dich Holzklasse nach Hause fliegen lassen?«

»Na ja, aber das?«

Sara, die unvermittelt stehen geblieben war, setzte sich wieder in Bewegung und beeilte sich, zu den anderen aufzuschließen. Als sie neben Jay anlangte, fragte sie leise nach: »Aber mal ehrlich, wer ist dieser Laden eigentlich, für den wir da arbeiten und wie finanzieren sie das?«

Jay zuckte mit den Schultern und machte ein verschlossenes Gesicht. Um ihre Mundwinkel spielte ein Grinsen.

»Kann ich nix zu sagen. Ist einfach so. Mach dich nicht verrückt – irgendwann kriegst du deine Antworten.«

»Also kennst du sie auch nicht?«

Jay warf ihr einen schiefen Blick zu, sagte aber nichts, was Saras Verdacht nur erhärtete.

Sie bestiegen die Maschine, wurden von einem höflichen Flugbegleiter auf ihre Plätze gebracht und bekamen Erfrischungen gereicht. Und das erste Mal seit gefühlten Wochen lehnte sich Sara zurück und schloss die Augen.

Sie hatte es geschafft. Sie hatte es wirklich geschafft. Sie hatte die Informationen beschafft, sie hatte Jaleela gerettet und ganz nebenbei – ihr letzter Blick fiel auf Bari – hatte sie ihr Versprechen Casim gegenüber erfüllt. Seine ganze Familie war in Sicherheit. Mit einem Lächeln auf den Lippen schloss sie die Augen und fiel in einen tiefen Schlaf.

XXXII.

Den sechsstündigen Rückflug verschlief Sara komplett.

Zurück in Hamburg fuhren sie alle zusammen zunächst ins Hauptquartier. Dort wurden die Kinder mit heißer Schokolade und Gebäck in einen Besprechungsraum gebracht, der durch eine Glasfront von einem zweiten, direkt angrenzenden getrennt war.

Dort nahmen Jaleela, Sara und Jay Platz. Auch ihnen wurden Kaffee und Tee angeboten. Sara beugte sich zu Jay.

»Und wer macht das Debriefing?«

»Na, deine Führungsperson.«

Und da stand Max auch schon in der Tür. Hochaufgerichtet, das rabenschwarze Haar sorgsam im Nacken zusammengefasst und in einem tadellos sitzenden schwarzen Hosenanzug, der leicht glänzte.

Das makellos geschminkte Gesicht wirkte widernatürlich blass und die durchscheinenden Augenringe zeugten von schlaflosen Nächten. Als die dunklen Augen Sara in den Fokus nahmen, sah es kurz so aus als würden sich Tränen darin bilden.

Wortlos ging Max mit schnellen Schritten durch den Raum auf Sara zu. Die war reflexartig aufgesprungen und hatte Haltung angenommen. Eine Sekunde lang rechnete Sara damit, dass Max ihr eine knallen würde und sie überlegte, ob sie das verdient hätte oder ob sie sich wehren sollte, doch dann riss Max sie nur in einer impulsiven Bewegung an sich und drückte sie so fest, dass Sara die Luft wegblieb.

»Hey, ist ja schon gut. Ich bin ja noch in einem Stück.«

»Oh Gott, Sara, es tut mir so leid. Ich hab's verbockt. Ich hätte auf dich hören sollen, ich hätte auf dich und deinen verdammten Instinkt hören müssen. Aber ich wollte ... ich hatte ... ich dachte, ich ...« Die Stimme brach und Sara war ganz sicher, Tränen gehört zu haben.

»Ist ja gut«, murmelte sie ergriffen. »Hey, shit happens, mich hat Murad auch hinters Licht geführt.«

»Aber ich hab ihn selbst überprüft. Ich meine, ich hab die Background-Checks gemacht. Und es ist keine rote Flagge aufgepoppt. Ich hab es einfach übersehen ...« Max sah sie jetzt an und tatsächlich glitzerte eine Träne im linken Augenwinkel.

Sara zuckte mit den Schultern und grinste schief.

»So ist das halt in Afghanistan. Hab ich auch irgendwie unterschätzt, obwohl ich es hätte besser wissen sollen. Aber die dienen da meistens nur dem Dollar und alle Familien haben so viele Opfer gebracht ...« Ihr Blick wanderte zu Jaleela, die gefasst den beiden Menschen zusah, die sich noch immer eng umschlungen hielten.

Noch einmal presste Max Sarah an sich, ehe they sich fasste, die Schultern straffte und sagte: »Ich bin jedenfalls heilfroh, dass wir dich mit der Aufgabe betraut haben. Du hast die Mission wahrlich gerockt, Sara. Was für ein Einstand bei der Sisterhood. Du kannst dir sicher sein, das haben hier alle zur Kenntnis genommen.«

Sara wischte die Bemerkung mit einer knappen Handbewegung beiseite. So viel Lob war ihr peinlich und so wie Jay guckte, wartete sie nur darauf, einen fiesen kleinen Seitenhieb platzieren zu können.

»Na ja, ganz allein hätte ich es auch nicht geschafft. Nun mach dich mal nicht kleiner, als du bist.«

»Nein, in der Tat nicht. Wenn wir ihr nicht den Hintern gerettet hätten, wäre sie untergegangen.« Jay lehnte sich zurück und legte demonstrativ ihre Füße, die trotz der sommerlichen Temperaturen, die Mitte August auch in Hamburg herrschten, in dicken Bikerboots steckten, auf den Tisch.

Max warf ihr einen schrägen Blick zu.

»Und wollen wir an dieser Stelle auch darüber sprechen, wie oft wir das für dich getan haben, oder wollen wir mit dem Debriefing weitermachen?«

Jay hob in gespielter Aufgabe Hände und Augenbrauen und verschränkte dann die Arme hinter dem Kopf.

Max wechselte ins Englische und wandte sich an Jaleela.

»Mrs Hafizulla – Jaleela – bitte lassen Sie mich als Erstes sagen, wie sehr mich Ihr Verlust schmerzt. Es war ein furchtbarer Schlag, Casim zu verlieren.«

Würdevoll neigte Jaleela den Kopf. Ihre Augen schimmerten feucht.

»Doch Ihr Mann ist nicht umsonst gestorben, richtig?«

Jaleela nickte und griff mit ihrer Hand in eine Tasche unter ihrem Kaftan. Sie zog sie mit dem kleinen USB-Stick wieder hervor.

Langsam und bedächtig legte sie ihn auf den Tisch und schob ihn mit der Fingerspitze behutsam über die polierte Tischplatte.

Einen gebührenden Augenblick lang starrten alle Beteiligten das kleine Stück Metall an, dessen Inhalt in der Lage war, die Macht und das Geschick nicht nur eines ganzen Landes, sondern der Welt zu lenken.

Dann ergriff Max ihn und schloss fest die Faust darum, einen entschiedenen Zug um den Mund.

»Danke, im Namen der gesamten westlichen Welt – und Ihres Landes. Danke, Jaleela.«

Jetzt liefen Jaleelas Augen über und Sara streckte die Hand nach ihr aus, um die ihre zu drücken. Stumm tauschten die beiden Frauen einen langen Blick.

»Ihr werdet jetzt von einem Fahrer in eine sichere Unterkunft gefahren. Und wir werden so schnell wie möglich die Daten auswerten und die nächsten Schritte einleiten. Und du …« Max zeigte mit einem tadellos manikürten Fingernagel auf Sara. »Du stellst dich bei unserer Ärztin vor. Jay, würdest du ihr bitte den Weg zeigen?«

Jay salutierte und stand lässig auf. Sie nickte Max und Jaleela zu und klopfte dann im Vorbeigehen Sara auf die Schulter des angeschossenen Arms, was schmerzhafte Wellen durch Saras Nerven und Muskeln sandte.

»Und dann solltest du deinen Mann anrufen. Eine Coverstory haben wir, lass dich versorgen und schau dann in meinem Büro vorbei, bevor du dich auf den Heimweg machst.«

Sara nickte und stand ebenfalls auf.

Sie ging zu Jaleela und nahm die kleine Frau in den Arm.

»Wir sehen uns bald.«

Jaleela nickte und drückte Sara zum Abschied an sich.

»Danke. Und sag auch deiner Schwester danke.«

Sara runzelte die Stirn und sah sie überrascht an.

»Ich habe keine Schwester …«, erwiderte Sara und sah erst zu Max und dann zu Jay. Deren Gesichter waren komplett verschlossen und niemand schien sie direkt ansehen zu wollen.

»Oh«, entgegnete Jaleela und lächelte. »Ich dachte nur, weil ihr euch so ähnlich seht. Eure Augen ...« Wieder schüttelte Sara nur verständnislos den Kopf.

»Nun aber los, ich glaube, wir können alle etwas Ruhe vertragen nach der ganzen Aufregung.« Und mit diesen Worten schob Max Jaleela zur Tür. Sara ließ sie gehen und sah ihr nach. Doch bevor sie lange rumgrübeln konnte, stieß Jay sie an.

»Na, komm schon, mir schlafen schon die Füße ein und ich will endlich duschen.«

Nachdenklich folgte Sara ihr. Doch sie wurde direkt abgelenkt, als sie in einen anderen Teil des Fabrikgebäudes geleitet wurde, der mit Stahltüren abgetrennt war und an einen sterilen Bereich in einem Krankenhaus erinnerte. Dahinter fanden sich einige Zimmer und durch offene Türen erkannte Sara zwei Behandlungsräume. Am Ende des Ganges waren weitere geschlossene Türen.

»Operiert werden musst du wohl nicht direkt noch, oder?«, frotzelte Jay und Sara schüttelte den Kopf. So, wie sich der Arm anfühlte, war das Gewebe zwar entzündet, aber vermutlich war das nichts, was ein Antibiotikum und eine ordentliche Wundversorgung nicht richten würden.

Sie folgte Jay in einen Behandlungsraum und setzte sich gehorsam auf die Liege. Es dauerte nur einen Moment, bis eine Frau mittleren Alters das Zimmer betrat. Sie war ungefähr so groß wie Jay und hatte braunes Haar mit rötlichen Strähnchen, das akkurat geschnitten ihren Kopf umspielte. Auf ihrer Nase thronte eine Lesebrille, die an einem Goldkettchen befestigt war, das lose um ihren Hals baumelte. Sie trug über einer Bluse einen weißen Arztkittel und studierte aufmerksam eine Akte in ihrer Hand. Dann blieb sie ganz selbstverständlich mitten im Raum stehen, hob den Blick und setzte langsam die Lesebrille ab.

»Sara.« In ihrer Stimme klang keine Frage mit. Es war eine simple Feststellung, die mit solch einer natürlichen Autorität ausgesprochen worden war, dass Sara dem nichts hinzuzufügen hatte.

»Ich bin Dr. Lewis, aber du kannst gern Doc Carol sagen, wie alle hier.«

Auch wenn sie sich fehlerfrei ausdrückte, hatte sie doch einen hauchzarten Akzent und es war nicht schwer, festzustellen, dass sie US-amerikanische Vorfahren hatte und vermutlich selbst einen Teil ihres Lebens dort verbracht haben musste.

Sara nickte und sah den Doc interessiert an. Ihre Züge waren fein und die Haut trotz ihres Alters ebenmäßig und bis auf wenige Mimikfalten glatt. Sie strahlte etwas Würdevolles aus, professionell und gleichzeitig warm. Sara sah von ihr zu Jay – und stutzte. Die Frauen ähnelten sich zwar nicht per se, jedoch hatten sie beide grüne Augen mit bernsteinfarbenen Einsprengungen und jetzt, da Sara sowieso gerade auf Augen fixiert war, fiel ihr diese Ähnlichkeit nur umso stärker auf.

Die Ärztin hatte ihr Stutzen nicht bemerkt, sondern war herübergekommen und beorderte Jay hinaus und im gleichen Atemzug Sara, sich freizumachen.

Schweigend leisteten die Frauen Folge.

Sara fiel nichts Gescheites ein, wie sie ein Gespräch hätte beginnen können und so antwortete sie nur recht einsilbig auf die während der Untersuchung gestellten Fragen der Ärztin.

Ihre erste Einschätzung erwies sich als korrekt. Es war nur ein Streifschuss gewesen und keine nennenswerten Nerven oder Blutgefäße waren verletzt.

Die Wunde hatte sich in der Tat infiziert, auch wenn sie sie an Bord des Jets noch einmal aus dem Erste-Hilfe-Kasten behandelt hatten.

Doc Carol gab ihr ein lokales Anästhetikum und begann damit, die Wunde zu reinigen, das tote Gewebe zu entfernen und den Rest mit einer Polyhexanid-Lösung zu spülen. Nachdem sie sicher war, dass sich keine Fremdkörper mehr in der Wunde befanden und das restliche Gewebe zwar entzündet, aber ansonsten lebendig war, legte sie einen Feuchtverband an. Anschließend schaute sie sich alle anderen Prellungen und Schürfwunden an, doch da war nichts, was mehr als eine Wundsalbe brauchte.

»Komm den Verband täglich wechseln, bitte, damit ich im Auge behalten kann, dass sich nichts weiter entzündet. Du solltest nicht mit einer Schusswunde in eine öffentliche Klinik müssen.«

Sara nickte zustimmend.

»Gut, du kannst gehen. Nimm die mit.«

Sara nahm das angebotene Päckchen Tabletten entgegen. Das Wort Antibiotikum fiel ihr ins Auge.

»Ist das nötig?«

Die Ärztin war schon dabei, einen Vermerk in ihre Akte zu machen, und hob nochmal den Blick, um Sara streng anzusehen.

Irgendwas in Saras Hinterkopf begann zu kribbeln, doch dann senkte die Ärztin den Blick einfach wieder und der Moment war vorbei.

»Hast du sonst noch Fragen?«

Sara rutschte von der Liege und zog rasch ihr T-Shirt wieder über.

»Nein, alles fein …«

Da sie jedoch nicht ging, sah die Ärztin sie noch einmal auffordernd an.

»Aber?«

Sara schluckte und folgte ihrem Instinkt.

»Sind wir uns schon mal irgendwo begegnet?«

Nun war es an der Ärztin, innezuhalten und sie einen Moment aufmerksam zu mustern. Sie setzte die Lesebrille wieder ab und sah Sara lange und direkt ins Gesicht, sodass die schon anfing, sich unwohl zu fühlen. Es lag ein Ausdruck in ihren Augen, den Sara nicht deuten konnte. Doch dann schüttelte die ältere Frau fast unmerklich den Kopf und lächelte plötzlich weich.

»Es ist mir auf jeden Fall ein Vergnügen, dich kennenzulernen, Sara. Dein Ruf eilt dir voraus.«

»Oh«, machte Sara überrascht und wie immer war ihr das Lob peinlich. »Na, dann mach ich mich mal auf den Weg.«

Die Ärztin nickte ihr zu und Sara spürte ihren Blick im Rücken, als sie das Behandlungszimmer verließ.

XXXIII.

Wenn sie geglaubt hatte, das Gespräch mit Max würde schwierig, dann hatte sie die Rechnung eindeutig ohne ihren Mann gemacht.

Sie hatte Lukas nicht gesagt, dass sie wieder im Land war, sondern nahm nach dem Debriefing einfach ein Taxi und fuhr zurück nach Sasel. Der Taxifahrer versuchte nur zwei Minuten lang, mit ihr Konversation zu machen. Und das zeugte bereits von seiner gutmütigen Natur, denn Sara war komplett in Gedanken versunken und hörte quasi gar nicht zu. Nach der vierten einsilbigen Antwort gab er es auf.

Die Mission war nicht so gelaufen, wie es vorgesehen gewesen war. Es hatte eindeutig mehr Opfer gegeben, als sie geplant hatten. Als Sara geplant hatte. Und doch war sie zutiefst zufrieden.

Den Umständen entsprechend und vor allem, wenn man den Verrat von Murad mit ins Kalkül zog, war das Ganze unterm Strich sogar ziemlich gut gelaufen. Sie kaute an ihrer Unterlippe. Nur der Verlust Barans kippte ihre Bilanz ins Negative.

Du kannst nicht alle retten, hallten die Worte ihres letzten Führungsoffiziers und Freundes JB wider. Wie oft hatte er das zu ihr gesagt, um ihren Enthusiasmus in vernünftigem Rahmen zu halten. Mehr als einmal hatte sie ihm Anlass dazu gegeben. Sie schluckte. Und damals bei der Bundeswehr waren Missionen mit sehr viel mehr Opfern als Erfolg eingestuft worden.

Wie sie es gelernt hatte, fokussierte sie das eigentliche Ziel: Sie hatten die Informationen besorgt und gesichert übergeben. Und viel wichtiger noch, sie hatte Casims Familie gerettet. Ein Lächeln umspielte ihre Mundwinkel und sie gestattete sich, es zu genießen, dass sie Recht behalten hatte und sie es auch mit den Kindern aus dem Land geschafft hatten.

Das wäre nicht möglich gewesen, wenn Jay nicht die Pässe besorgt hätte. Das rechnete Sara ihr hoch an. Damit hatte sie einen gut bei ihr und das würde sie nicht vergessen. Sie stand nicht gern in der Schuld von jemandem, aber dieser Deal war es definitiv wert gewesen. Zufrieden ließ sie sich in den Sitz der Mercedes E-Klasse zurücksinken.

Als sie vor ihrer Doppelhaushälfte ankam, war es nach 18 Uhr. Sie war vollkommen erschöpft und sehnte sich nach einer Dusche.

Leise schloss sie die Haustür auf und schob sich in den Flur. Von oben hörte sie Geräusche aus dem Bad. Sie schob die Tür behutsam hinter sich zu und lehnte sich von innen dagegen. Mit geschlossenen Augen ließ sie die friedliche Atmosphäre auf sich einwirken. Kaum zu glauben, dass sie fast zwei Wochen weggewesen war. Es fühlte sich an wie ein ganzes Leben, das sie gerade woanders verlebt hatte. Wie eine Reise in ihre eigene Vergangenheit. Ein Ausflug zu ihrem alten Ich. Sie atmete tief durch.

Ein Hauch von gekochter Karotte stieg ihr in die Nase und sie musste lächeln. Die mochte Renée am Liebsten. Dann hatten die beiden hoffentlich einen guten Abend. Sie schluckte und öffnete die Augen wieder. Langsam wanderte ihr Blick durch den Flur. Obwohl sie ja noch nicht einmal ein Jahr hier wohnten, war ihr alles bereits bis ins Letzte vertraut … nein, war es nicht. Sie runzelte die Stirn, als ihr Blick an einem Paar Turnschuhe hängen blieben, die eindeutig weder Lukas noch ihr gehörten und achtlos hingeworfen vor dem Schuhregal lagen. Sie zog die Nase kraus und sah die Treppe hinauf. Es war keine Option, hier unten stehen zu bleiben – oder unauffällig wieder zu verschwinden. Außerdem war jetzt ihre Neugier geweckt worden.

Flott stieß sie sich von der Tür ab, schlüpfte aus ihren eigenen Schuhen und warf ihre Jacke auf ihre original gepackte Tasche. Immer zwei Stufen auf einmal nehmend sprang sie die Treppe hinauf und verharrte einen Moment auf dem obersten Treppenabsatz. Sara ließ ihren Nacken knacken und legte ihre Hand an die Badezimmertür. Sanft schob sie sie einen Spalt breit auf und spähte hinein.

Bei dem Bild, das sich ihr bot, wurde ihr heiß und kalt zugleich. Lukas saß auf den Knien neben der Badewanne, in der die Babywanne stand. Er hatte Schaumspritzer in den Haaren und auf dem T-Shirt und seine Tochter strampelte und planschte mal wieder, was das Zeug hielt. Sara grinste. Lukas behauptete zwar immer, dass sie eine Wasserratte sei wie ihr Vater, aber Sara hegte insgeheim den Verdacht, dass das Kind auch in diesem Aspekt eher nach ihr kam. Und für sie war Duschen okay oder ein kurzer Dip ins Meer, aber damit war es das dann auch. Stundenlang in der Wanne rumzuliegen war nicht ihre Art von Entspannung.

Aber wer zum Teufel war diese blonde Frau mit den langen glatten Haaren, die ganz selbstverständlich neben ihrem Mann und ihrer Tochter hier im Badezimmer hockte? Wie ihre Schwiegermutter sah sie jedenfalls nicht aus. Das junge Ding war höchstens achtzehn und Sara bislang noch nicht untergekommen – und das hätte sie gewusst, denn ihr Gedächtnis für Gesichter war unschlagbar. Sie zog die Augenbrauen zusammen. Ehe sie aus ihren Gedanken wieder auftauchen konnte, hatte Lukas den Blick gehoben und schnappte nach Luft, als ihm seine Tochter um ein Haar aus dem Arm entglitten wäre.

»Woah, wo kommst du denn her? Du hast mich zu Tode erschreckt.«

Die Kleine quietschte vor Vergnügen. Das fremde Mädchen sah ebenfalls auf und strahlte Sara an. Komische Reaktion für eine Wildfremde, registrierte Sara misstrauisch.

»Warte, ich helf dir.«

Das Mädchen war aufgesprungen und wollte nach Renées Babyhandtuch greifen. Sara kam ihr zuvor.

»Das mach ich wohl besser.«

Sie schnappte sich das Handtuch und legte es so über ihre Arme, dass Lukas die Kleine aus dem Wasser heben und dort hinein betten konnte. Er sah ihr dabei intensiv und ernst in die Augen. Sie stellte sich auf die Zehenspitzen und gab ihm demonstrativ einen kleinen Kuss, den er nicht erwiderte. Also wandte sie ihre Aufmerksamkeit ihrer Tochter zu.

»Da ist ja meine kleine Maus wieder. Ich hab dich so vermisst.« Renée quietschte hoch erfreut und griff mit beiden Händen in Saras Haare. Sara ließ es geschehen und stupste ihre Tochter mit der Nasenspitze auf ihr Näschen. Nun lachte Renée über das ganze Gesicht.

»Na wenigstens du freust dich, dass die Mami wieder da ist.« Sara schmuste mit ihrer Tochter und behielt dabei ihren Mann und die Fremde im Auge. Er hatte sich halb abgewandt und trocknete seine Hände ab. Sie hingegen beobachtete Sara ungeniert. Sein Gesicht war ernst und verschlossen, während das junge Ding, das ihm kaum bis zur Schulter reichte, sie anstrahlte und jetzt mit ausgestreckter Hand auf sie zukam.

»Hallo, Sie müssen Sara sein, also Renées Mama. Ich bin Nele, ich bin ihre Babysitterin.«

Überrumpelt ergriff Sara die Hand, erwiderte das freundliche Lächeln jedoch nur äußerst sparsam. Seit wann hatten sie eine Babysitterin und wo war ihre Schwiegermutter? Sie sah zu ihrem Mann, der immer noch mit seinen Händen beschäftigt war. Als habe er ihre Aufmerksamkeit gespürt, blickte er zu ihr hinüber und der Schmerz und die Trauer, die in seinen Augen standen, trafen sie härter als jeder Vorwurf.

Das Schweigen der beiden war so laut, dass sogar die junge Frau es als unangenehm zu empfinden schien. Sie blickte einen Moment verlegen von einem zum anderen und wagte dann einen Vorstoß: »Also von mir aus können wir das mit dem Zu-Bett-Bringen auch ein anderes Mal üben, wenn die Mama jetzt wieder da ist …«

Da Lukas nicht antwortete, zwang sich Sara, ihr zuzunicken und wenigstens eine Nuance die Mundwinkel zu heben, während sie ihre Tochter an sich gepresst hielt. Nun war es an Lukas, zwischen den beiden ungleichen Frauen in seinem Familienbad hin und her zu blicken. Dann nickte er und wandte sich zur Tür. Im Vorbeigehen küsste er Sara auf die Stirn und sagte: »Und ich bin auch froh, dass du wieder da bist.«

Im Türrahmen blieb er einem Impuls folgend stehen und fragte: »Bringst du sie denn jetzt ins Bett oder willst du erst duschen? Oder was essen?« Er sah sie jetzt nicht mehr direkt an, sondern starrte auf den Hinterkopf seines Kindes in ihrem Arm.

»Nein, ich mach das gern und dusche dann hinterher …
und vielleicht können wir dann zusammen was essen
… und reden.«

Er nickte, gebot Nele, ihm zu folgen, und ging ohne
ein weiteres Wort die Treppe hinunter. Nele nickte Sara
zu, schäkerte zum Abschied mit Renée als wären sie
schon die besten Freundinnen und folgte ihm dann
leichtfüßig.

Von oben hörte Sara die beiden sich verabschieden
und verabreden, dass Lukas sie anrufen würde.

Sauer wandte Sara sich wieder ihrer Tochter zu:
»Kaum ist man mal ein paar Tage nicht erreichbar,
stellt der Kerl hier einfach alles auf den Kopf.«

Sie hatte Renée eine frische Windel und einen
sauberen Schlafanzug angezogen und stand jetzt wieder
im Bad mit ihr, um ihren ersten Zahn zu putzen, als
von draußen ein Motor aufheulte und laut ein Song
von Apache 207 durch die abendliche Ruhe dröhnte.

Sara trat mit der Kleinen auf dem Arm ans Fenster
und sah hinunter auf die Straße. Ein dunkler BMW mit
getönten Scheiben stand halb auf ihrer Auffahrt. Der
Typ am Steuer war hinter einer Sonnenbrille kaum zu
erkennen. Sara sah nur ein wenig dunkles Haar und
Haut, die der entblößte Ellenbogen, der aus dem
offenen Seitenfenster schaute, neben zahlreichen
Tattoos zur Schau stellte.

Nele lief um den Wagen herum und stieg ein. Sofort
setzte der Wagen mit quietschenden Reifen zurück und
gab dann auf der Straße so viel Gas, dass Sara sich
trotz des geschlossenen Fensters einbildete, den Duft
von verbranntem Gummi in der Nase zu haben.

»Au weia«, murmelte sie und sah ihre Tochter ernst
an: »Also wenn du mir jemals einen Kerl anschleppst,

der derart nach Ärger riecht, dann werde ich ihn mit gezogener Waffe vom Hof jagen, verstanden?«

Renée gluckste und sog weiter an dem kleinen Schwämmchen an Saras Zeigefinger, mit dem ihre Mama ihren Kiefer und Zahn massierte und putzte.

Nachdem die Kleine endlich eingeschlafen war, schlich die Mama die Treppe wieder hinunter. Tatsächlich hatte Renée sich nicht ablegen lassen, sondern hatte darauf bestanden, dass sie an Sara angekuschelt einschlafen durfte. Die hatte es geschehen lassen und es sich zu diesem Zweck im Schaukelstuhl gemütlich gemacht. Auch wenn sie es niemals zugegeben hätte, genoss sie diesen innigen, zärtlichen Moment mit der kleinen Maus. Wie sehr sie sie vermisst hatte, ging ihr erst jetzt wirklich auf. Ihre Gedanken wanderten zu Bari und Darya und ein Schauer lief ihr über den Rücken.

Sara beugte sich vor und küsste das Haar ihres Babys.

»Dir wird niemals irgendjemand was tun, das schwöre ich«, hauchte sie.

Während sie später die Treppe runterkam, stieg ihr ein Duft von Basilikum und Tomatensoße in die Nase.

Als sie um die Ecke in den offenen Wohn-Essbereich trat, sah Lukas kurz auf. Dann ging er und goss die Pasta ab. Er trug alles hinüber zum Esstisch, der für zwei gedeckt war.

»Das riecht aber gut.«

Er zuckte mit den Schultern.

»Nur der Rest von gestern.«

Sie setzte sich und wartete, bis er sich noch ein Bier geholt hatte und ebenfalls Platz nahm. Schweigend begannen sie zu essen.

Nach drei Bissen ließ Sara die Gabel fallen.

»Okay, komm schon, sag was, wir schweigen uns nicht an.«

Auch Lukas legte sein Besteck hin, jedoch betont langsam. Dann sah er sie an. Wieder dieser verletzte Blick.

»Verstehst du eigentlich, was ich mir für Sorgen gemacht habe? Du warst über eine Woche nicht erreichbar und die Nummer von deiner Firma? Ganz tolle Frau, die mich da permanent abgewimmelt hat. Wo warst du? Und vor allem, was ist passiert, dass du mich nicht anrufen konntest? Und ganz nebenbei, was zum Teufel ist jetzt schon wieder passiert, dass du so aussiehst?« Er machte eine vorwurfsvolle Handbewegung in Richtung ihres blauen Auges.

Sara kaute an ihrer Unterlippe und versuchte, eine entspanntere Position für ihren Arm zu finden, der aufliegend auf dem Tisch ziemlich wehtat.

»Also wir hatten einen unvorhergesehenen Zwischenfall ... mein Chef, unser CEO, wurde entführt und ich ...«

Sie sah ihn an und verstummte. Reflexartig schaltete ihr Unterbewusstsein auf Gegenangriff: »Und was ist eigentlich hier passiert, kaum, dass ich weg bin? Wo ist deine Mutter und wer zum Geier ist dieses frühreife Früchtchen?« Seine Augen hatten sich kurz vor Entsetzen geweitet, dann war sein Mund aufgeklappt, doch nun lehnte er sich zurück und verschränkte die Arme vor der Brust.

In Saras Kopf implodierten nacheinander ihr unangemessener Zorn und ihre Tarngeschichte. Sie schwieg und überlegte fieberhaft. Einen Moment lang senkte sie den Blick und starrte in die Pasta. Ihr Arm pulsierte stärker. Nein, sie konnte das nicht, so ging das nicht ... Abrupt stand sie auf und Lukas blickte sie überrascht an. Dann schnappte sie sich sein Bier und ihr Wasserglas und nickte ihm zu, damit er ihr folgte.

Sie ging hinaus auf die Terrasse. Es war Ende August mittlerweile und selbst für Hamburg noch angenehm warm. Auch wenn Sara fröstelte im Vergleich zu den Temperaturen in Afghanistan.

Ihre Nachbarn, das Ehepaar Penkert, hatten es sich wohl schon drinnen gemütlich gemacht, denn die Terrassentür war geschlossen und die Spitzengardine vorgezogen.

Sara ließ die Terrassenmöbel links liegen und ging stattdessen zum Rand der Terrasse, wo sie sich auf die Stufe zum Garten setzte.

Sie wandte sich nicht um, sondern wartete geduldig, bis Lukas kam und sich neben ihr niederließ.

Sie gab ihm sein Bier und nahm einen Schluck Wasser. Dann stellte sie das Glas beiseite. Ohne ihn anzusehen, sagte sie:

»Ich war wirklich in Afghanistan.«

Er schwieg.

»Aber ich arbeite nicht für eine Brandschutzfirma.«

Er schwieg immer noch. Betont langsam nahm er einen langen Zug von seinem Bier.

»Ich darf darüber nicht sprechen ...«

Jetzt lachte Lukas freudlos auf.

»Was soll das heißen, für wen arbeitest du denn bitte?«

Sie zuckte hilflos mit den Schultern.

»Für so eine Organisation ... die wollen helfen ... das Richtige tun.« Sie verstummte und spielte mit ihren Fingern.

Dann ließ sie ihren Nacken von links nach rechts knacken und renkte ihren Halswirbel wieder ein. Leise fuhr sie fort.

»Ehrlich, ich weiß auch nicht alles, aber ich weiß, dass die wirklich Gutes tun. Sie haben mir geholfen diese Sachen mit dem Todesengel in dem Seniorenheim im Frühjahr … zu klären.« Sie schluckte. »Und dann passierte das mit Casim … du weißt schon, unserem Dolmetscher. Und plötzlich stellte sich raus, dass die Sache viel größer war.«

Noch einmal zögerte sie, doch dann erzählte sie ihm alles. Dass Casim dabei gewesen war, Informationen für eine Verschwörung innerhalb der Taliban aufzudecken, die das Land hätte destabilisieren können. Und dass es seiner Frau und ihr gelungen war, diese Infos zu schützen und außer Landes zu schaffen – und die Familie gleich mit. Sie verschwieg auch nicht Barans Tod. Jedoch wohl die anderen Opfer, die ihr Einsatz gefordert hatte.

Endlich sah er sie wieder an. In seinem Blick mischte sich Fassungslosigkeit mit Unglauben.

»Sara, was erzählst du mir da bitte? Du hast wie so ein Super-Spion gerade mehr oder weniger im Alleingang den Sturz des afghanischen Regimes verhindert, damit kein noch radikalerer Spinner an die Macht kommt? Wer bist du? James Bond?«

Jetzt wandte sie ihm das Gesicht zu und sah ihn an. Ruhig. Direkt. Fest. Er suchte in ihren grünen Augen nach einem Scherz oder einer anderen Erklärung, doch dann gab er auf und schüttelte nur den Kopf.

»Okay, mal einen Augenblick angenommen, ich glaube das, was du mir da eben erzählt hast. Was heißt das? Dieser neue Job hätte dich fast umgebracht. Verdammt, Sara das kannst du nicht machen. Du hast eine Tochter. Du hast eine Familie. Das kannst du nicht bringen …« und leiser fügte er hinzu: »Das halte ich nicht aus.«

Sara sah ihn an und analysierte die Situation emotionslos. Sie verstand seine Not. Ja, tat sie wirklich. Sie hatte die Diskussion in der Vergangenheit schon mal geführt mit einem Mann, der behauptet hatte, dass er sie liebte. Und vor allem wusste sie, dass die Beziehungen vieler Kameraden an genau diesem Problem gescheitert waren.

Es war nicht leicht zu verstehen, warum sie Soldatin geworden war. Warum sie bereit war, ihr Leben zu riskieren. Aber so war sie nun einmal. Sie atmete durch und sah ihn wieder ganz offen an.

»Ich weiß, dass das hart für dich ist. Aber ich bin Soldatin. War ich immer ...« Er wollte widersprechen, doch sie hob nur die Hand und beendete ihren Satz: »Und werde ich immer sein. So ticke ich. So bin ich eben. Und selbst wenn ich es wollte, könnte ich es nicht ändern. Es tut mir leid ...«

Nun war es an ihm zu schweigen.

Sara wartete einen gebührenden Moment, wie sie fand, und wechselte das Thema. Er würde Zeit brauchen und sie würde sie ihm geben. Also fragte sie stattdessen: »Wo ist denn deine Mutter? Ich dachte, sie wollte dir mit Renée helfen?«

Lukas sah sie entgeistert an und musste dann widerwillig lächelnd den Kopf schütteln.

»Das hat sie ja auch gemacht. Für die erste Woche. Aber danach musste sie mal zurück und bei Papa wieder nach dem Rechten schauen, und ich hab gedacht, du würdest quasi jede Minute durch die Tür kommen. Ich konnte ja nicht ahnen, wie lange das noch dauert ...«

Er schwieg wieder und starrte vor sich hin.

»Und wer bitte ist Nele?«

Er sah sie an, als habe sie ihn aus einem Albtraum geweckt.

»Sie ist die Tochter einer Freundin von Manuela. Als unsere treusorgende Nachbarin mitbekommen hat, dass mir das Homeoffice mit Kind über den Kopf wächst, hat sie Nele hierher eingeladen. Sie hat einen Nachmittag mit Renée gespielt und heute wollte ich ihr zeigen, wie man sie ins Bett bringt.«

Sara hatte eine Augenbraue gehoben und fixierte ihn mit ihren durchdringenden grünen Augen. Er hob abwehrend die Hände.

»Sie ist ein nettes Mädchen, achtzehn glaube ich, hat dieses Jahr ihr Abi gemacht und fängt zum Herbst an, irgendwas mit Design zu studieren ... sie wohnt nur ein paar Querstraßen von hier bei ihren Eltern. Und sie hat Erfahrung.« Das Letzte klang wie eine Rechtfertigung und Sara ließ es dabei bewenden. Schweigend hing jeder seinen eigenen Gedanken nach.

Wie lange sie dort so stumm nebeneinandergesessen hatten, wusste sie nicht mehr. Irgendwann hatte Lukas das Ringen hinter sich. Wie in Zeitlupe nahm er den rechten Arm, hob ihn und legte ihn Sara um die Schulter. Sie atmete aus und bemerkte erst jetzt, dass sie die Luft angehalten hatte.

Lukas sagte nichts. Das war okay für Sara. Er hatte sich offensichtlich entschieden und damit war sie fein. Nein, mehr als das. Sie konnte es kaum glauben, aber sie war ehrlich zu ihm gewesen – und er war noch da.

Und was dieses Mädel anbelangte. Dann hatte er sich eben Hilfe geholt. War doch sein gutes Recht, wenn sie ihr eigenes Ding machte.

Sie erlaubte sich, sich in seinen Arm reinzukuscheln und er zog sie enger an sich. Ein ganz neues Gefühl machte sich in ihrem Bauch breit: Zufriedenheit. Wohlig warme Zufriedenheit.

Sara dachte an ihren Vater und musste lächeln. Ja, so ähnlich wäre auch ein gutes Gespräch mit ihm gelaufen. Intensiv und verdammt still.

Tatsächlich ging Lukas noch ein paar Tage länger schwanger mit dem, was Sara preisgegeben hatte. Am Wochenende darauf, nachdem er Renée zum Mittagsschlaf hingelegt hatte, nahm er sie mitten im Wohnzimmer plötzlich in den Arm und sah ihr fest in die Augen.

»Okay, Soldatin, hör mir mal gut zu.«

Sie sah ihn überrascht an.

»Ich liebe dich. Und ich akzeptiere dich so wie du bist. Aber ...«

Sie wollte schon protestieren und sich aus seiner Umarmung winden, doch er hielt sie fest.

»Halt, ich bin noch nicht fertig. Aber – und das ist ein mega großes, nicht zu diskutierendes Aber – du bist ab sofort ehrlich zu mir.«

Sara blickte ihn aufmerksam an.

»Ich halte die Ungewissheit nicht aus. Also zumindest nicht die, wenn ich gar nichts weiß. Wenn du dich schon irgendwo in Gefahr begibst, dann will ich wenigstens darauf vorbereitet sein, dass dir was passieren könnte. Das ist nur fair. Ich will, dass wir einhundert Prozent ehrlich zueinander sind.«

Sara wand sich immer noch: »Aber ich kann dir nicht alles sagen ... ich weiß selbst so gut wie nichts ...«

»Wenn es genug für dich ist, ist es auch genug für mich. Aber lass mich nie wieder im Unklaren, wenn du losrennst und deinen Hals riskierst, verstanden? Es ist schon schlimm genug auszuhalten, dass du das brauchst. Aber okay, ich krieg das hin ... zumindest versuch ich es«, räumte er ein.

Sara stellte sich auf die Zehenspitzen und näherte ihr Gesicht dem seinen.

»Okay.«

»Okay?«

»Okay. Ich verspreche dir, ich sage dir, was ich kann und vor allem, wenn ich gerade mal wieder riskiere, eins auf die Nase zu kriegen.« Sie grinste und küsste ihn auf die Lippen. Er warf in gespielter Verzweiflung die Hände in die Luft.

»Die Frau nimmt mich einfach nicht ernst.«

»Nicht bei der Wahl deiner Babysitter, nein.«

»Wieso, was hast du denn bitte an Nele auszusetzen? Die ist sehr reif für ihr Alter.«

Sara schnaubte und sah ihn an, dass er reflexartig den Kopf einzog.

»Wieso, was denn?«

»Ich sag dir, mein Instinkt meldet Alarm. Hast du mal den Typ gesehen, mit dem sie rumläuft?«

Lukas schüttelte entgeistert den Kopf.

»Ich schwör dir, dessen zweiter Vorname ist Ärger … und so was reicht mir im Job, das brauche ich nicht auch noch zu Hause.«

Nun machte auch er ein so besorgtes Gesicht, dass Sara lachen musste.

»Ach, hör schon auf, alles gut. Der Typ sieht wirklich aus wie ein Arsch, manche stehen halt auf solche Badboys. Aber ich schwöre dir, wenn Renée jemals …«

Nun musste auch Lukas lachen: »Oh Gott, der Kerl tut mir ja jetzt schon leid.«

Sie sah ihn zärtlich an und zog ihn noch fester an sich.

»Und nur nochmal fürs Protokoll: Es bedeutet mir wirklich viel, dass du mich so akzeptierst und unterstützt. Du bist unglaublich, Lukas Sternberg.«

Etwas besänftigt legte er den Kopf schief und seine Hände an ihre Taille.

»Wenn Sie das sagen, Frau Konrad. Dann ist das wohl so.«

»Genau so«, flüsterte sie ihm zu und küsste ihn leidenschaftlich.

EPILOG

Es war ein schöner und langer Sommer gewesen und selbst Mitte September konnte man noch ohne Probleme im T-Shirt draußen Kaffee trinken.

Sara stand am Rand der Terrasse und schaute ihrer Tochter zu, die vor Vergnügen gluckste, während ihr Vater sie in ihrer Schaukel anstieß.

Neben ihr zischte der Grill und Sara warf einen Blick auf die Kohle, die am Durchglühen war, um nachher die Tonnen an Fleisch zu grillen, die Lukas besorgt hatte. Sie hatte ihn ausgelacht, als sie die Einkaufstüten gesehen hatte, aber er hatte sich nicht beirren lassen.

»Kommt nicht in Frage, dass ich bei ihrem ersten Besuch bei uns einen schlechten Eindruck mache. Das würdest du mir bis an dein Lebensende nicht verzeihen.«

Sara schmunzelte bei dem Gedanken.

Von hinten wurde ihr eine neue Fassbrause gereicht und sie griff im Umdrehen nach der Flasche. Sie lächelte.

»Danke dir, Korporal.«

Hannes grinste zurück und legte den Arm um ihre Schultern, um mit ihr zusammen ihrer Familie im Garten zuzuschauen.

»Feiner Kerl, den du dir da geangelt hast, Konrad.«

»Und die kleine Maus wird dir noch richtig viel Ärger machen, das sieht man jetzt schon. Die kommt so was von nach dir.« Alex hatte sich auf der anderen Seite zu ihr gestellt und Sara und Hannes lachten gemeinsam mit ihm.

»Oh ja, ich weiß. Ich hoffe ehrlich, Lukas kriegt das dann genauso souverän hin, wie mit mir.«

»Was für ein Los …«

Die Männer stießen lachend mit ihr an.

Hinter ihr erklang aus dem Haus die Türklingel. Sara drückte Alex ihre Flasche in die Hand und eilte durch das Haus, um die Tür zu öffnen.

Jaleela und die Kinder strahlten sie an.

Sara lächelte zurück und stieß die Tür weiter auf, um alle hereinzubitten.

Bari und Darya fielen ihr beide um die Taille und drückten sich fest an sie. Jaleela, behindert durch eine große Schüssel, wartete, bis die Kinder fertig waren und gab Darya mit einigen kurzen Anweisungen den Salat, den jene weiter ins Haus trug.

Die Frauen standen noch eine Sekunde lang da, dann fiel auch Jaleela Sara um den Hals und kämpfte gegen ihre Emotionen.

»Schön, dich zu sehen, komm rein. Wie geht es euch?«

Jaleela lachte unter Tränen, rückte ihr hellblaues Kopftuch zurecht, das auf phänomenale Weise ihre kornblumenblauen Augen betonte, und folgte Sara ins Haus.

»Es geht uns gut. Wir haben schon eine Wohnung. Die Kinder gehen in die Schule, in Integrationsklassen. Es gefällt ihnen. Wir sind so dankbar … dir …« wieder schnürte es ihr die Kehle zu. Sara winkte ab.

»Lass doch, ist schon gut.« Sie ging vor in Richtung Terrassentür. »Und ich hab noch eine Überraschung für dich.«

Jaleela folgte ihr. Die Kinder kamen lachend aus der Küche nach, wo sie auf dem Tresen das reichhaltige Büffet und die vielen Kuchen und Süßspeisen entdeckt hatten.

Sara trat über die Schwelle wieder in die Sonne und Alex und Hannes, die gerade einen Scherz geteilt hatten, drehten sich gemeinsam zu den Neuankömmlingen um. Beiden Männern entgleisten zeitgleich die Gesichtszüge, als sie erkannten, wer da aus Saras Schatten trat. Sie starrten die afghanische Familie an, als hätten sie ein Gespenst gesehen.

Alex fing sich als Erster und ging strahlend zu Jaleela. Einem Impuls widerstehend nahm er sie nicht in den Arm, sondern bot ihr nur die Hand an.

»Jaleela, das ist ja eine unglaubliche Überraschung. Schön, dich zu sehen.«

Hannes hatte Saras Augen gesucht und gefunden und die beiden tauschten einen langen Blick aus.

Dann kam auch er herüber und begrüßte Jaleela höflich, während Alex bereits mit Bari alberte und Darya als junge Dame komplimentierte.

Hannes sah zwischen Sara und Jaleela hin und her.

Dann fragte er, ohne lange um den heißen Brei herumzureden:

»Wie ist das möglich? Die Bundesregierung hat doch niemals die Visa so kurzfristig bewilligt? Und ihr wart doch auf der Flucht, wie kommt ihr plötzlich hierher?«

Er runzelte die Stirn und Sara wagte nicht, ihn anzusehen.

Jaleela ergriff ihre Hand und sagte leise: »Sara hat uns rausgeholt.«

Bevor Hannes etwas erwidern konnte, gesellte sich Lukas mit seiner Tochter auf dem Arm zu ihnen.

»Ah, wie schön, dann sind wir ja fast vollzählig.«

Er ließ seinen Blick über die neuen Gäste schweifen.

»Jaleela, nicht wahr? Es ist mir eine Ehre, dich kennenzulernen«, sagte er höflich auf Englisch. Jaleela errötete unter seinem Blick und gestattete dennoch, dass auch er ihre Hand schüttelte.

»Darya? Richtig?« Ihre Tochter nickte und ließ dabei die kleine Renée nicht aus den Augen, die sie offensichtlich ebenso spannend fand.

»Möchtest du Renée mal nehmen?« Begierig nickte das Mädchen und Lukas reichte sie ihr vorsichtig. »Wenn sie dir zu schwer wird, sag einfach Bescheid, dann nehm ich sie dir wieder ab.«

Eifrig schüttelte sie den Kopf und ließ Renée mit ihren dunklen Locken spielen.

»Du musst Bari sein.« Er schüttelte die Hand des Jungen und wandte sich dann Richtung Tür. »Obwohl, da fehlt doch noch einer.«

Alex zwinkerte ihm zu: »Wenn du JB meinst, der kommt nicht, Fortbildung der Würdenträger …« Hannes und er grinsten über den Insider und auch Sara lächelte.

»Na, umso besser, dann können wir ja endlich mit Kuchen anfangen …«

»Lukas, nicht, das ist Nachtisch, wir wollten doch erst Grillen.« Die hungrigen Augen der Kinder straften ihren Einwand Lüge.

»Okay, fein, macht doch alle, was ihr wollt«, gab Sara sich gespielt übertrieben geschlagen.

Mit einem Jubelschrei verschwand Bari nach drinnen und Darya folgte langsamer mit Renée.

»Möchtest du lieber Tee oder Kaffee? Oder vielleicht etwas kaltes trinken? Schau am besten mal, wir haben alles«, fragte Lukas an seinen neuesten Gast gerichtet. Jaleela warf Sara und den beiden Soldaten noch einen Blick zu und ließ sich dann ebenfalls ins Haus führen.

Ohne Umschweife wandte sich Hannes an Sara.

»Bericht. Und zwar hurtig.«

Sara verzog den Mundwinkel. Auch wenn Hannes nicht mehr ihr überstellt war, benahm er sich immer noch genauso.

»Na ja, die Firma, für die ich arbeite, hatte ein Interesse an der ganzen Situation. Und die haben Beziehungen. Sie haben mich runtergeschickt … und ein paar Fäden gezogen …«

Selbst Alex legte bei dieser dünnen Erklärung den Kopf schief und die Stirn in Falten.

»Das muss ja ein ganzer Strang an Fäden gewesen sein.«

Sara spielte mit ihrer Flasche und sah ihn nicht an.

»Hm«, machte sie.

Hannes sagte nichts, sondern musterte sie nur aufmerksam.

»Hast du ein vernünftiges Team?«, fragte er dann unvermittelt.

Sara dachte an Max und dann an Jay und nickte langsam.

»Ja, da sind gute Leute an Bord.«

Er nickte knapp. Seine Kieferknochen mahlten.

»Sei bloß vorsichtig. Das klingt nicht sehr offiziell, geschweige denn legal und wir sind nicht dabei, um deinen Hintern zu retten«, fügte er eindringlich hinzu.

Sara warf einen Blick zurück ins Wohnzimmer, wo die Kinder Renée zum Lachen brachten und Jaleela sich mit Lukas unterhielt.

»Ich weiß«, antwortete sie leise. Entschlossen fügte sie hinzu: »Aber es war das Richtige.«

Sie hob ihre Flasche. Ihre ehemaligen Kameraden wechselten einen vielsagenden Blick und taten es ihr dann nach.

»Auf Sara«, sagte Alex und sah sie kopfschüttelnd, aber lachend an.

»Auf Sara«, wiederholte Hannes, »auf dass dein verdammter Dickschädel dich nicht zu schnell umbringt.«

»Auf die besten Kameraden der Welt – ihr fehlt mir.«

Die Männer ließen sich beide ihre Überraschung nicht anmerken, sondern nickten nur bei dieser unerwartet emotionalen Äußerung von Sara.

»Nur nicht sentimental werden, Konrad«, war alles, was Hannes sagte. Dann zwinkerte er ihr zu.

»Kuchen?«

Lukas war mit einer buntgemischten Platte rausgekommen und hielt sie dem Trio entgegen. Sara warf ihm einen liebevollen Blick zu und schmunzelte über das Hallo, das die Männer machten.

Jaleela kam mit einer Tasse Tee in einer Hand wieder dazu und stellte sich zu Sara. Die beiden Frauen sahen sich an und nickten einander zu.

Ja, sie hatte das Richtige getan. Und das würde sie jederzeit wieder tun.

Irgendwo in Afghanistan trat zur gleichen Zeit ein Diener in ein elegant möbliertes Büro. Die teuren Teppiche und antiken Möbel hatten ihm immer gefallen. Aber heute schien ihn der hier zur Schau gestellte Prunk zu erdrücken.

Kalter Schweiß stand auf seiner Stirn und trotz der Temperatur fröstelte es ihn.

Er trat an den großen, dunklen Schreibtisch, der imposant die Mitte des Raumes einnahm und blieb davor stehen.

Zitternd und mit gesenktem Kopf verharrte er, bis Niaz Mohammad endlich geruhte, ihn zur Kenntnis zu nehmen.

Der Diener verbeugte sich noch tiefer.

»Warum störst du mich?«, herrschte der Clanführer ihn an.

»Herr, es tut mir leid. Da war ein Anruf …«

»Hör auf, hier herumzustottern. Was für ein Anruf und warum hast du ihn nicht hergebracht? Wer hat angerufen?«

Der Diener konnte nicht anders und warf sich auf die Knie mit der Nase im Teppich.

»Herr, der Mullah hat angerufen …«

Nun war es an Mohammad, unruhig zu werden, doch er beherrschte sich nach außen perfekt und nur seine Stimme wurde noch eine Nuance schärfer: »Und was wollte der Mullah?«

»Er will euch sehen. Sofort.«

Unter seinem verzierten Obergewand lief Niaz Mohammad ein kalter Schauer über den Rücken – er wusste, was das bedeutete.

DU WILLST WISSEN, WIE ES WEITERGEHT?

Hast du Lust eine **Extra-Geschichte** von Sara zu lesen und mal einen Blick in ihr **Psychologisches Profil** zu werfen?

Dann abonnier hier kostenlos meine **mao-News**:
So verpasst du keine Aktion oder Neuerscheinung mehr.

Falls der QR-Code oder Link nicht funktionieren, einfach diese Adresse eingeben:

www.melanieamelieopalka.de/mao-news

DANKE AN ALLE,
die dieses Buch so leidenschaftlich unterstützt haben

Meinem Mann und meinen Kindern,
dass sie Sara in unsere Familie aufgenommen haben

Hauptmann Martin Sündermann und Stabsfeldwebel
SJ im Auftrag der Bundeswehr für einen Blick auf den
Einsatz und das Leben der Soldat_innen in
Afghanistan

Alea Horst, Trägerin des Bundesverdienstkreuzes und
Gründerin der Alea e.V., für ihren tiefen Einblick in
das Land, die Geschichte und Kultur Afghanistans

Laura Newman für den grünen Zuwachs zur Thriller-
Autorinnenmarke

Kanut Kirches für das Lektorat ohne Tadel

Ines Klingbeil fürs Nachkorrigieren

Meinen Blogger_innen und Leser_innen – für euch
schreibe ich

ALEA E.V.

Alea e.V. ist ein Verein auf 3 Säulen:

Von nationalen und internationalen Hilfsprojekten, über Aufklärungs- und Bildungsprojekte bis hin zu nachhaltigem Zukunftsbau.

Werde Teil einer Gemeinschaft, die sich füreinander einsetzt. Unterstütze unsere Projekte mit einer einmaligen oder wiederkehrenden Spende. Wir brauchen Dich!

Egal, ob Waisenhäuser, Armenschule oder andere Bildungsprojekte, Alea e.V. stellt seine Arbeit in den Dienst der Zukunft und der Menschlichkeit.

Bitte spende auch du:
https://alea-ev.org

Die eBook-Erlöse aus „Der Taliban – Sara Konrad Thriller (Band 3)" gehen zu an die Alea e.V.

WEIßT DU WIE ALLES BEGANN?

Der Stalker
– ein Sara Konrad Thriller

Ex-Scharfschützin Sara will eine entführte Schwangere retten und riskiert dafür nicht nur ihr eigenes Leben.

Morgenübelkeit statt Bundeswehr: Sara gewöhnt sich nur langsam an das Leben als Zivilistin. Doch dann sind ihre besonderen Fähigkeiten wieder gefragt. Der Mann ihrer neuen Freundin Finya wird getötet und deren Liebhaber gerät ins Visier der Polizei.

Als Finya dann auch noch entführt wird, muss Sara sich entscheiden: Wird sie weiter auf Recht und Gesetz vertrauen oder die Sache selbst in die Hand nehmen und damit nicht nur sich, sondern auch ihr ungeborenes Kind gefährden?

Doch selbst in ihrer dunkelsten Stunde ist sie nicht so allein, wie sie denkt – denn auch sie wird aus dem Schatten längst beobachtet.

Überall als Taschenbuch und als Hörbuch erhältlich und als eBook bei Amazon.

Der blaue Tod
– Sara Konrad Thriller (Band 2)

Ein unerklärlicher Todesfall in einem Hamburger Seniorenheim weckt den Argwohn von Ex-Scharfschützin Sara – und schon bald gerät sie selbst ins Fadenkreuz des blauen Todes.

Einsatz „Elternzeit": Bereits vier Monate nach der Geburt ihrer Tochter fällt Sara als Zivilistin die Decke auf den Kopf. Als die kerngesunde Oma einer Kindergartenfreundin überraschend in einer Einrichtung für Betreutes Wohnen stirbt, stolpert Sara vor Ort über eine demente Zeugin – und plötzlich gibt es weitere Leichen. Unerwartet erhält sie Hilfe von Max, einem Hackerwunderkind, das ihr lebensgefährliche Informationen zuspielt. Da die Geschäftsführung mauert und alle offiziellen Kanäle erschöpft sind, sieht sich Sara am Scheideweg: Kann sie allein den blauen Tod aufhalten, ehe der seine morbide Mission erfüllt? Und was verschweigt ihr Computergenie – denn die Hilfe, die Max ihr anbietet, wirft mehr Fragen als Antworten auf.

Überall als Taschenbuch und als Hörbuch erhältlich und als eBook bei Amazon.

SARAS NÄCHSTES ABENTEUER

Im Herbst 2024 geht es weiter:

Der Container
– Sara Konrad Thriller (Band 4)

Wenn du ihr hilfst, muss einer sterben.

Sara findet ihre traumatisierte Babysitterin bei sich zu Hause und zieht den Täter zur Rechenschaft – mit tödlichen Folgen.
Dabei torpediert sie unfreiwillig eine Mission ihres eigenen Auftraggebers und gerät ins Visier eines mächtigen Schmugglerrings. Für die heißt es jetzt Auge um Auge.

In die Enge getrieben, setzt sie alles auf eine Karte. Doch reicht das, um ihre Tochter zu retten?

DIE SARA KONRAD REIHENFOLGE

Der Stalker – ein Sara Konrad Thriller
Der blaue Tod – Sara Konrad Thriller (Band 2)
Der Taliban – Sara Konrad Thriller (Band 3)
Der Container – Sara Konrad Thriller (Band 4)